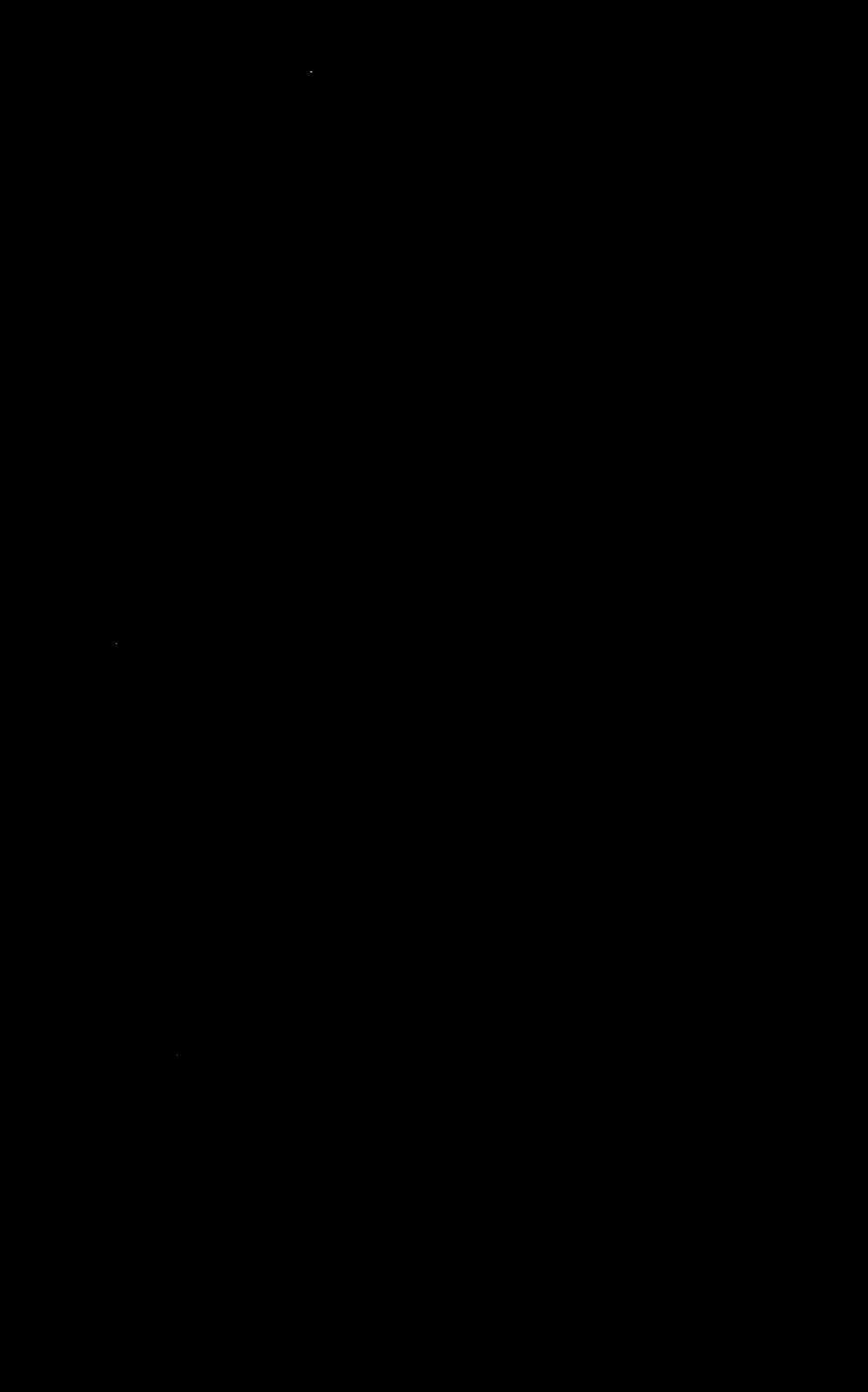

藏族当代长篇小说译丛

德本加 著
赵有年 译

青海人民出版社

图书在版编目（CIP）数据

悲鸣的神山 / 德本加著；赵有年译 . -- 西宁：青海人民出版社，2021.1
（藏族当代长篇小说译丛 / 龙仁青主编）
ISBN 978-7-225-05923-5

Ⅰ.①悲… Ⅱ.①德…②赵… Ⅲ.①长篇小说—中国—当代 Ⅳ.① I247.5

中国版本图书馆 CIP 数据核字 (2020) 第 272586 号

藏族当代长篇小说译丛

龙仁青　主编

悲鸣的神山

德本加　著　赵有年　译

出 版 人	樊原成
出版发行	青海人民出版社有限责任公司

西宁市五四西路 71 号　邮政编码：810023　电话：（0971）6143426（总编室）

发行热线	（0971）6143516 / 6137730
网　　址	http://www.qhrmcbs.com
印　　刷	陕西龙山海天艺术印务有限公司
经　　销	新华书店
开　　本	890 mm × 1240 mm　1/32
印　　张	9
字　　数	165 千
版　　次	2021 年 4 月第 1 版　2021 年 4 月第 1 次印刷
书　　号	ISBN 978-7-225-05923-5
定　　价	46.00 元

版权所有　侵权必究

目录

引子　流逝的岁月 /001

第一章　梦 /003

第二章　仇恨 /014

第三章　肚皮上的"斑点" /025

第四章　命运 /035

第五章　商人马乃 /043

第六章　婚宴 /053

第七章　漫长的夜晚 /065

第八章　囚徒 /076

第九章　胜败 /087

第十章　灵童 /098

第十一章　赔偿命价 /107

第十二章　潜逃 /115

第十三章　不速之客 /123

第十四章　管家 /135

第十五章　千户长们 /147

第十六章　小灵童的旅程 /161

第十七章　降雪之日 /175

第十八章　调解 /184

第十九章　心计 /199

第二十章　重逢 /213

第二十一章　猛虎上山 /227

第二十二章　来往 /239

第二十三章　得失 /245

第二十四章　偷听 /254

第二十五章　青龙落地 /265

尾声　离别的兄弟 /277

引子　流逝的岁月

　　很多年前，格拉宇杰为了预知自己的三个儿子未来能否守住自己的领地，在一个吉祥的日子，他把他的三个儿子使派去了三个不同的地方。三个儿子出发前，他嘱咐道，你们三个人在行走的途中无论捡到什么东西或收获了什么，统统把它们带到我这里来，其中会有所预示。

　　三个儿子遵从了父亲的命令，去了各自认定的地方。大儿子在半路捡到了一只金铃，二儿子捡到了一支竹笛，小儿子走了一整天的路，走过了很多地方，最终只获得了一条狼尾巴，除此之外什么也没得到。他们回到家里后，就把自己在路上捡拾到的东西都上交到他们的父亲那里去了。他们的父亲见到儿子们所带来的东西，一番深思熟虑之后，非常认真地对他们说：

"未来在你们三个人的后代中会形成色查、岭查和郡查三大部落。长子因捡到了一只金铃,所以他的后代中就会出现高贵的活佛;二儿子因捡拾到了一支竹笛,所以他的后代的名声会大震四方;小儿子只捡拾到了一匹野狼的尾巴,藏族俗话说'一匹母狼会生九子',他的后代不但人丁兴旺,而且个个都勇猛剽悍,所向披靡……因为这些东西的预兆都很吉祥。无论如何,以后你们要团结一致,遇到敌人要把矛头统一对外,希望你们不要发生内乱,要兄弟和睦,不能反目成仇啊!"留下这些预言后不久,格拉宇杰就与世长辞了。

过了很多年,格拉宇杰三个儿子的后代中果然出现了色查、岭查和郡查三大部落,也如他们的老父亲所预言的那样,他们有福同享,有难同当,遇到外敌他们就齐心攻打敌人,三个部落就如一块奶酪一般团结一致,和睦共处。三大部落的实力雄厚,财产也比其他部落都丰厚。因此,一般的外敌根本冒犯不了他们。

后来,为了统治和管理他们三个部落,某位皇帝给三个部落的官人都赐予了千户长的头衔,还在三个部落中以草山、河流为界划清了各部落之间的地界,而且命令从此往后三个部落的所有事情都由西宁的代表来处理……可这些决定简直就是把三个部落跟切西瓜一样分割开了啊。

时间就像婴儿一般,日复一日地成长着。随着时间不断推移,一切过往都如一个无名的乞丐一般,被人们淡忘了……

第一章 梦

  不知道从什么时候起，女官扎措每夜都做着自己坠落到悬崖下面去的噩梦。有时候，她梦到自己准备要出门远行，她骑在马背上，骏马刚刚向前走了一步，她便觉得自己骑着的马鞍好像消失了一般，她就轻飘飘地从马背上跌落下来。可她不甘心地复又翻身骑在马背上，用一双手紧紧地攥住了马鬃毛，但无济于事，她还是像之前那样从马背上跌落了下来。有时候，她明明是平心静气地坐在羊毛毡上养着精神，又会梦到自己突然掉下了深不见底的悬崖。梦本来是虚无的，可是千户长父子和他家的仆从们还没有去塔尔寺之前她心中就觉得很不安。于是她担忧地向他们询问此行是否出现过什么凶兆？可是千户长很厌烦她的话，就应付地回答她说："本来女人们做的梦就没有什么可追究的,尤其是三春时节做的梦就更没有什么可追究的了。"就这样,他把她所说的话都当成耳旁风了。女官扎措心中暗忖:"春天做的梦的确没有什么可追究的,可现在已经立夏了,哪里还是春天啊?"

那天,天气晴朗,阳光明媚,特别是头天夜里还下了一场短暂的暴雨,为此大地上到处都很湿润。帐篷外面的牛圈和羊圈里升起了缕缕雾气,随着阵阵吹来的微风,一股掺杂着牛粪味的气息向人们的鼻腔里冲来。这天天气特别晴朗,女官扎措走出了帐篷,若有所思地在帐篷前面踱步。来回走了很久后,就面朝着黑帐篷里开口说道:"今天早晨阿妈旺姆怎么还没来啊?"

在屋里正准备出门去打酥油的丫鬟更吉停止了往奶桶里倒酸奶的动作,立刻跑到黑帐篷外对女官扎措说:"她吃了早饭就会来这里的,女官您有什么事吗?"

女官扎措不回答更吉的话,却看着更吉问道:"你今天打算做什么事呢?"

"我正准备去打酥油呢。"更吉没有领悟到女官扎措的心思,伫立在原地回答道。

女官扎措用右手把自己头上的辫子拽到胸前,看着更吉说:"那么等你把奶桶搬出来放到太阳底下后,就过来拆开我头上的辫子,我今天要梳头了,想必官人他们就要回来了吧。"说完,她径直向自己的那顶花帐篷（寝室）里走去。听完女官扎措的话，更吉胸膛里那颗悬着的心顿时放了下来。接着她心里暗想道，原来官人们就要回来了，所以女官扎措想要打扮一下自己了。更吉的脸上露出了一丝笑容，向女官扎措回话道："好的。"说完，她钻进黑帐篷，把酪曲倒进了奶桶里，握住打酥油的打奶杆，往奶桶里抽打了几下后，就提起奶桶走出黑帐篷，又把奶桶放在黑帐篷门口经常放奶桶的土坑里，做完这些就等候起女官扎措来。

　　快到吃午饭的时分，在那顶黑帐篷的门前，更吉正在拆女官扎措头上的辫子。女官扎措依旧处在不安的沉思中。这时候，才洛来到黑帐篷的门前，看着更吉便殷勤地向她微笑了一下，见女官扎措的脸色有些不寻常，就立刻走上前去，尊敬地对女官扎措说："女官，您身体哪里不舒服吗？"才洛的说话声完全把女官扎措从沉思中拉了回来。见才洛就站在身边，她于是强挤出了一丝笑容，没有正面回答他的问话，却对他说："你还没去放牧吗？难道你还有什么事不成啊？"

　　才洛有些紧张了起来，他以为女官扎措看出了他内心的秘密，连看都不敢看更吉一眼就结巴着对女官扎措说："没……没有……"

　　女官扎措也没有刨根问底，对他吩咐道："那么你现在就去把阿妈旺姆给我叫来，让她马上过来给我梳头。事不宜迟，快去吧！"

"拉索！"

才洛听了女官扎措的吩咐，转身一溜烟儿就不见了踪影。女官扎措看着他仓皇而逃的样子，忍俊不禁。站在女官扎措身后正给她拆辫子的更吉不知道女官扎措究竟为何而发笑，紧张得连手都不敢动了。

女官扎措紧盯着前方，用神秘莫测的口气说："他实在是个好孩子啊！官人一直把他当自己的亲生儿子看待，他也知道这份恩情呢。可怜见儿的，他以为我还看不出你们俩之间的关系来呢。"说着话，她又笑了起来。

"女官！"更吉害怕极了，立刻跪在女官扎措面前等候发落。

女官扎措叹息了一声后，依旧凝视着前方说："年轻的时候谁都一样。"她复又自言自语般地说："我小的时候也有过这样的一段美好的生活经历，但是，那是我还没有嫁到郡查部落之前的事了。官人到现在依旧不喜欢、不疼爱我，也都是为了那事啊。"更吉除了屏声静气地听着女官扎措的话之外，连一句话都不敢多说。当阿妈旺姆急匆匆地赶到官人家那顶黑帐篷门前时，更吉已经梳松了女官扎措头上的辫子，而女官扎措正在吃着午饭。

人们只是给阿妈旺姆追加了个"阿妈"的尊称而已，实际上她和女官扎措是同龄人，同样也是个牧区的中年妇女。她和女官扎措唯一有所不同的是,在她的一双眼睛的眼角上极其隐秘地藏着几道细密的皱纹。她肤色洁白,脸颊上的红润犹存,从她那副如同用酥油捏成的鼻梁和细长的双目中,就能看出她年轻的时候肯定也是个大美人来呢。但是从穿着打扮就能看出女官扎措与阿妈旺姆之间"主"与"仆"的悬殊地位来。阿妈旺姆平日里来到官家的家里就如同到了自己的家里一般,跟女官扎措一起坐在锅卡(灶膛)边上,自由自在地喝着奶茶,毫无顾忌地跟女官扎措谈天说地。往往当她自顾自地说了一阵子后,才察觉到女官扎措不开口很久了,这才意识到女官扎措已经厌烦了自己所说的话,于是急忙对女官扎措说:"女官莫不是厌烦我滔滔不绝了,看看我这张臭嘴吧!"之后阿妈旺姆就照例埋怨起自己管不住嘴来……

那天,她又像往常一样走进官家家的黑帐篷里,在锅卡边上坐下来之后,女官扎措就吩咐更吉给她倒上了奶茶。她从更吉的手里接过茶碗毫不客气地边喝着奶茶边埋怨着才洛,说才洛是个无能的人,按理来说,官人走到哪里他就要陪同官人去到哪里,尽力为官人做好服务才对。她虽然只说了短短的几句话,可发现女官扎措始终沉着脸不说一句话。她又觉得自己多嘴了,立刻埋怨起自己的那张嘴:"哎呀,看看我的这张臭嘴吧!"说着话她用手还轻轻拍打了一下自己的嘴巴。

平日里当她做了自我检讨后,女官扎措的脸上就会露出笑容来的,可今天女官扎措跟往日有所不同,阿妈旺姆见女官扎措依旧阴沉着脸,她不知就里地问女官扎措:"怎么了?难道女官您贵体欠佳吗?"她一边说着话,一边仿佛在寻找什么似的详细端详着女官扎措的脸。

女官扎措稍稍做了一阵思考,长长地叹息了一声后开口说道:"不是,我昨夜做了一个很不吉利的梦,从上个月开始我总是梦到自己掉到深渊里去。"

阿妈旺姆没有听清女官扎措说的,就又询问女官扎措说:"哎哟,掉落到什么地方去了呢?"同时目不转睛地继续盯着女官扎措的脸。

"我也不知道。"女官扎措继续喝着奶茶,做着深沉的思考,偶尔她又向给阿妈旺姆解释一般地说:"总之,我觉得我所做的梦非常不吉利。"

阿妈旺姆惊讶地说:"哎呀,难道官人此次出行会出现什么意外不成?"当她说出这句话的同时,自己也察觉到有所不妥,担心自己的话又要扰乱了女官扎措的心绪,就立刻更正道:"怎么会呢……绝对不会的……看看我这张臭嘴……"

女官扎措毫不介意阿妈旺姆所说的话,还补充似的说:"还有小少爷呢。"

"是啊,还有小少爷呢。"

女官扎措的话让阿妈旺姆更加紧张了，她的脸由于紧张过度，通红得连头都抬不起来了。

女官扎措干脆放下了茶碗，满脸带着哀伤说："以前无论官人走到哪里，总会把你已亡故的丈夫当作他的贴身大臣随时带在身边。他给官人服务，那时候无论是离家出行的人还是等待在家里的人都感到很放心。官人的心至今还为他的事而平静不下来呢，官人确实对他有着深厚的感情啊！"女官扎措说着话站起身来。阿妈旺姆揩拭掉自己脸上的泪水，发觉到了该给女官扎措梳头的时候了。

阿妈旺姆在梳头和做家务方面可谓卓尔不群，她的这一绝活着实让人们对她推崇不已。为此，她的主要工作就是给女官扎措梳头和收拾官家灶台上的杂乱烦琐的事务。以前，郡查部落里所有的牧民家里要出嫁女儿的时候，主人家都会牵着马，带着哈达来到她家邀请她去给自己的女儿梳头；如果某家要娶媳妇举办喜事时又会有人来邀请她做厨娘。出嫁女儿的时候，都要给新娘子梳理一个漂亮的发型，人们把梳头的事称作"盘新娘头"；举办喜事时要置造一个好锅灶，人们把置造锅灶的事称作"置婚宴灶"。无论是"盘新娘头"还是"置婚宴灶"，都是阿妈旺姆的拿手绝活，没有人不认可她的这一手艺。阿妈旺姆虽然只是个丫鬟，但她梳出来的辫子既柔软顺滑又粗细一致。就因为她能梳出如此油光发亮、柔软顺滑的秀发，所以自从女官扎措嫁到官家家来之后,她俩之间就建立起了如同姐妹般的深厚感情。

阿妈旺姆往一个水桶里倒满了一桶黄灿灿的曲拉水后,让女官扎措坐在水桶边上。她首先给女官扎措洗干净右侧的头发,打了一个结,把头发盘绕在她右侧的头顶上,而后再洗她左侧的头发。等阿妈旺姆洗完女官扎措的头发后,复又拿来一把大梳子,仔细分开女官扎措头顶上的发髻,再往一缕缕分好的头发上抹上酥油梳理几下,女官扎措头上的那一缕缕头发顿时就变得油亮顺滑起来。更吉站在离她俩不远的黑帐篷门口的阳洼里打酥油,口里边默念着"一啊、二啊、三啊……"边抽打着酥油桶里的牛奶,眼睛还不忘观看阿妈旺姆给女官扎措梳头发。阿妈旺姆给女官扎措梳头的时候,发觉女官扎措依旧没有放下那颗悬着的心,阿妈旺姆恐怕自己再多说话会让女官扎措更加厌烦,所以她克制着自己,尽量不说话。但是她心里暗忖:听女官扎措的意思,她的话里有责怪自己只为官人担忧,好像根本就不关心小少爷宇泽安危的味道……她暗自思谋着,额头上不由冒出细密的汗珠来。

最后,女官扎措再也没有压制住她内心的忧虑,开口说道:"算上今天已经过去三周了,官人、仆从们也该回到家里来了吧。我为他们的安危担忧得整夜整夜睡不着觉啊。"

阿妈旺姆也接着女官扎措的话说:"但愿他们父子平安回

到家里来啊！"她用此话来证明自己对官家的一片诚心。

这时候，女官扎措突然想起了什么事似的问阿妈旺姆："对了，才洛今年多大了呢？"

阿妈旺姆心中暗忖，女官扎措突然问起这事是什么意思呢？为此她有些不安地说："他已经二十一岁了，不是和小少爷同岁吗？"

女官扎措马上想到了什么似的说："是啊，现在已经到谈婚论嫁的年龄了，你们看上谁家的姑娘做你家的儿媳妇了没有啊？"

听了女官扎措的问话，阿妈旺姆用眼角扫过黑帐篷门前打酥油的更吉说："已经看好了。"一听到阿妈旺姆说的话，更吉的手失去了平衡，握在她手中的打奶杆从她的手里滑落，重重地投进奶桶里，溅起的牛奶飞溅到半空中复又"砰"一声猛力落回奶桶里，从桶口中溅出来的牛奶白花花地洒落到她的脸庞、手背和地面上去了。更吉害怕女官扎措责骂她，就匆忙地用手蘸着溅落在地面上的那些牛奶使劲往自己的额头上抹去。平日里，遇到这样的事情女官扎措就会没完没了地责骂起她来，可是今天女官扎措却一改往日的作风，一反常态地用眼角斜视着她，脸上露出神秘莫测的微笑，看到这一幕却没有责备她一句。阿妈旺姆机灵地接着之前的话题继续说："可是，还没来得及请求官人和女官，哪能草率行事呢？"

女官扎措放声大笑起来，可那笑声还是细声细气的，她平日里心情非常愉悦的时候才会发出这样的笑声来。"主要是你自己喜欢就是了,官人他会协助你们家办成这门婚事的。"阿妈旺姆听了女官扎措的话,就立刻感激地说:"非常感谢官人和女官的恩赐。"

女官扎措的脸上带着满足的微笑向阿妈旺姆点了点头。实际上女官扎措在心里暗忖道:阿妈旺姆的阿爸是搭救上一辈千户长的救命恩人,为此,上一辈千户长比起别的丫鬟更疼爱阿妈旺姆,还把家仆拉隆招赘过来做了她的丈夫,甚至为她另起锅灶,安家立业,为她做的这一切都是为了报答她父亲的救命之恩。除此之外,第二年才洛和小少爷宇泽同一年出生,千户长尼桑的心中就更是感到无比的喜悦。而且小少爷出生后,女官扎措的奶水不足,阿妈旺姆就用自己的乳汁喂大了才洛和小少爷两个孩子,所以小少爷至今还把她叫"阿妈旺姆"呢。正因如此,人们都跟着小少爷,把她称作"阿妈旺姆"了。但是,在阿妈旺姆的丈夫去世的那件事情上,阿妈旺姆自己也要承担一定的责任的……

女官扎措想到这,长长地叹息了一声后,在心里默默道:帮助阿妈旺姆为她的独子才洛操办婚事是我们家分内的事。

女官扎措是个城府很深的女子。把更吉嫁给才洛,让她做才洛妻子的事早就在她的计划当中。小少爷宇泽、才洛和更吉三人是从小一块儿长大的伙伴,他们彼此之间虽然有着深厚的友情，但是在他们平日里玩"过家家"的游戏时，小少爷总充当官人，更吉充当女官，才洛充当仆人，女官扎措每每看到这一幕时心里总会产生出些许的不安来。因此，她教导小少爷宇泽说，你可是郡查部落的小少爷啊，以后岭查部落的千户长家生出一个公主来，你就得娶她做妻子，维持千户长家的基业，你如要娶一个丫鬟做你的妻子的话，别人会笑话死你的。可是，等他们逐渐成长后，看到小少爷依旧像从前一样偏袒着更吉，她的心中比之前更加紧张了起来。她深知说这些话对小少爷不会起到任何的作用，于是她就当面斥责更吉，让她不要毁掉小少爷的前途，更吉因为害怕女官扎措就渐渐疏远起小少爷来，之后更吉就只剩下才洛一个伙伴了。更吉的内心也因此变得比较安稳了，在她的心里也觉得自己和才洛才是非常般配的一对。可是，小少爷还没有察觉出这些细微的变化，依旧寻找各种机会接近更吉——这事成了女官扎措的心结。

　　黄昏时分，才洛像平日里一样把绵羊聚集到院子当中后，没有立刻回到自己的家里去，而是期盼、等待着更吉走出那顶黑帐篷来。女官扎措看到此情此景后，她又想起自己答应了阿妈旺姆的请求来。她在心中暗想：等千户长回来后，立刻让他主持操办他俩的婚事为好，以免夜长梦多。她这样思谋着，回到自己的那顶花帐篷里休息去了。

第二章 仇恨

千户长尼桑和他的随从们回到故乡的那天，官家左邻右舍的男女老少都前来迎接他们了。女官扎措也身着盛装，打扮得漂漂亮亮地走出黑帐篷，在阿妈旺姆等妇女的簇拥下，她带着洁白的哈达和甘醇的青稞美酒走上前去，喜迎千户长他们平安回家。

不用说，此刻千户长父子已经骑马走在骡马、驮牛和骑手团队的前面了。千户长骑着一匹枣红色骏马，行走在驮队和骑手们的最中间。他身穿一件紫红色的长袍，头戴一顶由上一世官家传下来的用孔雀翎做装饰的官帽，那支从西宁买来的短枪的把柄上系上了大红绫缨，斜插在他的胯部。在他的右边，小少爷宇泽骑着一匹栗色的骏马，肩上背着一把由白银镶嵌，用羚羊角做枪柄的步枪。红鼻头管家也穿着一件紫红色的长袍，腰上系着一条绿色绸缎做的腰带，将自己的那把精良的枪支背在背上，骑马走在千户长的左边。但是让前来迎接的人们意想不到的是，还有一个陌生人也伴随着千户长父子来到了草原。那人身穿一套黑色的套装，头上戴着一顶碗状的白顶帽，椭圆形的脸庞，肤色白里透红，在他那尖尖的下巴上突兀地留着一撮既细又长的山羊胡子，正随着他摇摆头颅的频率如同扫帚一般的左右摇摆着。从他那紧贴着千户长并肩而行的架势来看，他肯定是个非常重要的客人了。

　　当前来迎接他们的人们异口同声地向千户长尼桑他们表达了问候后，千户长勒马停了下来，脸上流露出胜利的喜悦，举起右手向人们缓缓招了招手，以此作为回应。可在别人看来，他好像在炫耀着自己的能力和威风。等千户长打过招呼后，就从女官扎措的手中接过那条原本要敬献给他的洁白的哈达，又用双手捧着那条哈达献给了站在他身边的那个留着一撮山羊胡子的人。那个人也非常熟练地从千户长的手中接过哈达，搭在自己的脖颈上，脸上露出微笑，向他做了个回敬的手势。紧接着，千户长尼桑首先指着女官扎措用汉藏两种语言混合着对那人介绍："这是我太太。"同时又指着那人对女官扎措说："这是我新结交的朋友——商人马乃。"听到"马乃"这个明显有别于藏族人的名字之后，站在他身边的那些人就忍不住放声大笑了起来。

女官扎措首先向那个人表示了一下敬意后,略微露出了羞怯的神情说:"官家你在说什么呢?你说的'太太'是什么意思啊?"她刚说完,聚集在那里的人们又哄堂大笑了起来。伴随着人们此起彼伏的笑声,客人马乃、千户长尼桑、小少爷宇泽和女官扎措等人高高兴兴地排着长队向官家的那顶黑帐篷走去。

来到官家家的那顶黑帐篷的门口,骑手们才一并翻身下了马背。千户长尼桑命令那些同他一起远行归来的仆人们卸了骡马驮队,还让他们小心谨慎地把那些商品都抬到他平时居住的那顶花帐篷里面去。这期间,他始终嘱咐他们说"小心!"或"轻轻放在地上!"

往昔的岁月里,千户长不论去哪里,回到家里后都会第一时间把他此次出行做了一笔什么大生意或获得了多少利润等事一五一十,详详细细地说给女官扎措听,可这次却跟往昔不同,他始终只跟那个商人马乃交谈,根本不与女官扎措多说一句话。等他们把那些商品全部抬进他的那顶花帐篷里去了之后,千户长尼桑才把马乃邀请到他家的那顶黑帐篷里面去。商人马乃露出非常喜悦的神色坐在千户长的下端,还用手轻轻地捋着他的山羊胡,堆着满脸的笑容对千户长尼桑说:"这一切都能说明主席他很喜欢你,从此以后就再也没有能胜过你的对手了。"说着话,马乃就放声大笑了起来。与此同时,千户长尼桑若有所思,却没有接他的话。此时此刻,千户长尼桑家的帐篷里弥漫着凝重的氛围。

　　说句实在话，这次千户长父子说要去塔尔寺朝拜只是个借口，实际上他们到西宁购买武器去了，买那些武器是想去色查部落寻仇的——上一辈千户长统治郡查十二部的时候势力非常庞大，村庄户数、手下的军队和经济实力等各个方面都比其他部落庞大、雄厚多了，别的部落不敢随便招惹他们。郡查部落的拉贡勒让（外号"长手"）和杰迟卡色等有名的贼匪们来到草原上一群一群地盗走其他部落的骏马、牦牛和绵羊后，那些被盗部落的首领们依旧拿着供品去上供，却根本不敢招惹他们。尤其是千户长尼桑的父亲担任郡查部落首领的时候，郡查部落的那个叫纳旺的老汉虽然杀死了色查部落的人，但是色查部落的头人非但没有向他讨要赔偿金，还以"纠尾过长对儿子不利"的俗语之意，立刻平息了纠纷，更是把自己刚满十八岁的公主扎措嫁到郡查部落里来了。可是，后来由色查部落的小少主拉松继任了父位之后，就开始与郡查部落以平起平坐的方式处理问题了。他不但没有向郡查部落贡茶敬酒，反而经常打击报复，伤害两个部落之间的感情。几年前，拉松说格拉宇杰神山是大家的公神，于是自作主张在那座神山上设置了拉则，还拉了经幡，肆意开展起煨桑祭祀仪式来。千户长尼桑担忧会伤女官扎措的心，就睁一只眼闭一只眼忍让着没有跟他们去计较。但有句俗话说，"不报仇恨敌头就会高扬起来"，就如这句俗话所说的那样,色查部落的欲望渐渐膨胀了起来。去年夏天,他们就控制不住自己的欲望,想用"石头上钉橛子"的方式把郡查部落的地界——玛姆贡卡硬说成是他们的草地,还说从此要自己管理自家的草山了。他们不但集聚了兵马,还肆意赶走了郡查部落的百来只绵羊,为此,阿妈旺姆的丈夫追过去向他们索要那群绵羊时,他们不由分说开枪打死了他。由于受到色查部落如此大的侮辱,千户长尼桑被激怒了,生气之余立刻集聚了兵马准备开战,可他又做了一番深思熟虑之后,想到了色查部落的千户长不但跟西宁马主席的关系密切,还听说他把自己的一个儿子送到马主席的身边做了贴身士兵,从他们不断膨胀的贪婪欲望和疯狂的举动中能看出他们的手中肯定有武器。不能轻视敌人啊!他这样做了一番深思熟虑之后又解散了已经聚起来的兵马。可部落里的人们不理解千户长的心思,还对他的这一"懦夫"行为产生了怀疑……

这次,千户长携带大量的银子从西宁马主席那里买来了五把冲锋枪和十几把火枪,为此,他信心满满地暗想道,"不报仇恨是懦夫,不还食债是乞丐",这句俗话说得确实有道理啊。贪心不足的色查部落啊,有本事从现在起我们就较量一下!

千户长本来不同意那个叫马乃的人跟他一同来这里的,可当他准备离开西宁的时候,马主席亲自对他说,马乃非常喜欢喝草原的鲜牛奶,爱吃酸奶等草原上的特色食物,所以你就把他带到草原上去，让他好好享受一下牛奶和酸奶等美味佳肴吧。就这样，他不得不把马乃带到草原来。

吃过晚餐后，更吉服侍千户长和客人，给他们斟了醇香的奶茶。女官扎措也陪同他们坐了一阵后对他们说："我的身体有些不舒服，请原谅，失陪了。"说罢，她就起身回自己的那顶花帐篷里睡觉去了。这时候，商人马乃见更吉长得非常漂亮，就反复转过头去窥视着更吉，还偶尔暗示千户长要给他找个女子在夜里陪睡。为此，千户长低声给他说，草原上没有女人到男人屋里来陪睡的道理，最后他唤来小少爷宇泽，让他把马乃领到附近那个痴呆女子那里去了。千户长由于路途劳顿，就单独到自己的那顶花帐篷里睡觉去了。那夜，他没有跟女官扎措见面。

第二天，天气非常晴朗。朝阳的光芒金灿灿地照耀在千户长尼桑家黑帐篷后面的那座格拉宇杰神山上，格拉宇杰神山脚下那道狭长的郡拉沟就如一个碧玉宝盆；格拉宇杰山脉如同一把弯弯的镰刀，像一道城墙一般环绕着郡拉沟的北边逶迤而去；从郡拉沟上端流淌下来的叶甘河蜿蜒曲折地流淌到遥远的郡拉沟下端，河边的草木叶子上凝聚着晶莹剔透的露珠，在朝阳的照耀下闪烁着五颜六色的光芒。此时此刻，那片千户长家帐篷坐落的名叫"索列（肩胛骨）滩"的大草滩，从远处望去宽阔平坦，宛如一根牲畜身上的肩胛骨展现在人们的眼前。千户长家的那顶黑帐篷的周边还驻扎着三顶花帐篷，看上去比其他人家阔绰、显赫。夏天，牧人们要对乳牛进行晨挤牛奶的活计，所以千户长家周边邻居的妇女们天没亮前就起身挤好了牛奶，还把牛群都赶到郡拉沟里放牧去了。这时候，千户长家羊圈里的绵羊群依旧圈在圈里，在那千只绵羊形成的大羊群中，有几只贪吃的绵羊走出羊圈，在羊圈的附近采食着肥嫩的牧草。

千户长早早起床从自己的那顶花帐篷里走出来时，恰好与拿着灰匣子从黑帐篷里走出来的更吉碰了个正着，看到更吉手里装灰的匣子，千户长以为预兆不祥，从他的心底里升起了一阵忌讳的感觉，立刻生气了起来。

"父亲，起得好早啊！"更吉一见到千户长立刻彬彬有礼地向他问候。见状，千户长心中的那股怒火也随之熄灭了。

更吉虽然是个孤儿，可她品行端正，干起家务活来非常干练麻利，再加上更吉平日里称千户长为"父亲"，为此，千户长就把她收作内部丫鬟。在其他的仆人和丫鬟的眼里，内仆和官家家人之间只是称呼不同，实际上跟一家人没有什么区别。千户长的脸上露出喜悦的神情问更吉："女官扎措还没有起床吗？"

更吉听了千户长的问话，立刻回答说："女官说她这几天头有些疼，现在还在睡着呢。"听到更吉的回答后，千户长思谋了一阵，心中暗忖道：昨夜我应该到她身边去陪她睡觉的。但他也不想继续沿着这个话题思索下去了，于是，他走过去欣赏着远处的美景怡情养性。他一转身望见远方那座巍峨的格拉宇杰神山，他观赏着格拉宇杰巍峨的雄姿，心中想起了那个听长辈们说的他们的第一位祖先已成了山神的传说后，心中对对面那座神山油然升起了敬意来，他不由自主地摘掉了戴在自己头上的那顶帽子，双手合十，虔诚地祈祷，他祈愿山神时时刻刻保佑他和整个部落的人平安、幸福。他虔诚祈祷着，在原地站立了片刻。

这时候，才洛从他自己家方向走过来，准备把羊群从羊圈里赶出去放牧了。千户长看到他之后，呼唤着他并打手势召唤才洛过来。才洛见千户长叫自己，于是就急忙走过来，问千户长说："尊敬的千户长，您有什么事情吩咐我吗？"

千户长脸上露出了笑容，像丈量身高一样把他从头到脚细细看了一遍，问他道："最近你到哪里去放牧的啊？"

听到千户长的问话，才洛不知就里地回答千户长说："我平日里到宇隆沟去放牧的啊。"他老实地向千户长回答着，心中立刻担忧地暗想道："也不知女官扎措向千户长告了我什么恶状呢？"

千户长向他点了点头，放眼凝视了一阵自己的羊群，一阵短暂的思谋后，对才洛说："你跟我来一下。"说完，他径直向自家的那顶黑帐篷走去。才洛也跟着千户长走了过去。等他俩相继来到黑帐篷里之后，千户长走上前去，取下挂在帐篷里边的那根柱子上的那把用白银镶嵌的冲锋枪，用手揩拭了一下那杆枪上的尘土之后，对才洛说："今天你背着这杆枪把羊群赶到玛姆贡卡去放牧吧，我要试探一下色查部落的那群乞丐有什么反应。"

"啊！"原本坐在锅台左下角干活的更吉听到千户长的那句话后，不由得口中发出了一声惊呼来。才洛明明知道千户长的目的，但千户长把那杆枪放在他的手里之后，才洛还是非常激动地说"遵命！"才洛拿着那杆枪偷偷向更吉望过去时，更吉睁大一双眼睛惊愕地站在锅台的右边看着他们。

千户长的脸上又恢复了严肃，非常郑重地对才洛说："枪膛里面只有五发子弹，你不准随意开枪把子弹给射出去，如果色查部落的兵冲上来赶走了羊群你也不准追去索要，注意保护好自己，只要人在，财富会有的。千万要注意，防范他们偷袭。"

听了千户长的嘱托，才洛非常高兴地对千户长说了一声"遵命！"背着那杆枪立刻就走出了千户长家的那顶黑帐篷，赶着羊群上山放牧去了。

过了一阵，女官扎措和商人马乃分别从自己休息的花帐篷里走出来，来到了官家的那顶黑帐篷里。那天，女官扎措的心情非常不好，从她的表情中就能看出来。她走进黑帐篷，没和千户长打声招呼就径自坐在自己的座位上享用起早餐来。千户长明白她的"病根"在哪里，也就装作无事地坐在一边跟商人马乃随意地谈论着什么。这时候，小少爷宇泽和红鼻头管家也来到了黑帐篷里，他俩边吃着早饭边和千户长商量起如何保管那些新买来的武器,以及什么时候报复色查部落的事。管家已经五十来岁了,从小时候起就有病,所以,不论遇到寒冷还是炎热的天气,他的鼻尖都会变红,他得不停地吸鼻烟来抵御这个疾病。为此,部落里的大多数人都叫他"红鼻管家",久而久之,除了他的外号,谁都不知道他的真名叫什么了。管家也逐渐认同"红鼻"就是他的名字了,还把吸鼻烟这件事作为管家的权威标志来看待了。

千户长鼓足勇气对他们说:"今天我们训练射击,给每个人五发子弹,而后我们打赌射击,你们看怎么样啊?"听了千户长的话后,小少爷宇泽和管家都非常高兴。

训练射击对千户长尼桑来说是一件非常值得高兴的事。在他很小的时候,如果由他背着上一辈千户长留下来的那杆冲锋枪到山上去打猎,就一定会打到许多诸如鹿和香獐的野生动物,他家的仆人们就得赶着驮牛去驮他猎杀的动物。可是,现如今他已经年迈体衰,再也不能上山去打猎了,他本想把自己的这一本领传授给自己的儿子,可当初小少爷宇泽上山打猎,在山上转悠了一整天,却连只狐狸都猎不到手,千户长对此非常失望,就用谚语安慰自己,"给没头发的头上施加留辫子的税务",也着实不合理啊!可后来,小少爷慢慢长大,偶尔也能猎杀来麋鹿和雄香獐的时候,千户长的心中又暗忖:跟上经师念经,跟上贼匪偷盗。"这个道理实在是很正确啊!自己的儿子继承了自己的特长,也会成为一名好猎手或大英雄的。每每想到这,他就从心底里高兴了起来。今天的射击训练,从某种角度来说是他想试探一下自己儿子的射击能力。而且他今天刻意让才洛背走自家的那杆冲锋枪,也是想让自己的儿子适应一下陌生的武器。

第三章　肚皮上的"斑点"

才洛把千户长那杆被白银镶嵌的冲锋枪背上之后，觉得自己变成了另外一个人。

才洛本身个子矮小，肤色黝黑，看上去瘦小、羸弱，再加上他平日里总是穿着一件破旧的光板皮做的皮袄，见到他就让人不由得产生怜悯，感觉他是名副其实的"孤儿"。但是，当同龄的伙伴们聚集在一起玩耍争辩的时候，他就会展露出能说会道的口才来。由于大家都争辩不过他，于是就给他起了一个"麻雀嘴"的外号。才洛在心里暗想，如果自己有一杆属于自己的枪背在肩膀上，那么无论走到哪里都能和"男子汉"这个称呼相匹配了，可是现在背在他背上的这杆枪还只是千户长家的啊！平日里，千户长就如爱护自己的性命一样妥善保护着这杆枪呢，只有千户长出远门或小少爷出去打猎的时候才能拿出来使用。才洛小的时候多少次有过走上前去触摸一下这杆枪的冲动,可他哪里能触摸得到啊?甚至是权力比别人大了不知多少倍的管家也没有触摸这杆枪的权利,其他人要触摸这杆枪就更是想都不要想了。小时候,那些放牧的老汉给他们说过这样一句话:"你们现在年龄尚小,等到你们长成青年后就要骑到女人们的肚皮上去的,到时候你们的肚皮上就会出现一片斑点来,那时候你就完全变成了一个男人,就可以骑大马、背长枪了。"才洛半信半疑地思谋着,那是真的吗?跟女人有了肌肤之亲后肚皮上就会出现斑点吗?可是他至今碰都没碰过女人一指头,所以怎么去分辨那句话的真假呢?如果真的要显示出斑点来的话,那么自己的那个斑点一定会在更吉的肚皮上显现了。他这样思谋着,不由得笑了一声。他跟在羊群的后面行走着,有时候从背上取下那杆枪斜挎在自己的肩上,有时候又把那杆枪背到自己的背上去,不断变换着背枪的姿势,偶尔还通过映在地上的影子来满足一下自己激动的心情。他还在心中暗想道,如果自己再有一匹骏马那该多好啊!虽然自己的肚皮上还没有显现出斑点来,但自己只要有一匹骏马和一杆枪就足够成为一个男人了,想到这,他的耳畔仿佛还响起了祖先们骑着骏马,背着长枪追敌而去的传说。

　　绵羊群分散地顺着阳坡的花丛缓缓向山顶而去,惊扰了一两只安睡在阴坡茂密的柳树和灌木丛里的香獐和黄羊，它们在丛林里来回蹦跳了几下后，如同找到了方向一般向远方直奔而去，不久就消失在了对面的那座山的垭口了。那条深邃悠长的山沟叫宇隆沟，当地有传说，说它是格拉宇杰神山的左臂，人们认为这个地方的所有野生动物都是格拉宇杰神山门前的家畜，因此谁也不敢随意伤害这里的野生动物，也正因如此，才不时发生香獐们跟随着绵羊群来到牧人家院子里的事。

才洛留下绵羊群，让它们自由自在地往山顶慢慢爬去，他则经过沟底提前爬上了山顶。顺着宇隆沟上端的位置正对面有个小小的山垭口，此地叫玛姆拉哇（岔口），翻过玛姆拉哇垭口对面就是玛姆贡卡山了，这里就是色查和郡查两个部落争抢地界的焦点，也是去年色查部落的人杀死才洛阿爸的地方。山势陡峭，加上背在他肩上的那杆步枪也很沉重，他爬上玛姆贡卡山顶的时候已是气喘吁吁、汗流浃背了，身上的汗水都打湿了他的衣服。刚一爬上山顶，他就瘫软地坐在草地上休息了片刻。

玛姆贡卡山坐落在一片比较宽敞的地方，犹如给明镜镶了金边一般，它的周边散落着许多大小不一的泉水，到处开满灿烂的野花，空气中弥漫着草药浓郁的芳香。彼岸有两座小山丘，合称玛姆尼玛贡秀（母绵羊的上下乳房），此岸有一片四季不干枯的名叫拉措秀穆的湖泊。按理来说，玛姆贡卡跟郡查部落官家之间有着密切的关系——很久以前，郡查部落的千户长家有九个儿子，可他家的帐篷门前除了一只母绵羊外一无所有，他们担忧那只母绵羊逃走，就整天把它拴在木桩上养着。某年夏天，他们把帐篷扎在玛姆贡卡山上，依旧整天把母绵羊拴在木桩上。突然有一天，一只头上长有银色犄角的雄鹿来到那只母羊的身边，跟它亲热嬉戏了一整天后就消失了。就在大家都觉得非常奇怪的时候，他们的老阿爸告诉大家，那头雄鹿好像是山神的化身，大家谁都不准伤害那头雄鹿。果不其然，就从那年开始，那只母羊每年产下一对羊羔来，他家羊圈里的绵羊从而由一只变成三只，三只变成六只……绵羊的数量迅速增加起来，慢慢就变成了现在这群有千只绵羊的大羊群。玛姆贡卡山脚底下横亘着一条纵深的沟，沟底下缓缓流淌着一条长长的河流，每年夏天一场大雨过后，河水就会暴涨起来，连牲畜都会被河水冲走，所以人们很难渡过河水到对岸去。河水彼岸是属于色查部落的地界，河水此岸是属于郡查部落的地界，以前两个部落的人每当遇到土匪，追击着土匪而来后，只要土匪跑到沟对面就等于越界到对面部落，为此，此岸部落的人们就不能再越界追赶了。河水两面的沟壑里生长着茂密的松树、柏树、柳树等林木，阳面有陡峭的岩壁和纵深的峡谷，犹如自然形成的阎罗地府，显得非常险峻。沟底里流淌的河水声形成震耳欲聋的回声。

才洛坐在玛姆沟岔口休息了一阵恢复了一下体力后，才慢慢爬上了山顶。山顶上除了零星的牛羊等牲畜之外，甬说色查部落的帐篷了，连个人的影子都见不到，他感到非常奇怪。羊群慢慢爬上山顶散开来在山坡上悠闲地啃食着牧草，于是才洛就如之前准备好的那样阻拦住了羊群的去路，自己则在山顶上来回走动，探看着色查部落的军队有没有到来。他这样在山顶上来回走动了一整个上午，也没发现色查部落军队的任何动静，不但见不到有军队到来，甚至连个向他吆喝的声音都没有。他在心中默想，色查部落的人未免也太狡猾了，想必他们得知了郡查部落的千户长购买来了武器，就不敢贸然出动了……想到这，他放松了警惕，走到那棵生长在沟口的松树底下来回摆弄着那杆枪，上上下下、里里外外地查看着那杆枪打发着时间。

　　后晌渐渐过去。他趴在之前坐下来乘凉的那棵松树底下，端着那杆枪时而瞄准那些离他很遥远的色查部落的帐篷，时而把枪口对准那些近处的土堆，嘴里模仿着步枪发出的"砰"或"啪"的声响尽情地玩耍了起来，此刻的他彻底忘记了提防敌人。就在他偶然瞄准大山下面森林中的一块大石头的时候，突然发现就在他瞄准的那块大石头旁边有一片红布一闪而过，之后便不见了踪影，这下他开始变得非常紧张，心中暗道：情况不妙啊！色查部落的军队到了。他的额头上立刻冒起了一层冷汗，他很认真地往枪膛里上了一发子弹，聚精会神地盯着刚才的那块大石头看，却又看不到任何的动静，恍惚间，他认为自己刚才出现了什么幻觉，这才稍微松了口气。可就在这时，他又看到刚才那片森林的周边稀疏地生长着几棵柽柳的地方闪现出了一个人影来——是个女子,她正顺着才洛正面的山路向他爬来。才洛又想到曾听人说过敌人往往会乔装成妇女前来偷袭的事后就更加提高了警惕,还把枪口对准了那人。随着那人越来越接近,他的心跳也随之加快了,甚至连自己的心跳声都能清晰地听到。那女子好像根本没有看到他,因为她一点儿也不提防地径直向他走来,甚至经过他的面前向对面走去了。原来这不是乔装打扮成女子前来偷袭的敌人,而是个年龄跟他相仿的女子,此时他那颗悬着的心终于放松了下来,还用手背揩了揩额头上的汗珠。

他之前没有见过这个女子,她好像是色查部落的人,才洛认为自己应该吓唬一下这个女子,说不定能从她的口中问出些什么来。他一直等那女子来到他面前时,突然翻起身来跳到那女子面前,还把枪口对准了那女子,说:"站住!"那女子突然听到有人说话,惊吓过度,大声呼叫了一声后差点儿就瘫倒在地。才洛根本没想到她会吓成这样,看到这种情景,才洛的心也软了下来,但他还是觉得应该问些什么。于是他就问那女子:"说!你是哪个部落的?"

那女子用略带颤抖的声音说:"我……我……是岭查的人,我……来寻找我家走丢的几头牦牛。"

"找牛?你为什么找到郡查部落的地界上来呢!"才洛继

续逼问那女子,可他觉得自己的问话根本没有什么意义。

"我实在没办法了,我是嫁到色查部落去的,我的丈夫天天打我……我不得不来这里……"她一边说着话,一边望向才洛手里那杆冰冷的枪,然后又带着哭腔说:"你就……放过我吧。"

才洛虽然从心底可怜那个女子,可那女子不但年轻漂亮,而且由于受到惊吓,更加显得楚楚可怜,那种神态在才洛看来,是那么可爱动人。才洛的心动摇了,想在自己的肚皮上显现出"斑点"的那种无法抗拒的欲望向他的内心袭来,于是他对那女子说:"呀,姑娘,是你自己的运气不好,今天落到我的手里了,但是你也是被迫来到这座山的,所以你也不必害怕。再说,你和我能在这样一个荒无人烟的地方相遇,足以说明我们是有缘分的,虽然我们做不成一世的夫妻,但也该着一次露水姻缘啊。"才洛露出一副好坏难辨的神色巧言向那女子说道。那女子听了才洛的话以后就愣在那里,既不反抗也不认同,只是低着头坐在原地一言不发。才洛环视了一眼周围的动静后,半推半拉地把那个女子带到刚才他休息的那棵松树底下去了。来到那棵松树底下后,才洛就以命令的口气对那女子说:"快,马上解开你的腰带!"

"啊?!"那女子很害羞地轻轻喊了一声,抬头向才洛望去时,恰好与才洛那双犹如动物盯着猎物般的眼睛对上,于是她迟疑地呆坐了一阵后，就略微侧了一下身子慢慢解着她的腰带。虽然她听话地照做着，可是从她那双不断颤抖的双手来看，她连解开那几圈腰带都显得非常困难。才洛看着那女子解腰带的样子，一股热浪从他的心头升起，立刻传遍了全身，他的脸上也如同艾灸了一般热辣辣的。他出生以来第一次以这样的方式跟一个女子接触，他不自觉地呆住了。过了一会儿，他如梦初醒般地恢复了神志，突然有种异样的感觉充斥着他，鼻子间觉得有些痒痒的，恨不得一口吞掉那女子……

事后，那女子又系好腰带走过来坐在他的身边，直到此时，她才用双手捂住自己的脸哭泣了起来。才洛也一时紧张得不知道说什么为好。"你叫什么名字啊？"才洛没话找话地问道。可她不回答才洛的话，依旧捂着脸放声大哭。哭了好一阵后，她才转过脸来回答他说："我叫拉姆卓玛。"

才洛又迟疑了一阵后问她："今天除了你，看不到一个色查部落的人，他们都到哪里去了啊？难道都死光了吗？"

"色查仓活佛圆寂了，部落里的人都到寺院里去了，他们要用一个月的时间住在寺院里给已经圆寂的活佛诵经超度。"那女子止住哭泣对他说。

"原来是这样啊！"才洛自言自语了一句后，复又拿起那杆枪抱在怀里用手擦拭着，一边擦一边对那女子说："现在天也快黑了，你也马上回自己的家里去吧，如果你们家的牦牛在我们这边的话,我明天可以把它们赶到这里来。"这时候,拉姆卓玛用眼角偷偷看着他,小声对他说:"找不到牛也没关系的。"

才洛惊奇地看了那女子一眼后,问她:"那么你不是来找牛的吗?"

女子眼角噙着泪水对他说:"我用牛干什么呢?我的丈夫把我当牛来看待,平日里殴打我,我实在跟他过不下去了。"而后,她显得异常柔弱地看着才洛说:"你敢带我走吗?"

才洛怎么也没想到她会问出这么一句话来,这下,他不仅无言以对,还懊悔着刚才对她施暴的恶劣行径。他心中暗忖:她真是个苦命的女子啊!苦命人的身上怎么往往就会有更多的厄运等着呢?最后他吞吞吐吐地说:"总之,你还是回到自己家里去好了,我可没有要带你去的地方,如果有缘我们以后会见面的。"

她又沉默不语了。就那样安静地坐了一阵后,她站起身来不说一句话,转身走开了,只是走的时候显得非常痛苦,一步三回头地望向才洛。

等她离开后,才洛心中产生了一阵说不出的悲痛来,于是他平展展地躺在原地。这时候,他突然想起拉姆卓玛从岭查部落嫁到色查部落后所受的虐待和色查部落杀死他阿爸带给他的痛苦,他决定非要向色查部落报复不可了。恰恰这时候,有一只乌鸦盘旋在他的头顶上"啊啊"地直叫唤,烦躁的他一时忘记了枪膛里面子弹上膛了的事,随手拿起那杆枪,就如向色查部落喷射仇恨一般,对准那只乌鸦扣响了扳机。瞬间,一声枪响带着回音,如同雷鸣一般响彻了整个山沟,惊得他头发都竖起来了。枪声过后,那只乌鸦伴随着一撮纷乱的羽毛掉落在了他的身边,他惊奇万分地上前查看时,发现子弹端端击碎了那只乌鸦的头颅。

第四章 命运

才洛就如早晨出去时那样,傍晚又背着那杆枪,赶着羊群回来了。等他把羊群圈到羊圈里之后,就准备把那杆枪交还到千户长那里去了。他来到千户长家的黑帐篷里时,发现黑帐篷里面坐着千户长夫妇、小少爷和那个新来的客人。千户长见到才洛后问到的第一个问题就是他是否遇到色查部落家的人。才洛把有关色查部落活佛圆寂了,色查部落的人都去寺院诵经超度的事一五一十地汇报给千户长。千户长听到后放声大笑说:"这是老天爷赐给他们的惩罚啊!"马乃的脸上显露出比千户长还高兴的神色,看着千户长的脸说:"恭贺!恭贺!这一切都是千户长您的福气啊!"与此同时,坐在左席上的女官扎措却突然放声痛哭了起来。马乃不知道究竟发生了什么事,一下望着伤心哭泣的女官扎措,一下又望向畅怀大笑的千户长,很是不解。才洛看到千户长和女官扎措的表现,以为自己带来的消息引起了千户长家的矛盾,很是不安,站在那里不知所措。

才洛走出了千户长家的黑帐篷后,小少爷也跟着他出来了。来到帐篷外,他拦住了才洛的去路,问他:"千户长为什么如此疼爱你呢?"这句话使得才洛更加不解了。

"这我不知道,可是我觉得我今天惹女官扎措生气了。"才洛喃喃低语道。

小少爷神情非常严肃地说:"你真的不知道吗?"

这时候天色已到了黄昏时分,夜幕的笼罩下周围的一切景色都变得模糊不清了,牛群和羊群也在畜圈里安静地睡着。才洛不知道小少爷究竟为什么要问自己这样一个古怪的问题,于是他看着小少爷的脸说:"我真的不知道,女官扎措突然大哭了起来,我真的不知道怎么办为好了。刚才帐篷里面的气氛你不是亲眼见到了吗?"

小少爷听了才洛的话后变得有些不安起来,之后还是笑了笑,慢慢走近才洛身边,用一种非常神秘的口气对才洛说:"难道你还不知道吗?今天女官向千户长请求,千户长答应了女官的要求,他们将要把更吉嫁给你做妻子了。你马上就能娶媳妇做新郎了,还不赶快去准备准备。"说罢,小少爷就立刻转身离去了。

等小少爷离开后，才洛如梦初醒，他在心里暗自想着：小少爷说的是真的吗？如果他没有感觉错的话，刚才小少爷说那句话的时候，语气和神色都显示出了一种失败者的味道，因为才洛早就知道小少爷也在喜欢着更吉。

当才洛来到他们母子俩居住的那顶破旧不堪的小帐篷后，就彻底明白了小少爷刚才所说的根本不是玩笑，也理解了小少爷为什么显得如此失落了。阿妈旺姆见到才洛进来，立刻取出一只干净的茶碗给他倒了一碗热茶，非常高兴地对才洛说："今天千户长答应将更吉给我家做儿媳妇了。"才洛没有说话。阿妈旺姆继续对他说："今天比赛射击，官家输掉了两只绵羊呢……"才洛心不在焉地听着阿妈的话，可他的心里真真切切地思念起了拉姆卓玛来。

从那天起，才洛内心深处不由自主地升起了一种失望和落寞来。小少爷不管在哪里遇见才洛都刻意地躲避着他，有时候甚至用仇恨的目光注视他。才洛知道小少爷那样做的原因——更吉成了他才洛的妻子。才洛也清楚小少爷的心思——小少爷虽然也很喜欢更吉，可他俩根本没办法走到一起，因为女官扎措一直反对小少爷跟更吉好，更吉曾经亲口对他说过这件事，不仅如此，如果千户长知道了小少爷与更吉要好的事还有可能把更吉赶出他们家去，小少爷想娶更吉为妻根本就是痴人说梦啊。为此，才洛觉得小少爷对他持那种敌视态度就很不应该了，因为小少爷没有做过冷静的思考，敌视自己根本就是毫无道理。

才洛平日里很早就起床了，趁着小少爷还没有起床的机会，早早把羊群赶到玛姆贡卡山上，来到他和拉姆卓玛相遇的那棵松树底下期盼她再次来到这里。才洛心中想道，拉姆卓玛真是个苦命的女子啊！按理来说，年轻男子留在家里坚守家业或年轻女子嫁到婆家操持家务是稀松平常的事，可是也有被命运捉弄了的人，所以有的女子因婚姻而幸福，仿佛到了天堂，有的女子却因婚姻而痛苦，仿佛掉进了地狱。这些话并不是他自己想出来的，而是他曾听切央仁波切这样说过，命运是自己在前世里积攒德行而得出的结果，比如你在前世里积攒了好德行，那么今生你就会过上幸福的生活；如果你前世作恶多端，有了恶业，那么你今生会得到报应。这就叫"命运也是前世修得的果业"，是今生没办法改变的。拉姆卓玛好像恰恰就是被命运扔进痛苦地狱里的人，所以他着实怜悯起她来。或许现在他真的爱上了拉姆卓玛吧。此时此刻，他就再也不想去考虑有关更吉的事了，他认为更吉不那么需要他，而且还有小少爷如此深爱着她，那或许才是她的命运……

才洛虽然每天坐在那棵孤松底下期盼着拉姆卓玛的到来，但她自始至终也没有出现在他的面前。他每天在山顶上一直待到天快要黑的时候才赶着羊群回家来，一来是他在等待拉姆卓玛的到来，二来可以躲避对他面色不善的小少爷。就这样，他每天回到家时天都完全黑了。每晚他走进自家的帐篷时，阿妈旺姆就非常疼爱地给他倒上茶水，脸上带着笑容对他说"今天更吉来这里了"，或问他"你刚碰到更吉了吗？"等等。可怜的阿妈啊，她哪里知道这桩婚姻的后面隐藏着的复杂关系啊！此时此刻，她还很满足地看着自己的儿子说："到了结婚那天你连一件好衣服都没有，也不知小少爷那里有没有一件可借的旧衣服呢？"

才洛看了阿妈一眼，发现他亲爱的阿妈对这桩婚姻居然抱着如此大的期望，他认为自己无论如何也不能搅扰阿妈那一片殷勤的心思，于是他强挤出一丝笑容，指着自己身上那件破旧的皮袄对阿妈说："我身上这件皮袄比一件绸缎羔羊皮袄强一百倍了。"而后，他们母子对望着笑了起来。

阿妈还对他说："依我看，你平日里多去看看更吉好了，女人心里要的其实不多，甚至有你们的一句好话她们就知足了。"可是才洛依旧天没亮就赶着羊群出门，等到天黑了才回来，继续躲避着更吉和小少爷，他根本就不想见到他们，这样逃避也是没有办法的啊！只有千户长很满意才洛的尽心尽力，表扬了他的这种生活方式，并经常称赞他。千户长对才洛说，才洛的阿爸生前就是这样放牧的，对草原上的每个男儿来说，有人夸赞自己像自己的父亲是一种高度赞扬，所以才洛继续着"他老阿爸的放牧方式"。

某天夜里,当他把羊群圈进羊圈里,准备回到他们母子俩居住的那顶破旧不堪的小帐篷时,更吉突然来到了他的面前。此时天色已经暗得辨别不出周边的景物来,可他仍然认出来者是更吉。她不开口说话,只是默默地在他面前站立着。这时候吹来了一阵晚风,才洛觉得身上有些发冷,于是他紧了紧他身上的皮袄,不由自主地向西边的天空望了一眼。那弯就像把一块明镜掰成两半一般的月亮悬挂在天幕上,周围伴着繁星,向大地散发着属于它朦胧又暧昧的光芒。此时,他心中暗想道:人心不能像明镜一样掰成两半,人也绝对无法掰成两半地活着,假如能把人掰成两半的话,那么一半一定是幸福,另一半毫无疑问就是痛苦了。

"你为什么老这样躲避我呢?"更吉忍无可忍,开口问道。

"你说什么?我为什么要躲避你呢?"才洛答道。

"我受不了了,我说的是实话,我实在无法忍受你们的那种神色……"她看才洛回答自己了,赶忙抓住话题,并且立刻带着一阵哭腔说道。

才洛完全没有听懂她所说的意思,他一门心思地思考着他和更吉之间的关系,所以不知就里地问她说:"你们?你指的是我和谁啊?"

"我指的是小少爷。"

才洛现在完全明白了,心中暗道:大概小少爷多次请求她嫁给他，做小少爷的新娘子了。明明喜欢却装作不喜欢是女孩子们惯用的狡猾伎俩，现在她的心又回到小少爷身上去了，很有可能她现在在暗示什么呢……想到这，才洛问："小少爷对你是什么神色啊？莫不是你向他献殷勤了吧？"

"小少爷他变了，变得根本就不像以前的他了，他现在见到我都躲着走，今天无端责骂了我一顿，我也没干什么让他不高兴的事啊！"她哭着说。

更吉的话使得才洛心软了下来，他本想说点什么来安慰她一下的，但此刻他却不知道说什么好了。过了半晌，才洛说："总之他在心中认定你做了什么让他不愉快的事，如果你对我有所隐瞒，那我怎么能知道呢？"

"还有，那个商人确实是个不知廉耻的人，如果我是千户长，就会马上把他赶出家门去的。"她停止了哭泣对他说。

"他干了什么呢？"才洛立刻感到事情没那么简单。

才洛并不了解那个来千户长家做客的人，他只知道那就是个来千户长家蹭吃蹭喝又没什么正事的人，但千户长家的人似乎都挺喜欢他的，唯独更吉这样说。为什么更吉不喜欢他呢？

"他口无遮拦地对女官扎措说些不知廉耻的话。"从更吉的语气和表情中能看出她对商人马乃的厌烦。才洛往千户长家的帐篷望去，所有帐篷的灯都黑着，看来此时大家都睡觉了，唯独女官扎措的那顶花帐篷里还亮着。更吉继续说，"他还对我说，只要我陪他睡觉过夜，以后他就送给我一串珊瑚玛瑙，还说可以带我去塔尔寺朝拜。"她接着解释。

才洛听完更吉的话，从心底觉得有些好笑，他心里暗想道：更吉实在是个傻丫头啊，连这些话都能说给我听，那些长点儿心眼的聪明女子都想尽办法对自己的丈夫隐瞒这些事呢。他依旧装作若无其事的样子对她说："这难道不是一件好事吗？你就爽快地答应他就可以了啊！"与此时故作轻松的状态相反，才洛的心中产生了一种难以言说的疼痛。

才洛说的那句话使得她惊呆了。

"我求求你了，从此以后你就不要再躲避我了，小少爷他可以憎恨我，但我不想受别人的欺辱，无论如何，从今以后我就是你的人了，所以我想得到的只是你的信任。"更吉带着哭腔说完那句话，就转身缓缓离去了。

那句话灼痛了才洛的心，他还想对更吉说些什么，可她头也不回地顺着对面的那条羊肠小路向千户长家的那顶黑帐篷走去了。此时此刻，他彻底忘记了小少爷，心中模模糊糊浮现出了一个人的面容——商人马乃。

第五章　商人马乃

那个叫马乃的商人来到千户长家已经半个月了。可他是一个无所事事的客人，每天在千户长家里吃饱三餐后就没话找话地与周围的人聊天打发时间，由于经常闲聊，大家就变得熟悉了，仆人们也把他当作千户长家的一员一样地关心、伺候着。马乃和千户长的家人不同的是他不吃捂死的绵羊肉，最与众不同的是他每天要喝一碗生的牦牛奶。他整天谈笑风生，下人们听他聊天甚至会忘记自己手头的活计，尤其整天生活在痛苦和压抑中的女官扎措和小少主宇泽就更加喜欢听马乃聊天了，他们母子甚至成了马乃的"忠实粉丝"，女官扎措整天利用大把的时间在马乃的身边喝着茶，陪他聊天。从商人马乃的口中，她不但能听到以前从来没有听到过的稀奇古怪的故事，而且还得知了她们服饰上的主要装饰品玛瑙和水獭皮等都是从海洋中获取的常识，甚至知道了所谓的"大海"占据全世界的三分之二；马乃有一个弟弟现在就生活在大海中间的一个小岛屿上；那岛屿比她所神往的拉萨还遥远，等等。听着这些稀奇古怪的事，她的日子一天天不知不觉就过去了。

众所周知，马乃是个商人，可他的手中连个针头线脑的小商品都没有，真不知道"商人"这个身份是怎么安在他身上的。偶尔，千户长尼桑半真半假开玩笑地对他说："你要真是个商人，手头上为什么连个针头线脑都没有呢？难道世上还有你这样的商人不成啊？"听到千户长的问话，马乃惊讶地呆立了一阵后，脸上稍微露出了点儿笑容，用手摩挲着他下巴上的那撮扫帚般的山羊胡须，回答千户长："千户长真会开玩笑啊！我作为一名商人怎么会没有商品呢？以后会带来的，以后会带来的。"说着他就放声大笑起来。千户长在心中暗道：哼，不要撒谎了，你这样无所事事荒度日子，哪里还会有以后啊？可他口中说出了与心思相反的话："是啊，以后带过来，以后带过来。"说着还和他一起哈哈大笑了起来。

千户长尼桑当初带马乃来这里的时候，认为马乃在草原上享受几天牛奶和酸奶等特产，感受一下牧人的生活就会离去的，他还提醒自己无论如何也不能轻信这个人。可时间一天天过去，他才发现商人马乃非但品尝不够这里的特产，而且没有一点儿要回去的意思，无论他怎样暗示马乃该离去了，马乃都根本不去理睬，并且显示不出一丝要离去的迹象。与千户长期望的相反，马乃如同成了千户长家的一员一般，不但下人们喜欢他，女官扎措更是沉迷在他的故事中，平日里与他平起平坐，整天陪同他聊天。每当千户长看到女官扎措和商人马乃坐在一起谈笑风生的场面，他的心中就觉得非常不安。但是，他现在已经不像以前那样会因为女官扎措的背叛而痛苦了，他只是在心中不断暗忖：唉，眼前的这个人，我若是不硬逼他离去的话，他绝对不会主动离去的。再说，现在已经到了这个地步，我怎么好硬逼他离开这里呢？如果这样做，内仆们还以为他因为马乃在吃女官扎措的醋呢。最重要的是，他和西宁的马主席刚结识，若是容不下马主席手下的一个人，那传出去说他尼桑养不活马主席手下的一个人岂不是很丢脸吗？他成日考虑着这些问题，心烦意乱得非但不想跟商人马乃说话，还迁怒于他们家的内仆们，一个劲儿指责他们。他现在非常反感马乃，甚至到了连正眼都不想瞧一眼的地步，他心中暗想，如果奇迹突然发生，这个人立刻从自己的眼前消失得无影无踪该有多好啊。所有人中，好像只有阿妈旺姆一个人理解千户长的这些心思，每当她看到女官扎措陪伴着马乃，坐在他身边漫无边际地聊天的情形，她就不易觉察地偷偷看看千户长烦躁不堪的神情，不由自主地深深叹息一声，兀自离开。

马乃依旧像往常一样，晚上到那个愚妇屋里过夜，白天到女官扎措身边聊天，仍然不见他有要离去的迹象。有一次，千户长实在忍无可忍了，认为非得去问一下他究竟什么时候离开不可了。于是，千户长就去了女官扎措和商人马乃聊天的地方，对马乃说："这里的天气渐渐变冷了，再加上这里也没有一间像样的房子，如果你的身体患上什么大病我就没办法向马主席交代了。"可商人马乃听了千户长的话后很干脆地回答他说："这里的空气很清新，我的身体非常好，只是每晚走夜去的那个女子实在没有让我心动的地方，希望千户长给我换一个，换个年轻的女子就更好了。"说罢，他复又看着女官扎措对千户长说："千户长好福气啊，娶了一位这么美丽的太太,实在太有福气了啊！"

马乃说出的话顿时让千户长面红耳赤，不知如何回答，可女官扎措脸上带着微笑往千户长的脸上看了一眼后，又转过脸去望着马乃说："过奖了，我心中以为，商人你的妻子一定也是个大美女。"

马乃的脸上立刻露出了失望的神色，摇着头对他们说，他的夫人几年前就不幸亡故了。听了马乃的话，女官扎措也变得不安了起来。千户长听懂了马乃那句话的意思，他是想要求更吉晚上到他屋里陪他睡觉。这一下，千户长的心情变得比之前更加焦躁不安了。

他偷偷叫来才洛和管家商议如何赶走这个商人，这才发现才洛也非常厌烦商人马乃的无耻行径。才洛不假思索地对千户长说，要是马乃真的不长眼，那就直接将他消灭。放在往日，千户长尼桑听到才洛说出这样混账的话来就非要指责他一番不可。可今天，千户长却一反常态，只是一门心思地考虑着问题却没有责骂才洛。管家也反反复复地吸着鼻烟，心中暗想，确实没有别的办法的话也不得不这样做了，可他没敢把心中的真实想法说出口，只是默默等着千户长开口。

千户长虽然深知目前的情况非常不妙，可是他不知道为什么会变成这样，他隐隐约约感觉到有一件非常可怕的事正蹑手蹑脚地一步步向他接近，迟早会在他毫无防备的情况下发生，让他措手不及。还有色查部落为什么也丝毫不见动静呢？难道是在谋划什么更大的阴谋？最终，千户长认为再留商人马乃观察一段时间再说吧。他将赶走马乃的事暂且放下，还使派管家去附近寻找个年轻的姑娘。

管家不好违背千户长的命令，那天夜里他出去找到了一个见钱眼开，只要付钱就来者不拒的名叫华茂的风尘女子，给了她两个银圆后便把她带来交给了商人马乃。这件事情就暂时这样过去了。

某天早晨，管家急匆匆来到千户长家，说色查部落的千户长拉松等人骑马去了岭查部落，但他也不清楚他们究竟到岭查部落干什么。听了管家的话，小少主宇泽马上对他们说，色查部落的人必定是跟岭查部落联合起来，要和我们争夺草山了。千户长心中暗忖，岭查部落坐落在郡查部落的上端，他们的地界一半跟色查部落毗邻，一半跟郡查部落相邻，岭查部落很早以前就自觉遵守约定，生活在自己的范围内——总是驻扎在嘎洛（洁白）泉水的上端，从来不会到下端来的，因此，直到现在他们两个部落依然和睦相处，岭查部落绝对不会这样做的。可无事不登三宝殿。色查部落的千户长绝对不会无缘无故去岭查部落，他们的葫芦里究竟在卖什么药呢？正当他在帐篷里来回踱步的时候，一个人突然急急忙忙跑进了千户长家的黑帐篷，众人一看，居然是和马乃在一起的那个叫华茂的风尘女子。

她跑进黑帐篷里，气喘吁吁地对千户长说："商人马乃正在打着滚儿，好像发生了什么要紧的事。"

千户长和管家两个人急忙赶到商人马乃的住处，这才发现商人马乃正用手捂着自己的肚子在被褥里打着滚儿，额头上的汗珠如同豆粒一般滚落下来，打湿了他的衣领，看来是肚子在剧烈地疼痛。千户长推测是马乃吃多了食物而没有消化掉，于是就叫更吉端来了一碗滚烫的开水。他拿出切央仓活佛赐给他的那几颗药丸中的一颗，让马乃服下。之后，他坐在马乃的身边不知所措地守着。

过了一阵，商人马乃腹部的疼痛稍微有所减退，可他依旧躺在被褥里呻吟着。这时候，千户长尼桑非常关心地问："现在好了，如果你有个什么三长两短，我怎么向马主席交代啊？草原上牦牛的奶喝多了就一定会伤身体的，非常……"千户长本想用这些话来吓唬马乃，让他知难而退，管家也尽量附和着千户长说："实在是这样啊。"

马乃的脸上露出了笑容。千户长尼桑和管家多么希望他能说出"现在我确实该走了"这句话来啊！可是马乃却对他们说："非常感谢千户长你的关心，我不是喝牛奶伤了身体的，而是我的肚子里长着一个瘤，平常就会这样犯病的。"

这句话顿时凉透了千户长的心，他非常严肃地看着商人马乃的脸，心中暗想道：那么你依然住在这里的目的是什么呢？可他说出口的却是："那就好，身体是自己的资本啊，因病而亡或被人所杀都非常不好，为此你得多加小心啊！"他给马乃留下了一句带有暗示的话。

马乃立刻挣扎着从被褥里坐起身来，微微颤抖着他下颌上的那一撮扫帚般的山羊胡须，露出如同向千户长哀求的神情说："华茂向我要钱。"而后他又指着站在他身边的更吉，继续说："千户长你就把她赐给我吧，我想做千户长家的女婿，我是真心实意的。"他毫不忌讳地说出了这句不知羞耻的话。

更吉一方面害怕商人马乃，另一方面因为害羞不由发出了一声惊呼，连端在她手中的碗都掉到地上去了。

这时候，女官扎措也听说了马乃患病的事，来到马乃平常居住的花帐篷里看望他。为此,千户长尼桑非常生气。他回到自己的黑帐篷里,可是却发现小少爷不在家里,这下他就更加生气了,抄起手边的那个茶碗,把碗里的奶茶倒进灶塘里,顿时"嗤"一声巨响,灶塘里立刻升起了一阵灰尘。接着,他大声命令道:"马上!立刻!把小少爷给我叫来!"听到这句话,因为千户长发怒而躲在一边瑟瑟发抖的管家马上走出了黑帐篷。管家和内仆们从来没有见过千户长动这么大的气。因为,以往来千户长家做客的人都显得恭恭敬敬,甚至在面对千户长时说话都因紧张而有些颤抖,迄今为止还从来没有人说出这么恬不知耻的话来。俗话说,"狗吃饱肚子朝天吠星星",马乃居然说出如此大逆不道的话来,别说千户长了,就连一旁的管家听了那话也生气得坐不住了。

　　小少爷和管家先后来到黑帐篷里时,千户长还没有消气,依然黑着脸,于是他俩谁都没敢开口说话。过了一阵子,千户长缓缓地抬起头来,看着小少主宇泽思考了片刻,对他说:"你去寺院向切央仓活佛请求他预言一下我们以后会如何,该怎样应对,马乃这个人来这里一定有什么不可告人的目的,绝对不只是来这里喝牛奶、吃酸奶那么简单的。你得快去快回啊!"小少爷听了千户长的话后,立刻去了。等小少爷离开后,千户长看着管家长长地舒了一口气,稍微放松了一下心情后,问管家:"我答应让更吉做阿妈旺姆的儿媳妇,这事好像惹小少爷不高兴了。小少爷也到该娶妻子的时候了,可是现在还没有闲暇的时间为他操办这件事,究竟如何是好啊?"

管家的脸上终于也露出微笑说:"这事很简单,马上让更吉和才洛结婚,等这事稍微稳定下来后,我们就立刻去给小少爷找媳妇,听说在岭查部落的千户长家有一个可以做我们家儿媳妇的公主呢。"

千户长认为管家说的话正符合他的心意,就向管家点了点头,自言自语道:"我欠了才洛的阿爸太多太多……"说着,他稍微思考了一下,又对管家说:"他们两个人的婚事就由你来负责操办吧,举行一个简单的婚礼就行了,所有的开支就按照我之前安排的那样支出。这俩孩子也怪可怜的,还有什么需要的你就看着从官家里拿吧。"

小少爷宇泽像千户长安排的那样,早晨出去下午早早就回来了,他直接来到千户长的身边,把活佛说的话一五一十地汇报给他阿爸听了。活佛说,那个叫马乃的人身上有很多问题,你们千万不能轻举妄动,因为这个人终将开启你们部落的纠纷之门。千户长听了小少爷捎来的活佛的预言,就不知道该如何是好了。宇泽见到阿爸脸上的神情,赶紧给他出谋划策:"商人马乃到目前为止也没抱什么坏心,您为什么不给他好脸色看呢?再说,他还是马主席的亲戚,您为何舍不得一个丫鬟呢?给才洛另外施舍一个丫鬟做他的妻子就可以了啊。"说完话,他耐心地等待着他阿爸的回话。

"不行!"千户长尼桑剜了小少爷一眼后说,"我已经答应了才洛母子,而且马上就要让他们结婚了。"

小少爷看到他阿爸的神情,就讪笑了一下,立刻走出了他家的那顶黑帐篷。

第六章　婚宴

　　才洛和更吉结婚的那天是个非常特别的日子。那天早晨骄阳升起一竿高的时候,在格拉宇杰神山的山顶上突然闪现出了内外两道美丽的彩虹。那两道彩虹的一头插在格拉宇杰神山山脚下汤汤流淌着的芒曲河里,另一头伸向对面色查部落的地界,为此人们都感到非常奇怪。居住在郡查部落里的人们迄今为止还从来没有见到过这么奇怪的景象,甚至连千户长尼桑也没有分辨出那是什么征兆。但是却有一个人朝着那两道美丽的彩虹磕了三个响头,脸上露出之前从来没有过的笑容,那人就是女官扎措。人们看着女官扎措脸上的神色感到奇怪,正准备送更吉出门的人们好奇地问起女官扎措为什么要那样做时,女官扎措依旧看向那两道美丽彩虹的方向自言自语般地说:"传说历代色查仁波切诞生的时候天空中都会出现一道彩虹来的,为此从这一迹象来看,好像是色查仁波切的灵童转世了。"俗话说"活佛是大家的活佛",就如俗话所说的那样,大家听信了女官扎措的话后,都相信地点了点头。千户长尼桑听了女官扎措的那句话却嗤笑了一声,带着非常鄙视的神情说:"那么我又多了一个敌人,看来我要更加小心了!"听了千户长的话后,周边的人们都放声大笑了起来。女官扎措连看都不看千户长尼桑一眼,小声咒骂着他,又回到自己的那顶花帐篷里去了。见到情况不妙,人们都停止了笑声,立刻变得安静了下来。

才洛和阿妈旺姆居住的那顶小帐篷就像是一只犀牛的犄角一般,坐落在千户长家那顶黑帐篷左侧那条小山沟的沟岸边上。帐篷太小,容不下三个人,如果三个人都进了那顶帐篷的话,其中一个人的后背就要露在帐篷的外面了。那顶小帐篷还是以前阿妈旺姆和羊倌拉隆结婚的时候上代千户长赐给他们夫妻的结婚礼物呢。就如象征那顶小帐篷和官家之间的联系一般,有一条羊肠小道弯弯曲曲地经过牧场连接到千户长家的黑帐篷门口。平日里,这条羊肠小道上除了阿妈旺姆和才洛之外,就基本没人走动,现在终于增加了一个人。把更吉嫁给才洛虽然是女官扎措的主意,可千户长尼桑听到这句话后也觉得他们两个非常般配,所以他一听到女官扎措的建议就非常赞同。另外,更吉是个孤儿,从小时候起就在自己家里当丫鬟,念及此,千户长尼桑送给她四头后面跟有小牛犊的乳牦牛做了陪嫁,才洛在结婚期间的所有花销都由千户长家开支。

那天早晨,更吉被几个内仆徒步送到阿妈旺姆家的帐篷里。临走的时候更吉哭了很久,最后虽然像其他出嫁的姑娘一样被送亲的人簇拥着离开了千户长家,但女官扎措始终没有出来送行,所以那天婚礼本该有的欢乐气氛也因此没有了。管家得到妻子要临产的消息后安排妥当才洛和更吉婚礼的事情,头天晚上连夜回自己家去了。千户长为了制造婚庆的气氛,同时也想让那个他根本不想见到的马乃知道此事,便在自己家里也摆设了丰盛的宴席,让部落里的年轻人们唱歌跳舞欢庆了一上午。千户长尼桑、商人马乃和小少爷宇泽他们三个人边享用丰盛的美食边欣赏了一上午的歌舞。小少爷虽然是千户长尼桑夫妇最亲的人,也是他们唯一的心肝宝贝,可他自小就没有才洛那样聪明机灵,为此千户长尼桑就根本不放心,也无法彻底信任他,家里的大小事情始终由他自己来拿主意。小少爷现在虽然已经二十一岁了,可他想去办理任何事情的时候,他的父亲依旧把他当成一个小孩子来严格管束。才洛和更吉大喜的日子里,小少爷宇泽的心中一阵疼痛,由于他非常羡慕和尊敬自己的父亲,所以无论在什么事情上都尽自己所能地站在父亲的这一边,可他非常厌烦他母亲那微不足道而又狭隘的袒护和由于对他的担忧而横加干涉的行为。

那天千户长尼桑看出了小少爷宇泽的心思后,脸上露出浅浅的笑容对他身边的一个仆人说:"你过去把才洛叫来。"听到他阿爸的话后,小少爷宇泽惊奇地望着他。千户长尼桑看着他说:"一来,今天是个结婚的喜庆日子;二来,朋友马乃你也到了该离开这里的时候了,我就借这次机会一并把你也欢送了吧。今天我们再次举行一场射击比赛怎么样啊?"听了千户长尼桑的话后,商人马乃也摩挲着自己下颌上那簇像扫帚一般的山羊胡须说:"就这样,就这样吧!"

"那么您干吗要叫才洛来呢?"小少爷不知就里地问他阿爸。

千户长尼桑不直视小少爷,却回答他说:"我们以两个人一组来举行射击比赛。我和我的朋友组成一组,今天管家不在家,就由你和才洛组成一组吧。"听了千户长尼桑的话后,小少爷十分高兴,在他心中暗忖道,自己一直在山上打猎,可才洛从来没有碰过这些精良的枪支,无论如何自己都胜券在握了。

射击比赛的场地就设在阿妈旺姆家那顶小帐篷后面的小沟口上。小沟口的对面直立着两块白灿灿的羊肋巴骨,他们站在对面沟口离羊肋巴骨约一百步的地方开枪射击。才洛听到千户长尼桑叫他来参加射击比赛的消息后高兴地搓了搓手。此时,在场的所有男女都聚集到射击场里来了。比赛用的枪支都是从千户长尼桑最近购买来的那些枪支中取来的。起初,千户长尼桑给每个人发了三发子弹,自己率先把那三发子弹发射了出去,而后由马乃发射了他手中的那三发子弹。当手下的人取来那两块白灿灿的羊肋巴骨查看时，发现千户长尼桑射中的那块羊肋巴骨上留有两个小洞，马乃当枪靶射中的那块羊肋巴骨上只有一个小洞。马乃却没有丝毫沮丧的神色，反而高兴地赞扬起千户长的射击水平来。而后他们又拿来两块崭新的羊肋巴骨放在了原地，首先由小少爷射完了他手中的那三发子弹。轮到才洛射击时，他憋足了气用眼睛认认真真地瞄准了靶子，这才发射出了他手中的那三发子弹。之后，才洛亲自跑过去取枪靶子。

等才洛把那两个当作枪靶的羊肋巴骨拿回来后，大家围过去察看时发现由小少爷当作枪靶射击的羊肋骨上左右各射穿了两个小洞，大家见到这个结果后都纷纷赞扬小少爷宇泽的射击水平，听到大家的赞扬声后，千户长尼桑都暗自高兴了起来。此时小少爷脸上露出骄傲的神色望着他的父亲，等待着展示才洛的枪靶子。此时此刻，他的心中暗忖道，如果才洛连一发子弹都没有射在羊肋巴骨靶子上的话，人们一定会嘲笑他，自己就能看到才洛一脸窘迫的样子，父亲从此也会对自己刮目相看，信任有加了。"才洛，把你的靶子拿过来。"千户长尼桑命令才洛拿出他的枪靶子，才洛有些不安地从自己的袖筒里拿出他的枪靶子展示给大家看时，众人顿时惊呆了——原来那个羊肋巴骨上呈三角形射穿了三个小洞，看到这一幕，马乃不可置信地张大了嘴巴，连他那扫帚般的山羊胡须都微微颤抖了起来；小少爷宇泽彻底羞红了脸，他不但不敢用正眼看千户长尼桑的脸，还在内心深处更加嫉妒起才洛来。千户长尼桑起初有些不敢相信自己的眼睛，但他很快反应过来，并且心情变得非常愉悦，大笑着说："厉害，真厉害！所谓的狙击手应该就是像才洛这样的人了。从今天起，这杆枪就归你所有了，你背上它，'绝对不要让外敌高过你的胳肢窝啊！'"千户长尼桑对才洛说着话的同时用眼角扫了一眼马乃。马乃也立刻从他的脸上强挤出了些许的笑容来到才洛的身边敷衍地说："真的很厉害，未来你获得马主席身边一个警卫的职务是没问题的。"听了马乃的话后，千户长尼桑放声大笑了起来。见千户长尼桑如此反应，马乃也摩挲着自己的山羊胡大笑了起来。

才洛见千户长尼桑赐予自己一杆精良的枪支，给千户长尼桑行了个大礼后，说："千户长，谢谢您了！"而后，他走到小少爷身边说："我是瞎射的，但是小少爷你的射击水平才是真正的技术啊。"小少爷本来就羞怯难耐，现在又听到才洛对他说出这样的话来，于是他认为才洛是在讽刺他，生气得看都不看一眼才洛，说道："射击没有生命的枪靶子不算什么英雄，看遇到真正的敌人时你有没有那个本事了。"说完，使着性子粗暴地甩了一下衣袖后向自家黑帐篷的方向扬长而去。小少爷的行为弄得在场的人们都莫名其妙，之前还在沸腾欢喜的人群突然变得安静了起来，都眨巴着眼睛望着千户长尼桑。千户长尼桑思考了一阵，抬眼望了一眼天空，开口对大家说道："现在天气也变了，那么今天的欢庆就到此为止吧。"而后，他又看着才洛说："从明天起你就不用上山放牧了，我可以另外安排一个人的，你就安心地做我的助手吧。"说完，他回到黑帐篷里休息去了。才洛听到千户长的话起初感到很高兴，可想起了小少爷刚才的神色后又有些不安了起来。

那天下午，天气突然大变，吹刮起了强劲的东风。从千户长家那顶黑帐篷后面的格拉宇杰神山的山顶上涌来了一片浓密的乌云，乌云渐渐密布起来后，天空中炸亮了闪电，也隐隐传来了打雷声。婚宴结束后，去参加才洛婚宴的人们伴随着雷声刚回到自己的家里不久，一道道巨大的如同树根般的闪电从空中闪现，随后就下起了倾盆大雨。为此，甭说阿妈旺姆家的那顶小帐篷了，就连千户长家的那顶黑帐篷里也到处漏雨，找不到一处可休息的干爽地方了。过了一碗茶的工夫后，千户长家及周边邻居家的院子里到处流淌起浑浊的泥水来。等雷声渐渐平息，闪电的次数越来越少时，发生了一件令所有人意想不到的事情。早晨替才洛去山上放牧的那个仆人就如落进水里的鼹鼠一般被雨水淋湿了全身，跌跌撞撞地闯进了千户长家的帐篷。他走进千户长家帐篷的同时就放声大哭了起来。他哭诉道，今天色查部落的军队袭击了他，他虽然赶着羊群逃跑了，可慌乱中羊群分成了两群，其中的一群遗留在了山上。千户长尼桑听清楚了那个仆人的话之后，马上召集了包括才洛在内的十几名部落里的青年男子，给了小少爷宇泽一把他新买来的冲锋枪，给其他人每人发配了一把精良的枪支后，非常愤怒地说："你们大家都听着，大雨没有到来之前，色查部落的军队就渡到河这边来了，我的羊倌虽然逃脱了重围，可我们家的一部分羊群还遗留在山顶上，你们就拿着枪跟小少爷一道到山上去寻找我们家走失的羊群吧。同时，羊倌说色查部落的军队渡过河这边来了的话也不知是不是真的，你们去探个究竟。如果羊群在河对面，色查部落的军队也在河对面的话，你们可千万不要不顾及自己的性命去盲目冲锋啊！你们就把羊群留在那里，色查部落会有自讨苦吃的那一天。到了外面，大家一定要听小少爷的。"小少爷宇泽手中有了冲锋枪，为此感到非常高兴，骄傲地说："我们无论如何也会把羊群找回来的。"当着父亲的面说完大话，他立刻率领众人，带着精良的枪支上路了。

  雨虽然渐渐停止了，可空中的雨云凝聚得比之前更厚了。大地上到处积着雨水，人们的鞋子和衣服都被雨水打湿了，湿漉漉的衣服来回磨蹭得他们的大腿和胳膊生疼。由十来个人组成的这支小队伍，每个人手中都拿着一杆精良的枪支，每个人的心中都充满着壮志和自信，内心中也聚满着要与敌人激战到底的雄心。可没过多久，他们心中那急于杀敌获胜的强烈愿望逐渐变成了一个疑问。他们骑马接近宇隆沟沟脑的时候，大山里突然升起大雾来，由于雾太大，他们看不到十步之外的景物，人们的内心因此迷乱得不知该怎么办为好，于是人们只能看着小少爷的眼色行动。小少爷怀着一心想压过才洛的念头努力向上攀爬着，不久他们就抵达了玛姆拉哇山沟。这里的大雾比之前更浓密了，他们除了聚精会神地观察周围有没有埋伏着敌人，或聆听有没有羊群的叫声之外，屏息静气不敢说一句话。他们小心谨慎地找遍了对面的每一道沟道和山梁，可甭说见到个人影了，就连鸟虫的鸣叫声都没有听到。沟里的流水发出比平日里更大的巨响声，湍急地向下奔流，那巨响声仿佛要把人的耳朵震聋了。他们寻遍了周边所有的山梁，最后来到一座较高的山梁上休息了片刻。这时候，浓雾渐渐散去，他们眼前也逐渐开阔了，隐隐约约听到了几声绵羊叫。此时能见度虽然从十几步到了百来步，可是沟道里河水的响声实在太大了，他们辨别不出那些绵羊叫声传来的方向。有些人说绵羊的叫声是从他们后面的山坡上传来的，有些人说那些绵羊的叫声是从他们身后的山沟里传来的，始终没有统一的说法。这时候又飘来了一阵乌云，乌云浓得令他们除了自己的脚尖之外什么都看不到了，大家都着急得不知道该怎么办。就在大家开始议论纷纷的时候，才洛开口说道："我们没有目的地这样乱闯乱撞是不会有任何意义的，不如大家再等等吧。"

小少爷宇泽为才洛抢先他开口说话感到非常生气，于是他就对才洛说:"那么按你的意思让我们这样等下去就能找到绵羊吗?依我看你根本就是害怕遇到色查部落的敌人了吧。"说完,他脸上露出了傲慢的神色来。周围的人不知道小少爷为什么会说出这样的话来,都瞪大眼吃惊地望着小少爷,谁都不敢开口说什么。才洛知道小少爷的心思,可他装作没听懂的样子笑着对他说:"就算遇到色查部落的军队,有你们在我怕什么呢?再说,小少爷的手中有那么精良的冲锋枪呢。"小少爷在心中暗忖道,这个坏蛋处处和我作对,我不找个机会好好报复一下他的话,他根本就不知道天高地厚。

他们就地休息了一顿茶的工夫,看天色已经临近了黄昏,眼看着天就要黑了,才洛的心中不由着急了起来。这时候,浓雾忽然散开了,还从沟底处清晰地传来了几声绵羊的叫声。他们马上跑到下面的那座小山丘俯瞰沟底,发现有二十几名骑马的人赶着一群绵羊临近了岸边。大家都看着小少爷宇泽询问道:"现在我们该怎么办啊?"可小少爷除了张大嘴巴,目瞪口呆地望着沟底的那些骑手之外,连手下人的问话都没有听到。这时候,才洛立刻从自己的肩上取下那杆枪端在手里对众人说:"还能怎么样啊?你们跟我来,给我做掩护,我冲上前去想办法把羊群从他们的手里抢过来。"他话音刚落,就一溜烟儿地向沟底冲了下去,小少爷和他的助手们这才跟随着才洛向沟底冲下去。

羊群刚爬上河水对面的山坡时才洛也到达了沟底。才洛刚走向那些赶走羊群的土匪之时,土匪们根本没有发现才洛。可就在才洛马上接近的时候,他们中的一个人转过身往后看了一眼,这才发现已经向他们潜近的才洛,急忙通知同伙儿说:"追来了,追来了!"听到那人的话,那些骑马的人顿时变得惊慌失措起来。才洛边向前猛冲边对着他们开了一枪,那个骑马刚刚蹚过河水走上河对岸的人瞬间从马背上滚落了下来。与此同时,小少爷和他手下的助手们也扣响了手中的枪。顿时,满山沟里像炒豆子一样响起了枪声,土匪们甭说向他们回击了,相反,他们立刻把头躲在骏马的脖颈后面,仓皇而逃了。这些习惯了在峻岭丛林中生活的土匪们的确非同寻常,他们瞬间钻进左右两边的森林中不见了踪影。冲锋枪不断地发射着子弹,射落了许多树叶,根本没有给对方抬起头来的机会。才洛利用这个机会马上集聚起了四散的羊群,并把羊群赶到河边,让羊群蹚过河水。之后,他又向往上游惊散而逃的羊群追赶了过去。这时候沟道里的河水突然暴涨了起来,河水的流量大过原来的好几倍,沟道里发出的流水声甚至掩盖了他们的枪声。才洛虽然把那些跑走的绵羊也赶到了河边,可此时河水暴涨,他怎么能把那些绵羊赶进河水里去呢?甚至自己蹚过如此激流也很危险啊,所以他不敢贸然渡河了。这时候,隐蔽在森林里的色查部落的人们也看到河水暴涨了,不时半露出头来向他们开上几枪,却根本没有要逃跑的意思。就这样,才洛不得不和他们互相射击，耐心地等待水流变小。

　　天色渐渐昏暗下来，看不到对方的人影了。河水对岸的小少爷宇泽认为才洛无论如何也无法从河水彼岸蹚到此岸来了，而且如果大家千方百计地救回才洛的话，今天抢回羊群的功劳就全是才洛的，回到家里后千户长他们都会赞扬才洛而看轻自己的。在嫉妒心的驱使下，小少爷宇泽命令他手下的人赶着那些已经到手的羊群回家去了，将才洛抛在了对岸。

第七章 漫长的夜晚

小少爷宇泽他们回到家的时候,夜已经很深了。

除了商人马乃睡了之外,家里的人都不放心地走出黑帐篷,站在帐篷门前急切地等待着他们,希望他们都平平安安回来。当人们一听到绵羊的叫声,包括周边邻居们在内的男女老少都向他们迎了过去,甚至连千户长尼桑也准备走出黑帐篷去迎接他们了。可就在这时,他们中先到达的人走到人群里给大家说了几句话之后,人群中突然传来了女人的哭声和男人的喧闹声。千户长尼桑的心里猛然一阵剧烈疼痛,他立刻在心里暗忖道:坏了,肯定不会有什么好事。他这样思谋着,又转身慢慢回到黑帐篷里去了。

小少爷宇泽和仆从们来到黑帐篷里坐下来之后,女人们也逐渐停止了哭泣，但阿妈旺姆和更吉的哭声却比之前更高亢凄凉了，整个帐篷里满着是哀怨凄凉的气氛，为此，人们都不安地沉默着。连女官扎措也反复揩拭着眼泪，和其他的妇女一同安慰着阿妈旺姆，几个做事成熟的老汉看着坐在灶膛右侧的千户长尼桑的脸，等待着他说上一句什么话。可是，千户长尼桑依旧凝望着灶膛里跳跃的火焰，若有所思地一言不发。小少爷宇泽知道父亲在等自己的回话，就如实地对千户长尼桑叙述了事情的始末。听罢讲述的千户长魂魄仿佛重又附体了一般，抬起头转过脸来看着小少爷询问道："从你说的来看，这次从敌人手里夺来我们家羊群的人又是他才洛，那么你们都干了些什么呢？"他的语气里带着讽刺和指责的味道，为此，大家都害怕地低着头静默着。

"我们从河此岸开枪协助了他，可后来河水暴涨了。还有，天也黑了下来，我们根本看不到河水对岸的任何情况，就那样干等下去也得不出什么结果来的，于是我们就回来了。"小少爷向千户长解释道。

小少爷说完之后有些不安地稍微坐了一阵，又接着说："他手里也有枪，对方很难抓到他的，再说他的射击水平不是很高吗？"等小少爷喃喃自语般说完那句话后，千户长考虑了一阵，突然提高嗓门说道："现在大家也不要太伤心难过了，才洛现在究竟有没有落到敌人的手里一时也很难说。如果他没有落到敌人的手里的话，那么今晚或明天他一定会回到家里来的。如果他真的被色查部落的人给抓走了的话，'天不得不亮，因为太阳催促而来了'，就如这句俗话所说的那样，我们也非要他们给个答复不可了。我明天就使派人去叫来管家，我们好好商量一下怎样召集兵马去解救才洛的事宜。现在，大家都回到各自的家里休息去吧。"说罢，千户长还使派几个妇女把阿妈旺姆和更吉送回她们家的那顶小帐篷里去了。如此，聚集在那里的人也都解散回自己的家里去了。

帐篷的左侧有一个丫鬟往灶膛里添加着牛粪，连女官扎措都回到自己的帐篷里睡觉去了。小少爷宇泽想起刚才千户长使给自己的脸色，闷闷不乐地坐在灶膛前，千户长也一言不发，他们父子面对面坐在灶膛的两边默默地思考着。千户长此时此刻并没有思考怎么去解救才洛，而是担心小少爷往后怎么继承自己这个千户长的职位。他是亲眼看着小少爷宇泽和才洛一起长大的，可是他怎么也没想到俩人之间会出现如此悬殊的差别来。才洛小时候是个非常聪明机灵的孩子，见才洛轻而易举地哄骗得小少爷团团转的时候，自己的心中虽然对小少爷失望过，可是后来他发现小少爷做任何事情都不用脑子思考，一味地喜欢莽撞行事。他多么希望小少爷长大后成为一个大英雄啊！为此，他一心期盼着这一天的到来。可是今天举行的射击比赛中，才洛又轻而易举地战胜了小少爷。自己当着儿子的面给才洛赏赐那杆枪也是想激起小少爷内心的骨气，刺激他以后更加努力奋进。让他意想不到的是，今晚的这件事上功劳依然是才洛的，而宇泽甚至不考虑如何去解救才洛就兀自返回到家里来了。千户长尼桑对宇泽的这一行为感到非常失望。此时此刻千户长暗忖道，现在从宇泽的所作所为来看，他怎么继承起自己千户长的职位呢？又怎么去管理这个部落的民众呢？他们父子想着各自的心思，在灶膛前坐了很久。直到千户长尼桑长长地叹息了一声后对宇泽说："现在你也回去休息了吧！"

小少爷宇泽也抬起头来，脸上显露出不知所措的神情说："你也没有必要为才洛的事忧心忡忡了，他又不是你的儿子。"

"你说什么呢！"听了小少爷宇泽说出的话后，千户长尼桑吓了一大跳，而后尽力克制着自己内心的愤怒，非常严肃地带着些许埋怨的口气对小少爷说："你们两个人可是从小一起长大的啊，他可把你当他的亲弟弟来看待，你怎么能说出这样的话来呢？"

"总之，奴隶永远是奴隶。"小少爷宇泽不假思索地说出了这句话，这句话彻底激怒了千户长尼桑，他对小少爷怒吼道："闭上你的狗嘴！你不准说他是奴隶。你没有良心。他的阿爸为了我们官家的事而奉献出了自己的性命，他今天如果不是为官家的事而去的话……"千户长尼桑突然停止了说话。

原来千户长尼桑看到被他们父子短暂的争吵声惊吓到的那

个小丫鬟,她惊惧地站在原地看着他们父子。小少爷看了看千户长尼桑的脸,说了一句:"你惯坏他了。"之后便突然站起身来,气呼呼地离开黑帐篷扬长而去了。

等小少爷离去后,千户长独自在灶膛前坐了很久,久到灶膛左边的丫鬟都打起盹儿来了。

千户长尼桑回忆起了一件事,那是一件发生在二十一年前的往事……

色查部落的千户长答应把他的公主扎措嫁给郡查部落并不是扎措自己的意愿,而是色查部落的千户长硬把她推搡给郡查部落来当儿媳妇的。听人们说,扎措之前和岭查部落的小少爷才华嘉有过一段深厚的爱情,为此她抵死反抗她的父母,宁死也不愿嫁到郡查部落。可扎措的父母认为如果跟郡查部落的千户长悔婚就会招来灾祸,那等于是捡了地上的芝麻而丢了怀里的西瓜,得不偿失,为此,他们夫妻软硬兼施劝说扎措,硬是把她嫁到郡查部落来了。

扎措公主可是个非常美丽的女子,就算把她放在一百个美女当中也如群星中的月亮一样脱颖而出,倾国倾城,为此,郡查部落的小少爷尼桑一见到她的美貌就魂牵梦绕了起来。可是扎措公主身在曹营心在汉,她人虽在郡查部落,可她的心依旧在岭查部落小少爷才华嘉的身上,所以她每夜都独自到自己的那顶花帐篷里睡觉,根本不和尼桑同房。她甚至只在郡查部落小住上几天就马上回到自己的娘家去，个把月都不回到郡查部落。那时小少爷尼桑心里的痛苦没人能够体会，尤其是当他想到扎措只不过是个名誉上的妻子，实际上却像彩虹一般，可望而不可及，这一切就如同刺扎着他的心脏一般疼痛难耐。那时候，酒给他带来了些许的安慰。他整天借酒消愁，迷迷糊糊地度日，过着消沉糜烂的生活。千户长夫妇看到儿子如此痛苦，也不敢说他什么，除了躲在暗处长吁短叹，根本没有什么办法。

此时此刻，关心他、疼爱他的人只有从小跟他一起长大的羊倌拉隆和丫鬟旺姆两个人了。羊倌拉隆实在看不下去小少爷尼桑痛苦不堪的样子，就趁又一次扎措回到家里来居住的机会，给小少爷尼桑出主意，说："如不强行调顺小骒马，它就会没完地摇头的。"于是，他就给小少爷尼桑出了一个"调顺"妻子的主意。小少爷尼桑也把羊倌拉隆的主意实践了。那夜，扎措不但成了小少爷尼桑真正的妻子，她的哭喊声还吵醒了周边的邻居们。第二天，扎措使性子又回了娘家，为此，小少爷尼桑还惩罚羊倌拉隆，打了他二十鞭子。

有一天晚上，他又像之前一样痛苦地喝酒喝到大半夜。醉意朦胧时，他的父母就使派丫鬟旺姆来伺候他睡觉了。丫鬟旺姆听到小少爷尼桑始终在叫着扎措的名字后，不由自主地同情起他来，可她一个丫鬟有什么办法呢？于是她安慰着小少爷尼桑，把他搀扶到床上伺候他躺下。在醉意朦胧的小少爷尼桑眼里，旺姆那美丽可爱的脸庞此刻变成了自己的妻子扎措那张美丽动人的脸庞，他觉得扎措好像用深情的声音在呼唤着他，他不由自主地欢呼着"扎措"，抱起旺姆把她摁倒在床上使劲亲吻起来。

他的耳边不断传来"不……小少爷……我求求你了……不行……"他虽然清清楚楚地听到了这话，可他一直认为是自己的妻子扎措在说话，于是他没有停止……

千户长夫妇怎么可能不知道那天晚上所发生的事呢？几个月后，他们得知丫鬟旺姆有了身孕，认为这事被别人知道会影响到官家的声誉。为此，他们想出了个办法——让羊倌拉隆和丫鬟旺姆立刻结婚。可是孩子的事至今还瞒着女官扎措呢，所以，如今这事除了尼桑和羊倌拉隆夫妇之外，谁都不知道。

发觉自己有了身孕，而又不能被人知晓孩子的身世后，丫鬟旺姆彻底绝望了。好在她不嫌弃羊倌拉隆，继续跟他一起生活了下去，而且他们之间逐渐产生了夫妻感情。丫鬟旺姆在结婚之前就跟羊倌拉隆如实坦白了自己未婚先孕，怀了小少爷尼桑的孩子的事。羊倌拉隆也十分同情小少爷尼桑，加上自己又非常喜欢丫鬟旺姆，就毫无怨言地担起了这个担子。在后来的漫长岁月里，他们夫妇除了才洛再也没有生过其他的孩子。羊倌拉隆不但把才洛当成自己的亲生儿子疼爱，而且像以前那样依旧非常尊敬尼桑。为此，尼桑的心里生出极大的内疚……

现在羊倌拉隆已经不在世了，可是尼桑觉得自己欠了拉隆很多很多，这种内疚感在他的心里搅扰得他心烦意乱。刚才小少爷宇泽说的那句话又勾起了他内心中暗藏了多年的往事。他的内心深处弥漫起了痛苦的雾霭，思谋着有关才洛和宇泽未来的人生道路，惆怅地长吁短叹，在床上辗转反侧了一夜。

就在千户长尼桑满腹惆怅，无法入眠的时候，家里还有一个人也在辗转反侧，无法入眠。那人正是千户长尼桑的妻子——女官扎措。

色查部落是她的娘家，色查部落的千户长拉松和她是从一个娘胎里生出的亲兄妹。"嫁出去的女儿，泼出去的水"，这句俗话好像就是针对她的——自从他的哥哥拉松继承了色查部落千户长的职位后，便不把郡查部落放在眼里了。这个行为从另一个角度来说，是他眼里干脆没有她这个妹妹，难怪她心里感到如此痛苦呢。自从色查部落的人谋害了阿妈旺姆的丈夫——羊倌拉隆之后，她觉得千户长尼桑也对她有了看法，他不但再也不像之前那样无论去干什么事都和自己商量，而且在家里商量有关两个部落之间的纠纷和重大事情的时候还尽量躲避着她。为此，她不由觉得部落里的人们把她当外人看待了，她的心里感到比之前更加悲伤和孤独。因此，她特别憎恨色查部落和她的哥哥。

说句老实话，截至目前她不但没有过害惨郡查部落的想法，相反她还非常喜欢郡查部落，而且觉得郡查部落才是自己真正的家。郡查部落不但是她的家,而且这里有她的终身伴侣,有从她身上掉下来的亲爱的儿子,还有尊重她的那些淳朴的民众……总之,她一切的一切都在这里。为此,千户长尼桑不应该用那种态度来看待她的。尤其是这一次他明明是到西宁购买武器去的,可临走时他却找借口对她说他要到塔尔寺去朝拜。其实尼桑把他的去意老实说给她听的话,她也不会偏袒色查部落而把这事说给其他人听的,相反,她还会虔诚地为他们父子祈祷的。今晚,色查部落的人好像又把才洛给抓去了,她的心里很不安,觉得仿佛是自己对郡查部落做出了什么亏心事,因此她躺在床上辗转反侧,久久无法入睡。

　　第二天,过了晌午后,千户长尼桑、小少爷宇泽、管家和商人马乃聚集在千户长家的那顶黑帐篷里。管家的妻子昨夜给他生了一个大胖小子,令他感到欢喜万分,本打算今天到寺院里去找活佛化缘的,可今天早晨得到了千户长的命令,为此他不得不急忙赶了回来。此时此刻,他们正聚集在黑帐篷里商量用何种方法去解救才洛。

　　"啊吱,色查部落的人也未免太贪婪了吧。他们真是不见棺材不掉泪,不见黄河不解渴,如果我们不去报这个仇,多丢脸啊!看来千户长买来的武器这次能派上用场了呀!我们有这么精良的武器就没有必要害怕他们了,以后我还可以运更多的武器来的。不必千户长您亲自上战场了,就由小少爷任军官率领我们出征就可以了，我们完全可以打个胜仗回来的。你们说是不是这样啊？"商人马乃非常心满意足地摩挲着他的山羊胡，看着小少爷宇泽说。

小少爷宇泽想到昨夜父亲当着那么多人的面鄙视他，心有不忿，现在他一听到马乃所说的话，便在心中暗忖道：这次无论如何也要做出一件使得父亲信任、民众信任的事来不可了。于是，他马上开口对众人说："是啊，商人马乃说的话很有道理，敌人前来欺辱，我们哪有懦弱地安坐下来商榷的道理啊？这次我们非要做出一件使得色查部落的人找不着北的大事来不可了。"

听了小少爷宇泽的豪言壮语，管家嘴上虽然不说什么，可在他心里却觉得小少爷说得很有道理。于是，他就从怀里摸出鼻烟壶，往他左手的大拇指甲盖上抖着鼻烟，等待着千户长尼桑说话——他无论办什么事情都要尽量把自己的观点迎合到千户长的想法上。为此，他从来不提前开口说话。千户长尼桑在心中暗想道：只要能妥善解救出才洛，就算失去那座草山也不足挂齿，可是这样做他的私心就会暴露无遗了，这样一来底下的人们会怎么看待他呢？为此他左右为难地思谋了良久后看着管家说："以你来看，这次该怎么办为好呢？"

管家笑了笑之后说："我觉得小少爷宇泽说的话很有道理，可是又觉得千户长说出您的真实想法更好呢。"

千户长尼桑思谋了良久后,突然转过脸来望着小少爷宇泽发号施令道:"那么就按你的意思办吧。你和管家马上下军令,明天中午之前郡查部落的十二个村落中的英雄好汉们都要聚集到宇隆沟口来,无故不来参加这次会议的就要受到严厉惩罚的。"

第八章　囚徒

生老病死本是人世间众生都要经历的，但是才洛现在还根本体会不到人生的痛苦究竟是什么样的。他已经长成一个二十一岁的小伙子了，可在他的这一段人生历程中还从来没有生过什么大病，自然也不知道病痛带来的肉体上的折磨了。他也从来没有考虑过有关生老病死的人生苦痛，但是现在他确确实实想到了死亡。他暗想道，这次他无论如何也逃脱不了色查部落军队的重重包围了。

色查部落的人抓到才洛后，不但脱去了才洛身上的皮袄，还给他的手脚都戴上了铁链。白天把他圈在羊圈里，由一条牧羊犬严加看管着。一到晚上，他们又把他拉进帐篷的最里面，使派四个壮汉把他夹在中间睡觉，以防止他逃跑。色查部落那些青壮年汉子们从不叫他的名字,而是用"杀手"来称呼他。仅从"杀手"这个称呼中就能体会到那些人对他有多么深的仇恨了。他已经有两天两夜没有吃过一口饭了。这两天两夜,他是在人们不时如同暴雨般向他吐来的唾沫星子和不堪入耳的辱骂声中度过的。每每这个时候,他就从心底思念起自己的阿妈和妻子来。在这样的仇恨下,就算色查部落的人就地处决了自己也只能算是咎由自取,是自己的报应,为此,他对死亡没有什么畏惧的。可是,他无法想象自己年岁已高的阿妈为他的事要遭受多大的罪过和折磨呢,还有自己的妻子更吉,刚嫁给他却要从此变成寡妇了,多么可怜啊!

回想那天傍晚,等夜幕笼罩了大地后,他手里的子弹都用完了,又觉得附近河水的流淌声也越来越响了,也不知道小少爷宇泽和援兵此时此刻在哪里。他没有了其他的办法,也知道就算小少爷他们还在对岸也绝对不会冒险来救他的。由于河水越来越湍急,再加上天色已晚,所以小少爷他们没办法蹚过湍急的河水来到这边,看来老天好像也在护佑着敌方。就这样,他成了无援的孤军,于是他蹑手蹑脚地顺着河水向上游走了好一阵儿。这时候,敌方也猜到他已经用完了子弹,于是他看到有几条黑影从对面向他冲了过来,就这样,他落到了孤立无援的地步。可是他认为与其落入敌手轻而易举地向敌人投降,还不如把自己的性命当枪靶子使了呢。于是,他从地上捡拾起一块石头瞄准向他冲来的其中一人投掷了过去,那块石头飞射过去不久,就听到那人口中发出一声惨叫栽倒在了地上。正当才洛准备再去捡石头的时候,色查部落的其余人冲过来左右夹击了他,并用马缰绳把他团团捆住后,驮在马背上押到了对面山顶上居住着五六户牧人家的地方去了。

　　这两天以来,他除了听到过周围的人说"小少爷说,大家要严加看护这个杀手"之外,始终没有见到过那个所谓的小少爷真人。才洛在心里暗忖道,听人们说色查部落的千户长有两位少爷,大少爷被送到西宁马主席身边当护卫兵去了,现在他们所说的这个小少爷可能就是千户长的小儿子了,那个所谓的千户长拉松不在家吗?自己除了每天被他们轮流看守外,也不见有人来问他什么,难道这是他们的什么阴谋诡计吗?

　　这天早晨,住在周围的牧民们都穿着雨衣急匆匆地离开了村庄。依旧把才洛铐上铁链圈在羊圈里,羊圈门口还拴了一条凶猛的牧狗,只留下一个老汉来看守着他。到了中午的时候,那个老汉给他端来了一碗炒面汤,他就借这个机会向那位老汉询问道:"老伯,今天你们村里的人都去哪里了啊?"那老汉详细看了才洛一眼后开口说:"今天给我们官家的小少爷娶亲,大家都赶去官家家赴宴了。"

　　他赶紧又问那老汉:"那么你们的千户长去哪里了呢?"

　　那位老汉回答道:"千户长之前到岭查部落里提亲去了,

今天他们就迎接新娘子一块儿回来了。"说完话老汉马上离开了。

"原来是这样的啊。"才洛自言自语道。

这时候，他突然想到了拉姆卓玛。是啊，她不也是从岭查部落嫁到色查部落来的吗？她现在还在色查部落吗？如果她还在色查部落的话，那么我不就又多了一个敌人吗？

婚礼之后，他们又像之前一样把他圈在一个由石头砌成的羊圈里面，羊圈门口又拴着一条如同豹子一般高大凶猛的牧羊犬。他每动弹一下，那条牧羊犬就仓啷啷地拖着铁链拼命地向他狂吠。他担心那条牧羊犬挣断铁链扑向自己，只好绝望地坐在那里不敢动弹。俗话说，"难逃上官的法网"，可是对他来说，这些人不把他送到他们的千户长面前去讯问，反而整天让他遭受他们的辱骂，这使得他更加痛苦难耐。

又一天，当才洛又坐在那个四方形的羊圈里晒太阳的时候，突然有一个小男孩手里拿着半块饼子爬上羊圈的墙顶上来。他招手叫唤那男孩过来，那男孩却只是趴在石墙上，看了他一眼，又转过脸去向自己家的方向望了一眼，然后跳下墙跑走了。看到这，才洛心中暗想道，甭说色查部落里的大人们有多恨他了，就连那些大拇指般大小的孩子们都把他当成敌人看待了呢。想到这，他失望极了。小男孩走后不久，有一个女人突然走了过来，他根本没有心思去详细看那女子一眼，现在他确实也不想再看到色查部落每个人脸上对他露出的厌恶表情了。

"我给你端来了一碗酸奶和一块儿馍馍,你赶快把它们给吃了吧。"头顶传来了一个非常熟悉的声音。

他循声抬头望去,一眼就认出那女子来,正是他日思夜想的拉姆卓玛。她的脸色显得比之前更加蜡黄,人也瘦了许多,双眼中还带着些许悲伤的神色,盯着才洛。才洛也非常惊奇地望着她就那样呆坐了一阵。这时候,她突然从挽起的衣袖夹层里取出了一把钥匙,递给才洛后,很隐秘地对他说:"这是铁链的钥匙,你今晚无论如何也要想办法逃出去啊。"

他感动极了,手微微颤抖着从她手里接过那把钥匙,同时对她说:"我怎么能这样做呢?如果他们知道了,你就很危险了。"

"你不必担心这些了,快!快!他们就要出门了。"

才洛马上把钥匙塞进手链枷锁的锁眼里轻轻一转,"咔嚓"一声,手链的枷锁轻而易举地打开了,他又把钥匙塞进脚链的锁眼里轻轻一转,"咔嚓"一声,脚链的枷锁也打开了。当他把钥匙还给拉姆卓玛的同时,本想和她说上一句什么话,可她从他手里接过那把钥匙,转身急匆匆地走开了。才洛又取来放在他身边的那碗酸奶和馍馍大口吞咽着,当他准备把最后那块馍馍吞进嘴里去的时候,突然听到了那牧羊犬拉扯着铁链站起身来的声音。他马上想起牧人们常说的那句"人狗嘴巴相连"的俗话来,到底是不是像老人们所说的那样灵验呢?于是他想试探一下。他向那条牧羊犬的方向挪动了一下身体,那条牧羊犬果然向他狂吠了起来,于是才洛马上往手中那块馍馍上吐了一口唾沫,然后把那块馍馍扔向了那条牧羊犬。那条牧羊犬起初以为才洛向它扔过来了一块石头,于是疯狂地撕扯着铁链狂吠了一阵,忽然停止住吠叫声,闻了闻那块馍馍,一看是食物,立刻吞进嘴里嚼了几下,一口吞咽了下去。它看着才洛,渴望他再次给它扔过来一块馍馍,可才洛此时哪里还有可投的馍馍啊?吃了才洛的馍馍后,那条牧羊犬好像被浇灭了内心的怒火一般伸了个懒腰,来回走动了几步,回到了它之前躺卧着的那个地方。

才洛在心中暗想道,俗话说,"白天做人,夜晚当狗。"色查部落的人不把他当人看待,就如俗话所说的那样,把他白天当人,夜晚当狗来看护了。"不可能的事也成为可能,是世间魂幡倾倒的象征。"现在的情形很有可能应验了这句话。

老话说,"千万不要去信任一条狗,一旦要是得到机会还是立刻逃跑为妙啊!"因为就在才洛准备逃跑的时候,那条牧羊犬突然跳起身来,好像见到了敌人一般撕扯着铁链狂吠了起来。与此同时,周围的人也吵闹着喊道:"小少爷到了,小少爷到了,小少爷领'杀手'来了。"顿时,羊圈周围吵吵嚷嚷,连拴在羊圈门口的那条牧羊犬也转头向他疯狂地吠叫了起来。看到这种情况,才洛立刻把手脚上的铁链又锁住,脸上毫无表情地坐回原地晒着太阳。

有一个老妇人走过来，把那条牧羊犬拉到了羊圈的背后，之后有五六个肩上扛着枪的壮汉走进羊圈里来。他们之中有一位身穿褐色袍子，身材魁梧的男子，一眼就能看出他就是色查部落的那位小少爷了。色查部落的小少爷见到才洛羸弱不堪的模样后，放声大笑了一阵后说："我以为抓到了一个怎样剽悍的勇士了呢，原来只是个如此干瘪的小子啊！"

和他们一起来的那个肤色黝黑的年轻人把嘴凑到小少爷的耳边悄声说："今天向我们开枪的就是这个小子，从我们手中抢走羊群的也是这个小子啊。"小少爷听了那青年的话，笑声逐渐停住了。他来到才洛的面前，来回踱着步，仔细看了一眼才洛后，用命令的口气说："说！你是谁？你叫什么名字？"

才洛若无其事，慢腾腾地说："我叫才洛，是郡查部落千户长家的羊倌。"

小少爷嗤笑了一声后说："原来是个羊倌啊？"而后他又摆出傲气凌人的架势对才洛说，"那么你知道我是谁吗？"

"我怎么知道你是谁啊？"

小少爷显摆地说："我就是色查部落千户长的小少爷万德贤，你可听说过我的大名？"

才洛也不甘示弱地看着他嗤笑了一声后说："哎呀，当然听说过啊，没有调顺烈马就用刀捅死马的那个人难道不是你吗？"

才洛此话出口，周围的人们惊得不敢说话了，都低着头默默地站立着，部分人实在气愤，忍不住紧咬着下嘴唇，显出因为才洛说出的话而气极的样子来。

才洛说出的话羞辱到了万德贤。万德贤羞红着脸走过去一把扯住才洛的辫子，来回把才洛拖拉了几下，还往他的身上狠狠地踢了几脚，恶狠狠地说："你是个快要死的人了，口气倒不小啊？我万德贤杀个人就像掐死一只虱子那么容易，在这里我杀你易如反掌，你相信吗？"

才洛表现出宁死不屈的神情，坐起身来说："相信，要杀死一个戴了手铐脚镣、手无寸铁的囚犯，谁不信啊？但要是你我单挑那可就说不准了。"听了才洛的话，小少爷万德贤气得不知道该说什么话为好了，他站在原地，身体剧烈地颤抖了起来。这时候，周边的人实在看不过才洛傲慢的行为，就举起马鞭说："你这个杀手好大的口气啊！"说罢狠狠地抽打了才洛几下，然后连拉带拖地把才洛拉出了羊圈，向左边的那道褐黄色的大山沟走去。

走了一阵儿，心中惦记着拉姆卓玛的才洛回过头来看了她一眼。此时，拉姆卓玛也端端站在他们身后的那座小山丘上，盯着他们的背影希望他能从敌手里逃脱掉，凝望着他们远去的背影，心里为才洛默默祈祷着。

那些人带着才洛走出了那条沟后，继续往左一拐进入了一条沟道，沟道的阴坡是生长着稀疏的柏树等植被的森林，阳坡是草山沟口朝北的大沟，顺着那条沟道行走了一阵，又顺着一条羊肠小道横行了一阵后就爬上了那座山的山顶。山对面又是一条非常狭窄的山沟，可他们没有走下那条沟的沟道，而是顺着那座山梁向上行走。原来色查部落的村落都散落在深山峡谷和沟道里，不像郡查部落生活在宽阔的平原上。在色查部落，假如你想寻找某户人家的话，除非走到那牧户家的门前，否则从远处根本就见不到那家牧户的。色查部落的千户长家端端居住在那样一条狭窄的山沟里，周边围着五六家牧户，千户长家的帐篷坐落在正中间，乍一看就能知道这是位善于自我保护的狡猾的千户长。但是当才洛亲眼见到色查部落的千户长拉松本人之后，才知道原来拉松与他想象得完全不一样。

询问他的地方是色查部落官家的法帐门口，上端设置着一个较大的宝座，宝座上端坐着色查部落的千户长拉松。才洛若无其事地盯着拉松看。拉松是个与郡查部落的千户长尼桑年龄相仿的壮年汉子。他的脸色白里透红，一双眼睛又圆又大，脸型和郡查部落的女官扎措有些相像。他身上穿着一件褐红色的，衣边镶有水獭皮的藏袍，不但梳了辫子，还在头顶上挽了一个发髻，用银饰精心装饰，左边的耳垂上还垂着一个大耳环，显得既威武又落落大方，跟之前耀武扬威的万德贤根本不可同日而语。

千户长拉松向他微笑了一下后说："呀，年轻人，请你不要害怕。我们色查部落的人，向来把抓到手的敌人看得比亲生儿子还亲，但你是刽子手，为此我有几句话要向你询问，希望你老实回答。"

才洛心中暗忖道，他到底要询问些什么呢？于是，他就问千户长拉松说："你想问我什么呢？"

千户长拉松在宝座上正了正身子，脸上露出认真严肃的神情说："郡查部落和我色查部落自古以来唇齿并行，互尊互敬，从不侵犯彼此。再加上我的亲妹妹扎措现在还是你们郡查部落千户长尼桑的妻子，我们两家有联姻关系，我可是他的舅哥啊！"他的脸上复又显露出失望和难以理解的神情说："可尼桑他究竟想干什么呢？"

才洛立刻嗤笑了一声后说："那么你们究竟想干什么呢？抢夺羊群的盗匪之事由你们干了，夺取无辜之人性命的也是你们！"

"少说废话了！"小少爷万德贤立刻气势汹汹地说："你们郡查部落的那个叫黑蛋的老汉无辜杀死了我们色查部落的人，郡查部落的千户长还不偿还命价，这难道不是你们在侮辱我们色查部落吗？我们可承担不起如此大的侮辱……"正当万德贤说话的时候，千户长拉松打了个手势没让他继续说下去。他的脸上复又露出微笑说："那些事是上一代的恩怨，我们没有必要提那些陈芝麻烂谷子的事了。"而后，他又思谋了一阵说："我可以释放你，让你平安回家去，但是我有一句话，你一定要给你们的千户长尼桑带去。"

听完拉松的话,才洛一时不敢相信自己的耳朵。

千户长拉松立刻看了他周边的那些人一眼说:"你们去牵来一匹马,把他送到河对面去,把他们家剩余的那些绵羊也都让他赶走。"说完话,他又转过脸来看着才洛说,"你回去给你们郡查部落的千户长尼桑说,有关玛姆贡卡草山已经由西宁马主席发给了我们使用的地契,但是我们可以商榷解决问题,最好不要弄出人死马翻的事,你们手中的那种武器我手里也有。我要捎给他的话就是这些。"说完,他从宝座上走下来,转身走进他们家的那顶帐篷里去了。

那些人把才洛带回之前抓他的地方后就离开了。才洛从心底里想再看一眼拉姆卓玛,可未能如愿。

第九章　胜败

　　郡查部落的十三个村落的五百多名骑兵犹如三夏季节里涌起的雨云一般集聚在宇隆沟口，等他们煨完了桑，等待通过赛马射箭比赛来角逐出最英勇剽悍的带队勇士时，发生了一件让他们意想不到的事——才洛突然回来了。才洛骑着马，背着枪，还赶着之前被抢走的羊群来到了宇隆沟口郡查部落兵马集聚的地方。大家都感到非常惊奇，千户长尼桑父子简直不敢相信自己的眼睛。等才洛走近，千户长父子、管家和几个村落的头领们内一圈外一圈地把他围在中间，簇拥着他来到了官家的帐篷门前。阿妈旺姆、更吉和女官扎措也跑到才洛的跟前，尤其是阿妈旺姆，犹如自己的儿子复活了一般抱住才洛放声大哭了起来，其他的妇女也在一边默默地抹着眼泪。

当他们来到官家的那顶黑帐篷里之后,女官扎措亲自动手给才洛倒了茶,端来了食物,好像比阿妈旺姆还高兴似的。千户长尼桑兴奋得脸上都焕发出光彩来,所有村落的头领们都不停地赞扬才洛大获全胜。

而后,才洛把事情的经过一五一十地说给大家听,他还把色查部落的千户长拉松捎给郡查部落的千户长尼桑的话原原本本地说给大家听,听完,小少爷宇泽脸上露出非常不高兴的神色,嗤笑了一声,说:"玛姆贡卡本来就是我们郡查部落的地盘,我们为何要去跟他们协商呢?他们肯定是得知我们手中现在有了精良的武器后害怕我们,才说出这样的话来。我觉得一些别有用心的人好像做了内外勾结的事啊。"他说着话向商人马乃使了个眼色。

这句突如其来的话使得气氛变得非常微妙。

千户长尼桑虽然也知道色查部落千户长的思想不单纯,可是小少爷刚刚说出了"内外勾结"这种话,所以他没有立刻表态。

才洛明白小少爷宇泽说的"内外勾结"显然是在针对他,他为要不要给小少爷这句疑问答复而犹豫不决地看向了千户长尼桑的脸。千户长尼桑给才洛使了一个允许的眼神,让他把想要说的话说出来。才洛于是笑着对小少爷宇泽说:"谁都知道玛姆贡卡草山是属于我们的地盘,可是小少爷好像是在说我做了'内外勾结'的事呢。假如我真做了内外勾结的事,那么作为懦夫的我为何不后退，反而要勇往直前与敌人生死搏斗呢？"

听了才洛的话后，小少爷宇泽若无其事地说："那么你不但是闯入色查部落军队的杀手，而且对他们的小少爷万德贤说出了那么恶毒的话，如此他们还要赐给你这么丰厚的奖励吗？"听了小少爷宇泽的话后，商人马乃和几个村落的头领们都放声大笑了起来。

才洛听完小少爷宇泽的话，对他失望到了极点，自己事事顺从着他，一直把他放在千户长的位置看待，他却这样无情地说出如此刺耳的风凉话来。再说大家也知道，这次自己落入敌手也是为了官家的事啊！这个愚蠢不堪的家伙怎么能这样说呢？真应了"头无论被金佛砸破，还是被雷石砸破，流血的方式都一样"这句俗话啊，才洛再也管不了那么多，自己如果再不给小少爷一句答复就很不妥当了。于是，才洛对小少爷说："尊敬的小少爷，那么你当初不去杀掉那些土匪又干吗去了呢？俗话说，'英雄勇敢也能感动敌人'，世上有英雄逃脱虎穴的事实，也有懦夫伤在狗窝的事实。懦夫哪能估量到英雄的胆略呢？"这句话狠狠地戳在了小少爷宇泽的痛处，他一时无言以对。沉默了一阵后，小少爷宇泽突然醒悟过来一般提高了嗓门对才洛说："不知道是敌人喜欢你了呢，还是你自己喜欢上了敌人？总之，请你不要忘了杀死你父亲的刽子手就是色查部落的人啊！"

阿妈旺姆在对面听到才洛和小少爷宇泽的争吵声后，顿时觉得惊愕万分。她心中暗想道：以前自己的儿子才洛和小少爷宇泽就像一对亲兄弟那样友好和睦，但是今天他俩为什么要这样争吵和谴责起对方来呢？她以为才洛得罪了小少爷，于是不由自主地放声大哭了起来。千户长尼桑对小少爷和才洛争吵不休非常生气，于是他往餐桌上狠狠地拍了一巴掌后怒斥道："呀！好了！好了！不知道贼盗在哪里，恶狗们就不要乱吠了，才洛是不是真的跟敌人做了内外勾结的事，以后我们慢慢会知道的。"听了千户长尼桑的斥责，他俩谁都不敢开口说话了。小少爷宇泽气不过，就坐在自己的座位上恶狠狠地剜了才洛一眼。

这时候，管家来到千户长尼桑的身边恭恭敬敬地对他说："官家请息怒，小少爷也是考虑到官家的声誉才这么说的，可他绝对不会有什么外心的。"说完话，他又转过身来看着才洛，露出威严的神色说："你怎么能对小少爷这样的无礼呢？难道你没听说过'癞狗咬主人'这句俗语吗？"

过了一会儿，千户长尼桑的情绪逐渐缓和了下来，他稍微思谋了一阵后看着才洛说："依你看，他们为什么要这么做呢？你给我说句老实话，还有和好的余地吗？"

"这事我也不清楚。"才洛说。

"那还有什么不清楚的啊！"小少爷宇泽接着说，"他们分明是得知了我们手里已经有了武器，是武器的威力震慑了他们，要不然前天他们为什么要无缘无故地来赶走我们家的羊群呢？

这足足两年时间，难道他们就没有商量这件事的时间了吗？"

千户长尼桑虽然觉得小少爷宇泽言之有理，但是他一时也做不了决定，就用手挠着自己的脸呆坐着。另一边，始终笑吟吟地听他们争吵的马乃立刻来到千户长尼桑的身边，对千户长说："小少爷说得对，那是他们的一个阴谋，现在他们得知了我们手中有了武器才想着协商解决此事。如果以后他们购买到武器之后肯定就会前来搅扰我们的，现在我们先下手为强了。你们藏族不是有句'快马追不回来后悔'的俗话吗？还有一句俗话说'多虑的男儿办不成事'，官家现在还有什么可考虑的呢？"

千户长尼桑听了马乃那句掺杂着讽刺的话后，顿时火冒三丈。女官扎措猜到了千户长尼桑的心思，立刻从灶台的下方转过脸来说："大家都为部落有利而说出的话，请千户长您也不要有顾虑为好。有句俗话说，'召集大军的次数过多会削弱骑兵的锐气'。而且你解散了这次召集起的军队，假如敌方听到此事后一定会嘲笑我们的。"听到女官扎措说出的话后，大家都惊愕地盯着她。女官扎措接着说："虽然我是色查部落千户长拉松的亲妹妹，但是大家不要担心此事会伤及我，世上没有一个女人不是从娘家里嫁过来的媳妇，国与国之间发起战争时也没有考虑媳妇们的感受而放弃征战的道理，千户长和在座的各位都应该考虑大局，不要顾虑我个人的感受了。"

女官扎措说出的话感动了在座的所有人，千户长尼桑也像刚刚认识自己的妻子一般，用感动的目光盯着妻子的脸。他稍微思谋了一阵后，就干脆地做出了决定，命令大家出兵作战。

那夜，小少爷宇泽、管家、商人马乃、才洛和各村落的头领们率领着各村落的军队登上了玛姆拉哇山顶，来到拉措秀姆湖旁边的那座叫玛姆尼玛（意为母绵羊乳头，有两座连绵的小山丘，分为上玛姆尼玛和下玛姆尼玛）的小山丘一侧，在上、下玛姆尼玛的必经之路安营驻扎了下来。众人发出如同雷鸣般的欢呼声，扣响了他们手中的枪支，向对面的色查部落显示他们这次决定要争抢草场并绝对不给对方商量余地的决心。居住在沟底和对面山坡上的牧羊人们感到万分害怕，有些人满山满沟地一边追赶着自己家圈里的绵羊群一边逃跑着，有些人一时聚拢不了散布在草原上的牛群，慌慌张张地到处奔跑着。

按照千户长尼桑的命令，庞大的军队前脚刚到此地，郡查部落的牧人们后脚就赶着羊群和牛群来到了此地，此刻的玛姆贡卡就如堆满了五谷杂粮一般到处撒满了牛羊群和骏马群。

当小少爷宇泽、商人马乃、管家和才洛他们登上玛姆尼玛山丘顶上俯瞰着那里的地势的时候，商人马乃好像非常懂作战策略一般对他们说："我们千万不能蛮干了，坚守疆场很重要啊。"边说还边显得自己多有经验似的摩挲着他下颌上的那撮扫帚般的山羊胡。

管家看到他的神情后，就问他说："那么商人你有什么好的作战策略啊？"

　　商人马乃就如一个优秀的将军一般把左手叉在腰间对他们说："作战时最要紧的就是要修好作战的堡垒了，这样一来，不论是抗敌还是自我保护都会有利啊。"

　　小少爷听了商人马乃的话，立刻发出了一声讥笑后说："我们藏人作战时，向来只去镇守山顶而从来不会有挖鼠洞的习俗，不然外部落的人听到这一举动后会笑话我们的。"等小少爷说完话后，大家都大笑了起来。

　　商人马乃听了小少爷的话，突然显得有些不安了起来，他稍加思索后脸上露出微笑，又点了点头说："小少爷宇泽的豪情壮志胜过千户长尼桑啊，厉害！厉害！"

　　输人不输阵，看到郡查部落的军队摆出这么大阵势前来欺辱，色查部落也不可能坐以待毙，为此，没过几日色查部落也召集齐了军队。人们深知这次非要造成人死马翻的局面不可了。

　　双方发生战争的时间是某天晌午刚过。

　　战争一开始，他们就发现色查部落的人根本就不像小少爷宇泽和商人马乃所说的那么愚蠢，色查部落的军队来到沟底，蹚过那条河之后，立刻兵分三路——一路兵马顺着之前才洛和拉姆卓玛相遇的那座长有独松的山梁向山顶爬去，一路比较庞大的军队直冲向郡查部落军营驻扎的玛姆尼玛山丘，另外一路兵马顺着下玛姆尼玛山丘的阳坡向山顶爬去，准备占领那座山的山顶。这种情形使得郡查部落的军队都不由得骚动了起来。上、下玛姆尼玛山顶都由小少爷宇泽和管家他们把守着，两山之间的距离较近，到了关键的时候他们可以来回走动互相支援。可他们没有安排军队去把守更高的山顶，于是才洛率领着他们部落的两个武艺无人能及的盗匪——"尖鼻子"仁青和"大嘴巴"诺日本，三人带着二十多人立刻跑去镇守山顶了。等他们登上那座长有一棵独松的山梁时，对方的人已经提前到达了此地。才洛边跑边手疾眼快地扣响了枪，与此同时，对方那人立刻向后仰了仰身体就栽倒在地。随后赶来的那个年轻人发现郡查部落的军队提前到达了山顶后就马上俯身趴在了地上。

此时此刻，从三面传来了犹如炒青稞一般的枪声，由于郡查部落的冲锋枪占了上风，射击得对方的军队抬不起头来。过了一顿茶的工夫，色查部落的部分人便接二连三地倒地身亡了，剩余的人实在抵抗不住郡查部落的军队就开始退兵了。

见到色查部落的军队撤退了，隐蔽在一块大石头后面的商人马乃抬起头来提高嗓门鼓促小少爷宇泽说："一个人都不要放过，快追，快点儿追上去！"小少爷宇泽听到了马乃的话，觉得这次他们必胜无疑了，于是站起身来端着冲锋枪在后面追赶、扫射着正在逃跑的敌人。他每开一枪就会发出一声得意的呼哨，好像跑在他前面的不是活人，而是矗立在他面前的许多稻草人靶子。

偏偏就在这个时候,在左边森林里隐藏着的色查部落的人开枪了——向前冲锋的小少爷宇泽和其他两个人立刻应声倒地了。郡查部落的人不知道枪声是从哪个方向传来的,几个人赶忙搀扶着小少爷,其他人端着枪左右寻找了起来。最终,他们看见左侧的森林边上有几个人正在匆忙逃跑,于是就如暴风骤雨般向那些人开起枪来,但由于距离太远,郡查部落的军队对那几个人也无可奈何,眼睁睁看着那几个人蹚过河水逃跑了。郡查部落那些原本追击敌人而去的人追赶着敌人到河边时,发现色查部落的人都钻进对面的森林里不见了踪影。面对这一束手无策的情形,才洛没有让他们继续追击。停止追击后,大家马上折身跑回来团团围住了小少爷宇泽。这时候他们才发现小少爷的胳肢窝处中了两颗子弹,他的口中流淌着鲜血,喘着微弱的气息,已经奄奄一息。才洛紧握住小少爷的双手,眼中如断线的珍珠般流淌出一滴滴泪水。

小少爷认出才洛后,强忍着剧烈的疼痛,喘着微弱的气息说:"我确实不……不如你,我……失……败……败了……"

"你根本没有失败。"才洛对小少爷说,"你看看吧!色查部落的人不是如同狐狸一般夹着尾巴仓皇而逃了吗?我们胜利了,我们胜利了啊!"

这时候,小少爷的嘴唇变得更加干裂了,脸上也变得毫无血色,可他强忍着疼痛,望着才洛,使出浑身的力气对他说:"我……快不行了。我们俩……是……好朋友……为此……你……对我父母……"他话还没有说完,一阵剧烈的疼痛又袭击了他的全身,他抽搐了一下,身体就塌软了下去。虽然小少爷没说完话便咽了气,但是才洛完全明白了小少爷最后想说的那句话的意思,于是他抱着小少爷的尸体像个孩子一般号啕大哭了起来。

那天下午,大家通过商议,一致同意由各村落的头领们留在军营里严加防范,管家和才洛给千户长尼桑汇报那天的战果去了。商人马乃也以自己有高原反应不能继续待在山上为由,要跟着他们下山去。

千户长尼桑是个聪明人,当管家他们到达官家后,一见到管家和才洛丢下军队突然回到家里来,便猜到事情肯定不妙了,可他怎么也没想到事情严重到了这个地步。当管家说出了小少爷宇泽牺牲的消息后,千户长起初惊愕万分,继而怒火中烧,可是很快他又沉浸到悲哀的深渊中去了。等管家嗓音颤抖着吞吞吐吐地讲述完事情的详细经过后,千户长尼桑再也听不下去了,于是他向管家摇了摇手,眼泪也止不住了,如断线的珠子似的从眼睛里流出来。管家也不忍心再继续说下去了,他和才洛像犯了错的罪人等待惩罚似的一直低头站立着。

这次战争虽然是郡查部落大获全胜了,可是失去了小少爷宝贵的生命,这对千户长尼桑来说比打败了一百场战争还失败。

在千户长尼桑的心里，小少爷宇泽比整个郡查部落还珍贵，可他却牺牲了，现在他就算杀死整个色查部落的男女老少，抢回色查部落的全部土地也没有任何意义了。虽然如此悲伤，他却没有埋怨和指责任何人。当女官扎措听到她的宝贝儿子牺牲了的消息后，起初她放声大哭，管家和才洛轮番安慰了她一阵后，她才边抱怨着千户长尼桑边向自己的那顶花帐篷走去。千户长尼桑送管家和才洛他们上路的时候，女官扎措也没有再从自己那顶花帐篷里走出来送行。

　　千户长尼桑、管家和才洛来到军营驻扎的地方时，太阳已经快要落山了。千户长的心里此时突然记起了一件事来，于是他又立即调转了马头，看着管家说："你马上到寺院给活佛汇报一下今天的情况再回来，必须今晚连夜赶到营地。"说完，就和才洛策马扬鞭，从宇隆沟口像射出去的箭一般飞驰而去了。

第十章 灵童

夕阳的余晖下，管家挥鞭抽打着他胯下的那匹老马，顺着大山脚下的那条土路疾驰着。

宽敞的郡拉沟分为上郡和下郡。从上郡村落到下郡村落的草场之间骑马要走半天，郡查寺院暨功德昌盛洲就坐落在下郡班玛雅切草原上游的那三座大山的三岔沟口。历代切央仓活佛便是这座寺院的寺主。现在的第五世旦增尼玛切央仓活佛和千户长尼桑还是一个娘胎生的同胞兄弟。可这一世切央仓活佛根本不贪念人世间的俗事，一心修行佛法，他消除了历世切央仓活佛把官家的事当成自己的事，寺院成了官家的一顶"小帐篷"的状况。不是非常重大的事情，且增尼玛切央仓活佛根本不会向官家伸一下手的。尽管如此，官家依旧承担着补贴各个法门的生活，以及修缮大殿和活佛的居所等事宜，而且千户长尼桑是个比之前的千户长们还虔诚地信奉活佛的人，更是个把自己的一切希望都寄托在切央仓活佛身上的人，所以他对这一世的活佛感情非常笃厚。正因如此，管家的弟弟成列也被招收到寺院内做了大内僧人。管家虽然没有主动出面经常贴补他弟弟的生活，但是他也因此得到切央仓活佛的眷顾，过着这样富裕而又幸福的生活。

　　管家马不停蹄赶着路，一路上暗想道，看来千户长也实在是没有办法了，说让我暂且离开官家，可又让我晚上一定要回到官家，这真是不加考虑就随口说出的话啊。按理说，管家现在可是五十岁的人了，再加上白天他刚参加了两部落之间发生的战斗，夜里还得一眼不眨地提防着敌人，现在还要来回奔波……他显得疲惫不堪，本想借此机会在寺院里好好休息一下的。可是官家的命令就如滚落下来的石头使得他很难回绝，官家命令他去，哪怕前面是阎罗地府他也得下去啊！官家命令他出手打人，哪怕眼前站着的是自己的亲生父亲，他也不得不出手打其头颅了。想到这，他绝望地扬起手中的马鞭，狠狠地抽打了几下他胯下的那匹骏马。

　　管家骑马赶到寺院的时候，天已经黑了很久。管家的弟弟成列和几个小僧侣前来迎接并把他从马背上扶下来时，他咬紧牙关很艰难地下了马——由于长时间骑马，他的身体僵硬麻木得站不稳，差点儿摔倒在地，只能由那几个小僧侣搀扶着他进了寺院的大厅。来到寺院的大厅里，他稍加休息了一阵，吃了点食物、喝了点奶茶，压了压腹内的饥饿感之后，马上就由他的弟弟成列带领着到活佛的禅房里觐见活佛去了。活佛在得知管家到来后，就停下了诵经等法事，等待着他。管家走进活佛的禅房，摊开手走上前去给活佛磕了三个响头后，就欠身坐在了活佛坐床对面铺设的那块蓝色的坐垫上，向活佛上报了有关小少爷宇泽作战不幸身亡的消息。

活佛听罢，非常失望地长长叹息了一声后，看着管家说："现在官家也去参战了吧？"

听了活佛的话，管家也如梦初醒般地反应过来，有些懊悔地回答活佛说："尊贵的活佛，听到失去儿子的噩耗后，官家也动身去参战了。"

活佛稍做了一阵思考后，开口严肃地说："俗话说，'大人大山大海三，不要摇动稳如磐。'按理来说，你们应该劝阻官家，阻止他上战场为好啊！可是这一切都是他前世修来的命，今世他违背不了这些宿命啊！"

管家心想，难道有什么灾祸会降临到官家身上吗？他不禁打了个寒战，带着迟疑的口吻询问活佛道："知晓了，可有什么禳灾避难的法事吗？"问罢他又担忧活佛会有什么不好的回答。

"没有什么意义。"活佛的神色稍微缓和了一些，接着说："在这世间针尖般的轮回中，永远不会得到永久幸福的。这句箴言说得一点儿没错啊！悲欢离合是人世间人人不可抗拒的规律，你回去转告官家，让他节哀顺变吧。不过，在这件事上确实有些法事要做，可以由寺院代替他办理了。"

"拉索！"

管家立刻起身准备告别活佛了。

"请等一等！"

"拉索，您还有什么要吩咐吗？"

活佛拧了一下眉宇后说："你不是还有一件事要向我请求吗？"

"拉索，再也没有别的事了。"管家不知所措，立刻回忆了一遍他来时官家的吩咐，对活佛说。

活佛发觉管家心中除了官家的事之外没有其他杂念后，就点了点头后暗忖道：这个人的肚子里虽然有许多的花花肠子，但是他对官家却很忠诚。于是，活佛就自己预见到的事问道："听说你的妻子生了一个孩子，是真的吗？"

活佛这样一提醒，他立刻记起了要给自己的孩子祈求一个预言的事来，于是他马上回答活佛说："确有此事，其实我早就准备来您这里的，但是……"

管家一时觉得惊奇不已，孩子出生的那夜他的确做了个奇怪的梦。梦中他家帐篷背后的那座山顶上升起了一轮金色的太阳,阳光端端照射在他家的帐篷顶上,他的手中拿着一个金光闪烁的金刚杵,一个陌生人过来说他是某人的主人,说罢就强行从他的手里夺走了那个金灿灿的金刚杵。他们夫妇虽然是因父母之命、媒妁之言结成的夫妻,但是他们之间有着深厚的感情。可是他俩结婚二十多年却一直没有孩子,直到他五十岁这年,他的妻子才奇迹般给他生了一个孩子,他一直认为这肯定就是神三宝恩赐给他们夫妇的宝贝了。但是他不知道那夜他所做的那个梦是吉还是凶,为此他很早就准备来活佛这里祈求个预言,可是今晚要不是活佛出言提醒,他愣是没有记起这件事来呢。此刻,他把之前出现在他身上的那些奇怪的迹象和自己所做的梦一五一十地汇报给活佛听了。活佛向他点了点头,稍加思考后非常严肃地对他说:"你们家的儿子可是个好人的灵魂转世的啊,你们可得要好好抚养他,一定要小心,不要让他沾染上什么不干净的东西啊!"

管家也是个非常聪明的人,他虽然知道"好人的灵魂转世"这句话的意思,可是,一来活佛神通已经预知了所有的事情,二来自己也想知道事实的真相,于是他就装作什么都没听懂一般问活佛:"请仁波切明鉴,您说的这句话的意思我完全没有听懂啊!"

"哦,你那孩子是色查仓活佛的转世啊,孩子直到五周岁之前你们千万要保密他的身世,万万不能把这事张扬出去啊。"活佛对管家说。

"拉索！拉索！"管家虽然觉得简直不敢相信自己的耳朵，可他的嘴上立刻这样答应着，并且赶快离开了活佛的禅房。走出活佛的禅房后，他一时找不着北了，不知道自己此刻活在地上呢，还是活在天上了。他的弟弟成列得知哥哥家新生的那个婴儿原来是活佛的转世灵童后，就反复嘱托管家回到家里一定要好好抚育那个孩子，并向他传授了抚育那孩子的一些简单的方法。管家的弟弟尽力挽留哥哥在寺院里过夜，说等第二天天亮了再走，可管家要遵从千户长尼桑的命令，于是他立刻骑上那匹老马又上路了。那夜是农历八月十二日的夜晚，夜空中那轮明月很明朗，皎洁的月光下远处的山川好像都笼罩在棉纱中一般朦胧，夜风也明显变得冰凉了起来。一个上了年纪的老汉在这样凄凉的夜晚赶夜路本来是件非常悲戚的事，可此时此刻的管家却显得异常兴奋，因为他知道了自己那个新生的婴儿是色查仓活佛的转世灵童，反过来说，他自己是这一世色查仓活佛的生身父亲啊！偶尔他又觉得这事有点儿不真实，莫不是活佛拿他开玩笑的吧。他又马上想起活佛的神通，他的心中对自己产生这种不敬的念头而生出莫大的罪恶感来。听说曾经某世色查仓活佛还得到过皇帝追加的"帝王法王"的官衔和官印呢，以后自己也要千方百计从西宁马主席那里弄得自己的官衔和官印不可……

管家骑行了很久后，突然听到他的身后传来了一阵急促的马蹄声。他立刻翻身跳下马背,牵着马走到一条小山沟里隐藏了起来。不久,二十多名骑着高头大马的人黑压压、急匆匆地顺着色查部落的那条商路经过管家的身边扬长而去。管家心中对此感到非常奇怪,从那些人的着装打扮来看,他们好像是从色查部落赶来的。如果说他们是去援助色查部落的援军吧,他们只有二十来个人,去做援军也起不了什么作用的;如果说他们是一群抢匪盗贼吧,他们仅仅是些单枪匹马的汉子,身前马后也没有赶着抢夺来的牛群或者羊群啊!不管三七二十一,总之他们趁夜赶路绝非善类。可又一想,在商路上来来往往的人千千万万,络绎不绝,这有什么可奇怪的呢?这样一想,他那颗悬着的心也即刻放松了下来,过了一阵儿,之前他心中的那些疑虑都荡然无存了,管家又翻身骑上那匹老马匆匆踏上了自己的归程。

等他赶到郡查部落夏窝子草场自己的邻居们家的附近时,拴在牧民们帐篷前的那些牧羊犬都七嘴八舌地吠叫了起来。他的心身都实在疲乏极了,可这里离郡查部落的军营还有一段距离,再加上前面的山路崎岖不平,于是他在心里暗想道:今晚回家去休息吧,等明天早晨天一亮就立刻赶到军营里去的话千户长也一定不会指责我的。就在他调转了马头准备向自己家的帐篷走去时,他又突然想到自己的妻子刚刚产下儿子不久,再说自己今晚虽然不是从军营中回来的,可深更半夜地回到家里的话会惊吓到大家的,所以他又强忍着浑身的疲劳,调转了马头往军营的方向走去。

抵达宇隆沟沟底后就离郡查部落的军营不远了,管家心里暗想道:有关自己的孩子是色查仓活佛的转世灵童的事只告诉千户长尼桑一个人的话不会有事吧。他刚想到这里,突然从他前面的柽柳丛中"哗"一声惊飞了一只鹧鸪。鹧鸪的动静惊吓到了他胯下的那匹老马,那匹老马突然一惊跳使得他来不及反应就从马背上摔落了下来。他从马背上摔下来后,那匹受惊的老马便撒着欢儿向宇隆沟沟口疾驰而去了。他边咒骂着那匹老马边挣扎着站起身来,觉得自己的腿脚支撑不住身体又摔倒在地了,这才发现从他的大腿及股骨头处产生了一阵剧烈的疼痛。他坐在地上休息了片刻后,就强忍着疼痛站起身来,咬紧牙关一瘸一拐地向山坡攀爬而去。当他抵达郡查部落的军营时大家正在吃早饭,他直接来到千户长尼桑的身边把活佛说的话一五一十地说给千户长听了,并且把活佛说的那句"此刻官家千万不要上战场参战"的话作为重中之重说给他了。

听了管家的话,千户长尼桑自始至终没有开口说一句话,甚至连一句"你辛苦了"也没有给管家说。

管家那匹受惊的老马驮着空马鞍连夜跑回了官家,再加上昨天去山上放牧回来的羊倌和牛倌们把有关小少爷宇泽战死在战场的事说给乡亲们听了,为此乡亲们见管家的那匹老马连夜独自赶到家里来了之后，都以为昨夜又发生了什么不幸的事——那天的太阳刚出来不久，郡查部落里的一群妇女就来到了军营，她们一来就都放声大哭起来。管家担心自己的妻子也怀抱着刚出生不久的婴儿来到军营，一想到这个婴儿的身份，他胸腔里那颗心就如羔羊一般跳了个七上八下。他看到千户长生气的神色后，就悄悄叫来了才洛并对他说："你赶快出去把那些妇女从这里打发走，你就给她们说千户长生气了。"他把才洛派出去后，才洛立刻通知各村落的头领们，头领们立刻出去劝说，并让那些妇女回自己的家去了。

第十一章　赔偿命价

　　管家、各村落的头领、才洛和他手下的"尖鼻子"仁青、"大嘴巴"诺日本等人聚集在千户长的军帐里等待着千户长下命令，然而帐篷里除了长时间的沉默之外没有任何动静。这凝重的气氛实在让在座的人们坐立不安。就在这个时候，不知从哪里飞来的一只蜜蜂轮流在每个人的头顶上盘旋打转儿，这才打破了军帐里死寂的氛围。管家拿出鼻烟壶往自己左手大拇指的指甲盖上倒出了比平日多一点儿的鼻烟，然后用右手的食指和大拇指一点儿一点儿地夹起来放到他的鼻孔里。有一些村落的头领紧盯着自己眼前的地面，并用手指头在地上来回地画着什么。

　　千户长尼桑沉思了良久，慢慢抬起头来开口对他们说："今天敌方的军队不会再有胆量蹚过河来到这里了，只有我们到彼岸去报仇雪恨了，我非要亲自去看看他们究竟在干些什么不可。"

管家听到千户长要亲自出征的事后，心里有些紧张，于是他向前挪了挪身子，伸长脖子对千户长尼桑说："官家您可千万不能上战场啊！您应该听从活佛的教诲才对啊！"而后，管家又看着各村落的头领们，等待着他们中能有人站出来协助他劝慰千户长尼桑，可是大家都沉默着，没有一个人站起身来。就在管家束手无策的时候，才洛站起身勇敢地走上前去对千户长尼桑说："管家说得对，官家您发号命令即可，由我来率领军队吧。"

诺日本也紧随才洛对千户长尼桑说："哪里有官家亲自出征参战的道理啊？官家您放心吧，由我们出征就可以了。"

千户长尼桑心里暗想道，仁青和诺日本这两个人平日里就会做些强盗贼匪的恶事，我甚至看都不想看一眼他俩，可关键时候他俩可真是勇敢的英雄好汉啊。

果不其然，正如千户长所说的那样，那天色查部落的军队没有蹚过河来，他们都隐蔽在河彼岸的森林里不敢现身，为此，才洛就率领着郡查部落的军队蹚过河水去了对岸。

管家因昨夜从马背上摔下来腿脚受了伤，就留在河此岸和官家一起登上了上玛姆尼玛山的山顶远观起来。此时此刻，郡查部落的军队也都钻进森林里去了，他俩除了偶尔能看到一两个人的影子从森林里一闪而过之外，再无任何动静，却不断听到双方开枪对射的声音，其中郡查部落的那杆冲锋枪的枪声显得格外响亮而密集。色查部落的人为了保护好自己的家园也非常英勇地反抗着。大概到了中午时分，他俩才又看到色查部落的军队从那条沟对面的森林里跑出来并不断往后撤退着。没过多久，郡查部落的军队也从森林里现身了。与此同时，坐落在对面山洼里的一顶帐篷也轰然坍塌了。从那帐篷布飘飞的场面来看，那顶帐篷好像是被人用利剑从它中间划开的，而帐篷里的人早就逃之夭夭了，只是一顶留在那里的空帐篷。

　　管家的脸上稍露笑容说："现在快到了色查部落千户长向我们求饶的时候了。"他说着话向千户长尼桑看去，然而千户长黑着脸始终没回答他。

　　第一天的战争就这样结束了。

　　第二天，色查部落的千户长果然来求情了，可他派来的仲裁人不是色查部落的人，而是岭查部落的千户长——才怀嘉。

　　这里一直以来就有"前来说和的仲裁人即使是乞丐也要高高抬举起来尊敬他们"的习俗。岭查部落不但势力和财力跟郡查部落相当，而且他们自己还有庞大的军队，为此，请岭查部落来当仲裁是色查部落此时能够从重围中解脱出来的唯一出路。管家一见到岭查部落的千户长才怀嘉之后，突然想起了前天晚上他在半路上所遇到的那些骑手，并确定那些人就是才怀嘉他们之后，就把头伸到千户长尼桑的耳根边窃窃私语道："色查部落的千户长未免也太狡猾了，怪不得他们昨天不来，今天又姗姗来迟了呢。"

千户长尼桑没有听清管家所说的，以为是在说岭查部落的千户长才怀嘉，就用藐视的口气说："他难道不是向来就这样吗？"

也难怪千户长尼桑这样说，听说岭查部落的千户长才怀嘉不过是个四十来岁的人，可打眼看去他比千户长尼桑还显得苍老很多。因为他的体态过于肥胖，甚至看不出他的身体和头颅之间有没有脖颈，从远处看过去简直像把肚子豁开后骑在一匹用石头雕刻成的假马上一样。千户长才怀嘉的身边还有十几个家臣，他们每个人的背上都背着一杆枪。他们走到离郡查部落军营不远的地方才翻身下了马背，千户长才怀嘉走在最前面，身后跟着家臣，缓缓向军营走了过来。

千户长尼桑看着管家说："把他们迎进帐篷里面好好招待。"

"那么，官家您……"管家没有听懂千户长尼桑说出的那句话的意思，所以惊奇地问千户长尼桑。

"我不想见到这个人，你对他们说我在家里就好了。"千户长尼桑说完话就背着手钻进自己的军帐里去了。

管家得到千户长尼桑给予的这个特殊权利后，心里莫名增添了几分威严，于是他使派了部落的几个头领走上前去迎接岭查部落的千户长才怀嘉和他的随从们去了，而管家自己却留在军帐前等待——这一举动正是有地位的象征。由于岭查部落的千户长才怀嘉的身体过于肥胖，因此他每走上十几步就不得不坐下来休息片刻，他手里还拿着一块手帕不停地揩拭着从脸上滚落下来的汗珠。管家看着千户长才怀嘉的样子，心里暗想道：这个被肥胖症困扰而失去行动自由的人，难道就是当初女官扎措所迷恋的情人吗？他这样暗忖着，不由自主地从心底里讥笑起来。

　　岭查部落的千户长才怀嘉一走到郡查部落的军帐前就出了一个天大的洋相——他把管家错当成千户长尼桑了，于是立刻从怀里取出一条又长又洁白的哈达，吁吁地喘着长气走上前来开口对管家说："不幸啊，不幸，'嘉查英雄被由贤巴谋杀了'，就如这句话所说的那样，此次不幸失去了郡查部落的小少爷。就在很早以前，上世千户长们在世的时候，郡查、岭查和色查三个部落，可听说是会有福同享有苦共担，婚庆嫁娶互相邀请欢聚一堂，遇到敌人矛头一致指向敌人的手足兄弟。可那时候是岭桑钦年华正茂、妃子珠牡年轻美貌的岁月啊，现在珠牡已经乘鹤上升仙界不在人世，枣红马（格萨尔王的坐骑）不在人世间而又去了龙界。为此，现在发生了活人彼此互不相识，而又惊动了亡灵的不孝之子拉松和你我三人……"他自顾自说着，不知是在讲《格萨尔王传》还是在调解说和，一边花言巧语着一边把那条哈达恭恭敬敬地放到管家的手里去了。

　　管家也恭恭敬敬地从千户长才怀嘉的手里接过那条哈达，

同时脸上露出微笑并向才洛使了一下眼色。

才洛领会到了管家的意思就马上走上前去以介绍的方式对千户长才怀嘉说："千户长您认错人了，他是我们官家的管家。"

岭查部落的千户长才怀嘉听了才洛说的话后发现自己闹出了个大洋相立刻羞红了脸。他眼睛滴溜溜地转了一圈后，半抬着手说："那么……那么……千户长……你们的千户长在哪里呢？"他盯着管家道。这时候大家都放声大笑了起来。

管家笑了一声后，就对才怀嘉说："假如你们昨天就来这里的话，我们的千户长也就在这里，可今天他已经离开这里回家去了。"

才怀嘉察觉到自己耽误了事后，立刻像个泄了气的皮球，懊丧地点着头说道："是啊，是啊，我应该昨天来这里就好了。"

而后，管家马上恭恭敬敬地把才怀嘉和他的仆从迎进了大军帐里，并摆设了盛大的宴席热情地招待了他们。就在大家尽情地享受美食佳肴的时候，才怀嘉用手帕揩了揩自己额头上的汗水，脸上露出非常失望的神情看着管家的脸说："实在想都没有想到过啊，色查部落的人不但承认了玛姆贡卡草山是属于你们的地界，而且还写了字据盖了章，我今天还把它们都带来了。现在到了该停止这场战争的时候了。"说着话，他从怀里取出一张叠得整整齐齐的纸向管家送了过去。

管家是一个非常机灵的人，他并没有马上从才怀嘉手里接过那张叠得整整齐齐的纸,而是嗤笑了一声后说:"依我看,色查部落的千户长拉松也不是个愚蠢透顶的人,他们杀死了我们郡查部落千户长尼桑的宝贝儿子,所以就算色查部落的千户长赔偿给我们他们部属的百倍千倍的地界也抵不过那失去宝贝的百分之一的分量,你说是吗?"

听了管家的话,才怀嘉紧张得握不住手里的那块手帕,让它掉落到地上去了,才怀嘉赶忙说:"老天爷啊!那么你们不是也打死了色查部落里的人吗?"管家此时此刻正等待着他的这句话。听才怀嘉说完,管家望着对面色查部落的地界说:"那就关系到色查部落的态度了。"

这次管家充分发挥了他管家的作用。才怀嘉不知如何回答就只好动身回去了。他临走的时候还转过身来对管家说:"你们的话,我回去后原原本本地传达给岭查部落的千户长拉松听就是了,可是你们也得给我一个面子啊!"

千户长尼桑听了管家的回复,心中暗忖道:这件事管家干得比我自己干还漂亮。他把此事干得如此漂亮,按理应赞扬他一番才对,可俗话说,"不要过早赞扬为好"。于是,他又表现得若无其事的样子对管家说:"难道色查部落的千户长拉松是个这样软弱无能的人吗?"

又过了两天,岭查部落的千户长才怀嘉不但携带着色查部落的千户长承认玛姆贡卡草山是属于郡查部落的地界和赔偿杀死郡查部落的小少爷的信函，而且还带着一千两白银，赶着一百只绵羊、五十头牦牛又一次来到了郡查部落的军营，并为平息这场纠纷反复说了许多好话。为此，郡查部落的千户长尼桑心里暗忖道：俗话说，"适量办法加持大，适度修禅毅力大"；"世间有强者不持自身的强悍，天日月隐蔽在乌云中；英雄不量自己的英武，天雄鹰足爪落猎网"。所以我们应该适可而止，现在也要给岭查部落的千户长才怀嘉一个薄面了。于是，他对岭查部落的千户长才怀嘉说："我可以答应你们撤兵，若不是看在岭查部落的千户长您的面子上，我就准备要剿灭掉整个色查部落了。"他让岭查部落的千户长才怀嘉给色查部落的千户长拉松带去了此话后就彻底撤兵了。

第十二章 潜逃

　　郡查部落向来就有这么一个习俗，他们每一次出征凯旋后就会在部落内部举行一次盛大的宴会庆祝一番。届时男儿们赛马射箭，妇女们唱歌跳舞，欢庆上几天几夜，但是这次千户长受到的打击太过于沉重，为此，郡查部落的军队一到宇隆沟口就传来了解散的号令。于是，各村落的头领们立刻解散了军队让他们都回到各自的家里去了。管家本来打算解散了军队后也立刻回到自己家里去的，可他畏惧千户长尼桑，便又跟着他们一起去了官家的家里。

　　千户长尼桑、管家和才洛他们直接向官家家走去时，阿妈旺姆和更吉，以及周围邻居家的妇女们看到他们后，就走上前来迎接了。她们走上前来，一见到千户长尼桑就放声大哭了起来。才洛因为知道以后再也见不到小少爷宇泽了，觉得她们悲伤的哭泣也在情理之中，所以他只能低着头站立着不说一句话。管家就对那些妇女们说："你们不要搅扰官家的心了！"他用一句简单的话就劝阻住了正在放声哭泣的妇女们。

他们一行来到官家的门口后依然不见女官扎措出门来迎接，于是管家对他身边的阿妈旺姆问道："女官扎措还是悲伤欲绝吗？"听到管家这样问，阿妈旺姆的哭声更高了。

见到这个状况后，千户长尼桑的心里不由产生了疑虑，就问阿妈旺姆："发生了什么要紧的事啊？"听了千户长的问话，阿妈旺姆哭着跪在千户长的面前说："那个流浪汉……领着女官扎措……私奔了。"说完话，她又非常悲切地大声哭泣了起来。

千户长听闻这个噩耗后，头脑里"嗡"一声巨响，眼前顿时变得黑暗了起来。之前他心中还以为大家都从战场上回来了，可唯独她的儿子再也不会回到家里来了，为此她肯定一个人躲在自己的帐篷里哀悼着，从而他着实无比同情她。看来他完全想错了，原来她抛弃了自己，跟别的男人私奔了。此时此刻他心中彻底明白了活佛让自己留在家里为好的那句话的意思，活佛所预示的原来是这件事啊。

管家到现在还没有听懂阿妈旺姆所说的那句话的意思，就继续追问道："你说什么？他们究竟去哪里了啊？"

阿妈旺姆边哭边说："我也不知道啊！她昨夜还说让我们

给她准备两匹马来，我们哪里知道她真正的心思啊？今天早晨天亮后就发现商人马乃和她都不见了踪影。"

千户长尼桑一言不发，显得很累的样子，扬起右手制止住她，没让她再多说话。

这时候才洛"嚯"一声站起身来走到千户长尼桑的身边，仿佛和马乃有深仇大恨似的说："尊敬的官家，我现在马上尾随他们而去，我之前就有想杀死那个恶人的意愿，可觉得他是官家的客人，我就没有对他动手，他肯定是欺骗了女官，郡查千户家哪能受这么大的欺辱啊！"

千户长尼桑仿佛变得非常脆弱，压低声音说："就让他们走吧，没必要追上前去把她领回来了，牦牛不想喝水，强压脖颈饮水是徒劳的。再说，你现在去也追不上他们了。"

才洛执拗地说："他们如不是长了翅膀，我一定会追赶上他们的，你们就在家里等我的消息吧。"说完那句斩钉截铁的话，才洛即刻背上枪，翻身骑上了骏马。这时候，阿妈旺姆跑过去抓住才洛的马缰绳哀求说："求求你了儿子，你追赶不上他们的，就听官家的话留下来吧。"

才洛主意已定，就固执地对他阿妈说："阿妈，你和更吉好好服侍官家吧，我去去就回来。"阿妈旺姆也知道自己儿子的秉性，只好揩着眼泪放开了她手中的马缰绳。

大家望着才洛渐行渐远的背影，直到他最后消失在了那座山丘的背面，千户长不由得长长叹息了一声，扫视了在座的每个人一眼后，就钻进自己的那顶花帐篷里去了。现在他全都明白了，当初他的妻子扎措因有了身孕而不得不留在自己的身边生活，实可际上，在这二十多年的夫妻生活中，她根本没有爱过他，况且现在她失去了他们唯一的儿子，此时此刻她再也没有了任何的牵挂，所以她就这样与他人私通逃跑了。他失望极了！

才洛追赶而去的事给阿妈旺姆的心里又增添了莫大的担忧，再加上千户长尼桑连白天也不肯从帐篷里走出来活动，看得出来他现在彻底沉入痛苦的海洋中去了，为此她忍受不了内心的痛苦就暗自流淌起眼泪来。按理来说，此时她应该到千户长的身边去安慰他一下为好。这个道理她也不是不懂，可是她不但不知道自己该怎么安慰他，而且没有女官扎措在家的情况下她去千户长身边的话，甭说千户长尼桑自己了，连别人也会曲解其意的，所以她害怕被误会而没敢到千户长的花帐篷里去。说句老实话，她也知道二十年前那夜的事不是千户长尼桑故意而为的，为此她并没对千户长尼桑怀恨在心。后来漫长的奴仆生活岁月中，她也把千户长尼桑的父母高抬在头顶上尊重他们二老，除了衷心为奴，勤勤恳恳地干丫鬟分内的事之外，从来没有向官家提出过任何要求，也没有期望过凭借自己的职务便利从官家那里牟取什么。为此，在她心中暗忖道：这时候如果自己走到官家的身边去就会让官家回忆起往事来，如果自己真的怀有什么非分之想的话可不是背叛了女官扎措吗？于是她就使派自己的儿媳妇更吉给千户长端去了食物，可千户长尼桑依旧不肯吃一口饭。更吉没有了办法，只好回来向阿妈旺姆说明了情况。她们母女俩除了唉声叹气之外，也没有别的办法。

仆从和军队解散都回到各自的家里去了之后，管家也以腿疼为借口回到自己的家里去了，这样一来，官家的家里顿时变得异常冷清了。冷冷清清的气氛让人感觉非常沉重，十分压抑难忍。为此，在家的仆人们都像患上了大病一般无精打采，失去了往昔的朝气。此时此刻，大家担忧的是千户长尼桑和女官扎措两个人。官家的仆人们能够理解千户长的心情——千户长非常喜欢女官扎措，可自己喜欢的人突然从自己的眼皮子底下消失，这种心情任何人都是一样的。

才洛追出去已经过去三天了，可他到现在还没有回来，为此人们的心里既感到不安又担忧着他的安危。他们整天凝望着北方的山路，期盼着有几个骑手或一个单枪匹马的人从山路上向他们走来。尤其是平日里无论发生什么事情都能忍气吞声的更吉再也没办法忍受了，她整日走出帐篷站在帐篷门前凝望着远方的山路，或者走到阿妈旺姆看不见的地方偷偷地抹着眼泪。阿妈旺姆看到此情此景后，心里更加惶恐了起来，于是走到佛像前做着茶供，不停地向神祈祷着。

第五天，让大家意想不到的是，千户长尼桑走出帐篷开始在外面散步了。千户长走出帐篷的事给留在官家家里的人们的心中萌生了些许希望,如同酥油灯里的灯烛快要熄灭的时候,又往灯里添加了酥油,灯光变得越来越明亮了一样。但是千户长尼桑心里的担忧又比之前更多了,如果才洛能追上他们的话应该昨天就回到家里来了,可从他至今还没有回来的情况分析,他肯定凶多吉少,发生什么不测了,因而他坐立不安,这才走到帐篷外面来了。

千户长尼桑一个人走出帐篷散步的时候,突然发现下游的山路上一个骑手如同飞鸟一般骑马向官家的方向疾驰而来。见到那人后,他以为才洛回来了呢。这时候,阿妈旺姆和更吉走出帐篷急急忙忙地向那个骑手跑了过去。向前跑了一阵后,阿妈旺姆和更吉就停下来站立在原地不动了。原来那个骑手并不是才洛,而是个穿着僧袍的僧人。他骑着马向官家的方向疾驰而来。当他骑马走近后,千户长他们才认出那人原来是内僧成列,于是千户长尼桑返回帐篷的同时心里暗忖道:不用说,他显然是被活佛派来的,看来又发生什么重大事情了。

千户长尼桑猜测得一点儿也没错,内僧成列果然是活佛使派来的使者。切央仓活佛的原话是这样的:现在马家的人在各地的牧民群众中征兵征税,说是一部分红军经过甘肃和四川向这边而来,他们准备去半路上拦截那些红军并伏击杀害掉他们。还听说马家的兵到处催收差徭,残害牧民群众。活佛的意思是让官家您手下的百姓不要去做抢掠之事，提前想出办法做好拒绝去马家参军的事宜来。

"听到了。"千户长尼桑没说太多的话，只想着他自己的心事。千户长尼桑也很清楚，他的父亲担任郡查部落千户长职位的时候，就反抗缴纳马家无故征收的各类杂税，除了缴纳应交的税款之外，不该缴纳的杂税父亲连一分钱也不上缴给马家。还有一次，父亲得知马家那些征收杂税的官员在郡查部落的地界上从一部分甘肃来的商人手里征收了很多银两的事后，生气之余马上找到征税官向他大发雷霆，还用枪口指着征税官的胸口让他把那些征收来的银两返还给了那些商人，并把那些征收杂税的官员从草原上赶走了。为此，切央仓活佛曾告诫他们："孤家寡人哪里有反抗马家的能力啊，再这样下去，他们一定会对你怀恨在心的。"他的父亲听了切央仓活佛的告诫后对活佛说，为了黎民百姓的事，我心甘情愿把自己的性命当枪靶子使。现在从切央仓活佛捎来的话分析，活佛也一心想着有利于百姓的事，可对千户长自己来说，他已经没有心思去思考任何事了。"听到了。"最终他又说了一句。

内僧成列传达完切央仓活佛的意思后即刻骑马离去了。他一走，千户长的心里又变得空落落了起来。

才洛返回官家的时候，已经到了那天的下午时分。大家见他们回来了，可发现只有才洛和女官扎措两个人，却不见商人马乃。此时此刻，除了阿妈旺姆和更吉等官家的内仆之外，其他的人都对女官扎措表现出极不喜欢的态度。才洛甚至一来到帐篷附近就丢下女官扎措自己向前走去了。

但是令大家意想不到的是，千户长不但不指责女官扎措，反而走出帐篷来迎接了她，还跟阿妈旺姆和更吉一起把女官扎措扶下马背来。女官扎措翻身下了马连看都不看千户长尼桑一眼就钻进自己的那顶花帐篷里休息去了，她的态度着实让大家惊愕不已。千户长尼桑也尴尬地看着她的背影，除此之外也没有别的办法了，最后他叹息了一声，看着站在他身边的才洛，思谋了片刻后问道："他走了吗？"

才洛知道千户长是在问马乃，于是马上从马背上取下一捆破衣服扔在地上。大家不知道那是何物，都觉得奇怪。

这时候，才洛用不解恨的口气说："杀死他害怕官家您指责我，为此我就扒了他身上的衣服，让他赤身裸体地回去了。"听了才洛的话，大家也认出此物就是商人马乃的衣物，顿时哗然大笑了起来。

千户长非常满意地来到才洛的身边，把他的手放在才洛的肩膀上，显得非常疼爱地说："现在你也可以回到家里去好好休息一下了，这段时间确实辛苦你了。"

阿妈旺姆和更吉感到非常高兴。阿妈旺姆让更吉领着丈夫回家去了，她自己到官家家里给女官扎措做饭去了。

第十三章　不速之客

两个部落的战争结束后过了很久，直到九月下旬，受西宁马主席使派前来调解色查部落和郡查部落之间这次草山纠纷的仲裁人才来。他们大概有一百多人，从他们带来的骡马、武器和帐篷等应有尽有的物资来看，就能知道他们之前做了充分的准备。他们的到来给郡查、色查两个部落的人带来了恐惧和不安。

带领这支仲裁队伍的头领是一个叫马玉彪的年轻人，大家都称他为马连长，听说他还是马主席的心腹呢。那个叫马玉彪的人还没有到来草原之前，这里的牧民们就已经听说了许多有关他的事。他不但是个喜欢压迫和抢掠百姓的黑心黑肺的大恶人，而且还是个非常喜欢女人的好色之徒。他的助手恰恰是色查部落千户长拉松的长子——娘巴。他们来到草原后就在色查部落下游的冬窝子草场里驻扎了军营，并立刻召唤郡查、色查两个部落的千户长去觐见他。

郡查、色查两个部落的千户长和助手们来到马家的军营后面对面排列而坐。军帐右侧的席位上坐着色查部落的千户长拉松和他家的小少爷万德贤等人；军帐左侧的座位上坐着郡查部落的千户长尼桑、管家和才洛等人。马玉彪和翻译官娘巴就坐在那两排人的上端，面朝他们坐着。那个叫马玉彪的身材魁梧，面容黝黑，满脸的胡须像刺一样竖立。他的身上穿着一套黄色的军装，腰间佩带着一把手枪，军装上面披着一件黑绒布做里子的长风衣，头上戴着一顶带耳朵的黑绒毛冬帽。翻译员娘巴个头虽然比色查部落的小少爷万德贤矮小，但他的肤色洁白，体态也像马玉彪一样肥胖，身上也穿着一套军装，佩戴着武器。

那个马玉彪对着郡查、色查两个部落的千户长说出的话非常恐怖，他说："没有什么可说的，这次是马主席特意派我来这里的，我希望你们两个部落认真遵守马主席的命令。下面我给大家传达一下有关马主席决定的你们两个部落草山纠纷事宜方面的内容。第一，双方都要接受马主席的决定，给马主席上缴五千两白银，二十杆长枪，五十匹骏马，一百头牦牛的罚款；第二，玛姆贡卡草山是由马主席之前赏赐给色查部落的，为此，就如之前一样，玛姆贡卡草山的归属权依旧属于色查部落，绝不可随意挪动或更改；第三，郡查部落在这之前侮辱了马主席的代表马乃排长,为此马主席对郡查部落感到非常不满意,所以郡查部落提前要上缴给马主席一千两白银后再由马主席做决定。交齐这些罚款之前我们会一直在这里等待下去的。"

郡查部落的千户长尼桑听到他的话后感到非常的生气,气得他的脸都变得通红,全身上下都微微颤抖了起来。管家恐怕千户长尼桑说出什么狠话来,就马上取出前任千户长们传下来的那幅印在黄色绸缎上的地图,上面还印有清代西宁办事大臣的公章,以及最近色查部落的千户长拉松主动上缴给他们并盖有色查部落印章的玛姆贡卡草山的协议书,恭恭敬敬地来到马玉彪的面前说:"马连长,地图上清清楚楚地记载着是以河水为界划分我们两个部落之间的草山地界的,那玛姆贡卡草山明明是郡查部落的,我们为什么要把它给色查部落呢?"他说着话便把地图等证物上交给了马玉彪查看并向他刨根问底道。马玉彪把娘巴叫到他身边,让娘巴非常认真地看看郡查部落上交的那幅地图,而后又拿来了色查部落的地图查看了一下后,娘巴压低声音在马玉彪的耳边低语了一句什么。之后,马玉彪转过身来把色查部落的地图递给郡查部落的千户长尼桑,说:"那么你没看见这张地图上是以山脉为地界的吗?这才是马主席亲自下发给色查部落的地图,我们不承认你们的这张地图。"

千户长尼桑和管家看了看那张地图后才发现那张地图上确实是以山脉为界限划分两个部落之间的草山的。可他们又发现那张地契是一张新发下来的地契，千户长尼桑怒火中烧，气得坐立不安。

管家一时也变得无话可说了，而后又有些结巴地说："难道你们没看到色查部落也承认玛姆贡卡草山是属于我们部落的吗？"

马玉彪立刻耻笑了管家一声，并把那张协议撕了个粉碎，把那张旧的地契返还给他的同时，对他说："除了马主席亲自做的这个决定外，就没有第二个决定了，甚至连色查部落也没有私自决定把自己的土地转让给别人的权利。"

色查部落的千户长拉松像之前一样低垂着头坐着，始终没有开口说一句话。他家的小少爷万德贤的脸上却露出了胜利的喜悦。为此，郡查部落的千户长尼桑察觉到这是他们使出的阴谋，于是他"嚯"一声站起身来看着色查部落的千户长拉松的脸，冷笑了一声后说："直到现在我都以为色查部落的千户长拉松是个身长茂盛鬃毛的雄狮呢，可我今天才知道你原来是条脖子上套着铁链的老狗啊！你们狼狈为奸想夺走猛虎的虎穴，那么就去掂量掂量你自己吧。甭说是上缴马匹了，我连一泡马粪也不会上缴给你们的。"说出这句狠话后他便打算离开军帐，管家和才洛也跟着他准备离开了。

"站住！"

见到郡查部落千户长尼桑如此无礼的行为后，马玉彪非常生气地向他们高吼着准备从腰间拔出手枪，就在这时，突然传来一声枪响,与此同时,马玉彪手中的枪也掉落到地上去了,帐篷里顿时变得嘈杂了起来。当马玉彪抬眼望去时发现才洛手里拿着一把手枪,枪口正对着他,为此他惧怕得脸色都发青了。

听到枪响,马玉彪的手下慌乱地挤进帐篷里来包围住了郡查部落的千户长尼桑和他手下的人。见此情形,始终用枪口对准着马玉彪的才洛说:"你可要想好啊,我的枪从来没有让我失望过。"听了才洛的话,翻译员娘巴如梦初醒一般从自己的座位上站起身来对那些士兵们说:"走开,走开!"他把周围的那些士兵都赶出了帐篷后,脸上又露出了虚假的笑容,对才洛他们说:"不要生气,不要生气,大家都是误会,事情我们还可以商量的嘛。"

千户长尼桑剜了他一眼后说:"要说的话我已经说过了,这件事没得商量,由你和千户长拉松留在这里跟他们商量去吧。"说完他们就大摇大摆地走出了帐篷,翻身骑上各自的骏马疾驰而去了,他们身后的人都被马蹄扬起的尘土笼罩了。

马玉彪、娘巴和千户长拉松父子目送着他们走远了之后,马玉彪余怒未消,剧烈地喘息着看着千户长拉松问:"刚才向我开枪的那个人是谁啊?"

色查部落的小少爷万德贤立刻抢先回答马玉彪道:"他只不过是郡查部落的千户长尼桑家的羊倌而已,之前我们把他抓起来囚禁过。"他炫耀起自己的本领来。

娘巴用不可置信的目光望着他的弟弟说："他可是个善于射击的大英雄，你能把他抓住真的很奇怪啊！"

马玉彪不知所措地返回到帐篷里，等娘巴他们又坐到各自的座位上去了之后，对他们说："他是单独的一个人，我们没必要害怕他。我马玉彪一生都是在枪口上过来的，遇到过许多像他这样低贱的人，现在还不是活得好好的吗，啊？哈哈哈，他们还没有尝到过我马玉彪的厉害呢。好啊，好啊！"听了马玉彪的话后，娘巴兄弟俩脸上露出了笑容，不停地向马玉彪点着头，只有千户长拉松一言不发地思谋着什么。

马玉彪的那支小分队来到色查部落居住的几天里，小少爷万德贤的哥哥娘巴也回到了家里，宰杀了许多牛羊举行了盛大的宴会，热情地欢迎马玉彪他们的到来。马玉彪手下的军人们享用着肉食、牛奶和酸奶的同时，个别士兵对他们部落里的丫鬟说着荒淫无耻的话，还向她们做出了无礼的行为。看到这些，千户长拉松实在有些坐不住了。娘巴看出了他阿爸的心思后，来到拉松的身边悄声说："士兵们习惯了这样的生活，如果有什么做得不对的地方请阿爸原谅。"而后，他又对士兵们说："这里是我的家乡，所以你们千万不能做出违法违纪的事来，如果做出什么违法违纪的事来我就要用军规处治了。"听到娘巴向他们发出的命令后，千户长拉松的怒气稍微平息了一些，可是他又在心里暗想道：这个马玉彪是个脾气非常恶劣的人，俗话说，

"引狼入室遭殃自己"，不能久留这个人啊。

有一天晚上，马玉彪和色查部落的千户长拉松父子三人在一起喝酒品茶的时候，千户长拉松显得非常高兴地对马玉彪说："这次的事情是我们两个部落之间的事情，请马百户长原谅我们，免去我们部落的罚款吧。"听了拉松的话后，马玉彪的脸上立刻露出非常害怕的神色说："官家说的话不妥当了啊！这次的罚款是由马主席亲自决断的，我马玉彪可没有变更一个字的权利。除了此事，再有其他的什么事情我都能帮上你们的忙的。"听了马玉彪说的话，拉松的心立刻变凉了。

小少爷万德贤听到马玉彪所说的话后，立刻对马玉彪说："那么马连长你能给我们购置些精良的武器吗？"

"那很简单。"马玉彪非常有信心地说，"只要你们色查部落有银子，武器会弄到手的，但是……"这时候他使了一个奸计说，"但是官家你得要帮我一个忙啊。"

万德贤非常高兴地说："不管是什么忙我们都会帮你的，马连长你不必客气了。"

马玉彪也显得非常高兴地说："小少爷可真是个为朋友两肋插刀的爽快人啊，我马玉彪不会看错人的。我估计郡查部落想要和马主席对着干了，可是现在我手下没有太多的人手，很难对付他们了，为此请小少爷召集你们部落里的军队来协助一下我。我可以带兵前去，这样一来他们不缴纳罚款的事不就成为笑谈了吗，啊？哈哈哈！"

小少爷万德贤听了马玉彪的话后，立刻觉得自己多嘴了，做错了什么似的羞红了脸低头悄悄偷眼看着他的父亲。

千户长拉松气得抖动着嘴唇，大家都知道此刻他是在生小少爷万德贤的气。这时候小少爷万德贤的妻子——刚刚嫁到色查部落来的儿媳妇——岭查部落的公主巴罗梅见到千户长父子因骑虎难下而变得绝望的神色后，站在锅台左侧的她大笑了一声后说："嚯嚯呀，马连长真会开玩笑啊！你们不是之前因色查和郡查两个部落发生纠纷的事罚了我们款吗？你还要怂恿我们两个部落再去打仗，我们哪有那么多可上缴的银子啊？而且色查部落的枪支不是都上缴给你们了吗？所以对着敌人的枪口我们只能高举着拳头去打仗了。这样一来，你难道不是让我们拿着鸡蛋去往石头上碰吗？"听了巴罗梅的话后，千户长父子也对这个女子的足智多谋感到惊奇不已。

马玉彪见到那少妇年轻貌美，楚楚动人，好比天仙下凡一般，一时觉得不知道说什么为好了。就在这时候，色查部落的千户长拉松讥笑了一声后说："这样说来，马连长是害怕郡查部落的人，便把我色查部落的千户长当你的替死鬼使用了吗？依我看，我这次恐怕帮不上马连长你的这个忙了。"听了千户长拉松的话，娘巴大笑了一声后对马玉彪说："马连长怎么会害怕郡查部落的人呢？我父亲他是在给你开玩笑的，开玩笑的啦。"

这时候马玉彪也彻底醒悟过来了，说："我马玉彪害怕郡查部落的话从何谈起啊？我这次只是想看看他们郡查部落到底上缴不上缴税金，并不是真的想要去打仗的，所以只要你们家的小少爷给我们带个路就可以了啊！哈哈哈！"说完话他又看了千户长家的儿媳妇巴罗梅一眼。小少爷万德贤虽然从心底里害怕去给他们带路，可是在新娶来的妻子面前羞于说出不敢去的话，就毅然决然地答应马玉彪说："这当然可以啦。"

第二天，翻译官娘巴因身体不适而留在色查千户长的家里休息，马玉彪和小少爷万德贤率领着那支小分队向郡查部落的方向走去。万德贤熟悉这里的地形和路况，从而带领着他们熟门熟路地经过色查部落的下游来到了郡查部落的冬窝子——一个叫玛纳沟（褐红色）的山沟，这有一条商路向着德本（白石堆）垭口而去。德本垭口是由于在此堆积了很多白石头而得名的，垭口右侧是由郡查部落设置的拉则（敖包）。听说当年第一世切央仓活佛丹巴坚参的故乡虽然是在卫藏地区，可他为群众办理利他之事的地方却在安多地区，而他又遵从空行母的旨意莅临多麦地区。当他抵达时，虽然已经到了隆冬时节，可是天空中突然闪现出了一道彩虹，还纷纷降下甘露伴随着隆隆的雷声。显现出许多符合施舍功德的吉兆来，为此活佛分析了吉凶之兆后就在此垭口堆积了白石头，这样一来，原本叫玛纳沟的地方就此更改为德本垭口了。就在马玉彪的那支小分队快要接近德本垭口的时候,他们的面前突然出现了一个黑发蓬乱,骑着一匹黑骏马的黝黑汉子,他的身后还跟着两名身背长枪的骑手。

小少爷万德贤认出眼前的那个人是才洛后,结结巴巴地说:"他……他……"震惊之余说不出一句囫囵话来。这时候,马玉彪也认出那人就是前天开枪击落了他手里的手枪的人,便使了个奸计说:"我们是马主席使派来岭查部落征税的,难道你这个黑小子非要阻挡我们不成啊?"

才洛哈哈大笑,之后说:"你们如是去岭查部落的就另择别的去路吧,不能从我们郡查部落的土地上经过。"他说完话就扣响他手中那把冲锋枪示意自己态度的坚决。那枪声响起后,走在队伍前面的士兵们惊慌四散,还扬起了一阵尘土,其中更是有几个人准备仓皇逃跑。

这时候马玉彪暴跳如雷地从腰间拔出手枪来,提高嗓门说:"你这黑蛋小矮人也未免太猖狂了吧,难道你不知道要是杀死了马主席的官兵要惨遭大灾不说,你还要赔偿重金的吗?"他鼓动士兵们说:"快冲上前去活捉了那黑小子!"听了他的命令后,士兵们也准备爬上山坡了。这时候,才洛又鸣了几下枪,冲在队伍前面的几个士兵就相继倒地了,于是其他的士兵就害怕得后退逃跑了。

开完枪后才洛马上把冲锋枪背在背上,又立刻从腰间拔出手枪对准了他们说:"我不是给你说过吗?我的枪从来不认人的。"说完话他随手开了几枪，竟将马玉彪头上的那顶礼帽飘飘悠悠打落到地上去了，那顶礼帽飘飞过去端端落到隐蔽在一块大石头背后的万德贤身边去了。马玉彪惊魂未定地站立了片刻后，才如梦初醒般伸手上去摸了摸自己的头，发现没有伤到自己之后，这才稍放下心来说："哼，黑蛋小矮子你等着，我还会回来的。"

那夜，马玉彪和万德贤又回到色查部落的千户长家里，万德贤又大摆了宴席，可马玉彪还没有息怒，生气地说："郡查千户长尼桑是个十恶不赦的大坏人，别人怕他，马主席可绝对不会怕他的。"他说完气话就在色查部落千户长家休息了。第二天早晨起来，他赶着色查部落上缴的牛马，率领着士兵们回去了。

刚进入那年的冬季，马玉彪果真又回来了。这次他手下率领着一千多名士兵，就如之前那样依旧赶着驮队，驮着帐篷和武器，一支庞大的队伍就如此迁徙到了此地。这次他们没有去色查部落而是直奔郡查部落而来。率领那个庞大队伍的军官依然是马玉彪，可大家这次不再叫他"马连长"，而唤他为"马团长"了。他手下的助手也不是之前的那个色查部落千户长的长子娘巴，而是之前来过郡查部落的那个商人——马乃，现在大家都叫他"马营长"了。他们来到郡查部落的冬窝子，就在班玛滩的那座叫阿隆的山坡左右安营扎寨。安顿下来后也没给郡查部落捎话通知一声，就肆无忌惮地抢掠宰杀了郡查部落周边牧民家的许多牛羊,还强奸了几户牧民家的良家妇女,完全显露出了匪兵本色来。

商人马乃非常满意地对马玉彪说:"现在到了该给郡查部落的千户尼桑捎话通知一声的时候了。"

马团长从鼻孔里发出了一声冷哼,用那双狡诈的眼睛望着马乃说:"与其叫唤狐狸不如用烟熏,如此就会把狐狸熏出洞来的。"说完话,他俩都放声哈哈大笑了起来。

第十四章　管家

　　在管家家里，他们家那个出生还不到半年的小灵童被一块黄色绸缎缝制的襁褓包裹着睡在帐篷的最里面，之前还睁着双眼跟所有普通的孩子一样"咿咿呀呀"着像在跟人聊天一般，现在已经安静地睡着。他的妻子仁姆吉虽然人在帐篷外面的牛圈里清理着牛粪，但是她如同蜜蜂嗡嗡般诵读《白度母赞》的诵经声从帐篷里也能清晰地听到。管家盘腿坐在帐篷灶膛右侧的座位上，往自己左手大拇指的指甲盖上倒了绿豆粒大小的鼻烟，却忘记了送进鼻孔里，两眼紧盯着灶膛，好像在深思着一件重要的事情。看看他头顶上的那顶陈旧泛黄的帐篷，一家人身上穿的破旧不堪的衣服，帐篷里间陈设的家具，几近失去了温度的灶膛……这一切就是他目前的生活状况。这样的生活对一个千户长家的管家来说未免有些太过于贫寒了吧？虽然如此，这一切并不是千户长尼桑不关心他，而是由于管家自己非常忠诚地对待官家而忽略了自己家所致。前任千户长在世的时候，他勤勤恳恳地一心为官家的事着想，从来没有考虑过自己家里的事。说句老实话，他自己很害怕千户长，更害怕稍有不慎就会失去自己一生引以为傲的职务，管家的权利也会落入旁人手里。

但是自从切央仓活佛说管家的孩子是已经圆寂的色查仓活佛的转世灵童之日起，管家所考虑的主要问题就变成自己要如何养育这位小灵童，保障其茁壮成长，以及自己如何做好一位活佛的父亲的问题，内心对那个之前如同自己的一双眼睛一般爱护的"管家"这一职位的兴趣大大减少了。但凡官家家里没有重要的事情，他就以他妻子的疾病复发等理由留在自己的家里休息。

最近，马家的那支庞大的队伍犹如从天而降般来到此地，在阿隆山丘扎营驻守已经过去几天了。千户长尼桑他们不但不知道马家那支庞大的队伍是要去哪里的，而且官家也没派任何人来召唤他，为此管家认为难道是官家家里发生什么事了吗？这么一想他就坐立不安了起来。如果这支队伍是针对郡查部落而来的话，那么这次郡查部落肯定不会有什么好结果的，为了不影响小灵童的前途，他绝对不能招惹马家军。虽然如此，可自己毕竟只是郡查部落官家家里区区一个仆人，官家说要出发，眼前就算是阎罗地府他也要奉命前进，他又担心官家会派使者来召唤他，所以他躲藏在自己的家里忐忑不安着。

　　自从上世色查仓活佛圆寂之后，色查部落的千户长拉松通过自己的儿子娘巴把此事汇报给了马主席。马主席也答应尽量帮助他们寻找转世灵童了，不但说出了一旦寻找到色查活佛的转世灵童要由他亲自认定坐床的话，而且暗自向各地使派出了探子并商量了他们寻访色查活佛转世灵童的计策。按理来说，这是马主席和色查部落千户长拉松之间一个不可告人的秘密，跟郡查部落的千户长没有任何关系，但是目前事态发展与人心背道而驰了。之前马主席的军队来调解郡查部落和色查部落之间的纠纷的时候，管家曾在心里暗想道，这次有了让马主席得知自己的孩子就是色查仓活佛的转世灵童的机会。他也听说过，自古以来寻找转世灵童的时候，达官贵族和富商大贾们会暗自用金钱和他们手里的权力来把自己的孩子认定为转世灵童，用金钱买转世灵童床位的事经常发生。自己如果不提前把这事汇报给马主席知道的话，很有可能会从别的地方生出冒充转世灵童的事端来。可不凑巧的是，那个叫马玉彪的是个蛮横不讲理的人，千户长尼桑又是个暴躁易怒的人，为此他们不但没有调和成功郡查、色查两部落之间的那起草山纠纷，而且才洛又带领郡查部落的那两个盗匪反抗了马玉彪的军队，从而开启了他们两个部落之间那扇纠纷的大门，他心中的那股燃烧着希望的火苗被这瓢凉水给浇灭了。这次来的这支马家的军队毫无疑问就是为报复郡查部落而来的，所以他也不得不听从官家的话执行了。这事着实让他落入了"端着烫手，放下又怕摔碎"的境地，他目前唯一的出路就是躲藏在家里了。他心里渐渐升起了反抗一下千户长尼桑和才洛的念头，暗想道，郡查部落的势力再大也绝对不是马主席的对手啊！确实是应验了"嘴巴虽大也在鼻子底下"的这句俗话了。"尼桑这个大笨蛋究竟想干什么呢？"管家又自言自语道。

端端就在这个时候，诺日本就如被风雨推来一般钻进管家家的帐篷里来了，使得管家受到了很大的惊吓，连手里的鼻烟壶都掉进灶膛里面去了。虽然如此，诺日本显得好像什么也没有见到似的，从容不迫地来到管家的身边恭恭敬敬地对他说："管家大叔，千户长说让您马上回到官家家里去。"

管家看清来者是"大嘴巴"诺日本之后，就放松了警惕，对他说："干吗啊？好像吓唬人似的，我还以为是才洛来了呢？"他又从灶膛中捡回自己的鼻烟壶用手揩拭起来，而后他的脸上又露出了一脸的假笑，心中却暗忖道，这个笨蛋恐怕听到我刚才咒骂千户长的话了吧，于是他开口说道："我之前咒骂你是大笨蛋了，你可不要放在心上啊。"

诺日本确实是个大笨蛋，叫他名字他除了一声"啊"的回应之外，别人说给他的话根本就听不进他的耳朵里去。可是正如一句俗话"该听的神的预言听不进去，却听到了不该听到的鬼叫声"那样，他眨巴着眼睛望着管家的脸说："大叔，我刚才听到你明明是叫着官家的名字的啊。"

听到诺日本说出的话，管家紧张得左顾右盼了一圈后，习惯性地打开鼻烟壶的盖子，往自己左手的大拇指指甲盖上倒了些鼻烟，用力地往左右两边的鼻孔里吸了吸，之后仿佛变得彻底清醒过来一般说："是啊，你打小就是个老实本分的好孩子，比起你的这一秉性来，才洛还有许多不如你的地方。虽然他是官家的终身奴仆，可现在官家把他当作自己家的人来看待了，现在让你替代他来不是一件不合乎常理的事吗？有时候我一个人考虑这些问题，就不由担心起你来。"说完他表现出思考问题的神色来。

"事情不是你所想的那样，今天官家派才洛哥哥到寺院里去了，所以千户长就派我来叫你了。"诺日本说。

"官家为什么使派他到寺院里去了呢？"管家有些紧张地说："是到活佛那里去了吗？"

"是的。"诺日本不知道管家的心思，干脆地回答道。

"他到那里干什么去了呢？"管家变得比之前还紧张地问。

诺日本奇怪管家为什么要这样详细地询问才洛的事情，就对管家说："他……使派他去寺院从活佛那里领受如何反抗匪兵的预言去了。"

听了诺日本的话,管家的心立刻变得沉重起来,口中不由自言自语道:"原来是这样啊!"

而后,管家深思熟虑了一阵,认为自己无论如何也要回去给千户长好好说道说道,于是他决定骑马上路了。就在这时候,他的妻子仁姆吉清理完了牛圈里的牛粪,边进帐篷边劝他们吃了中午饭再上路。可管家没有听妻子的话,就给自己的那匹骏马备了马鞍子,套上了辔头,翻身骑上骏马和诺日本一起如同射出去的箭一般飞驰而去。半路上,管家勒马放慢了脚步向诺日本打听道:"官家突然叫我去,难道官家家里出了什么事吗?"

诺日本为了附和管家的心思,也勒住缰绳,让他胯下的骏马放慢了脚步,缓缓走近管家的身边说:"官家说,明天西宁马主席就要召集郡查、岭查、色查三部落的千户长召开重要会议了。为此,官家特意把你叫去要商量一下这个事情,究竟要商量什么事我就不得而知了。"

听了诺日本的话后,管家心中暗忖道:如不是官家派你来的话,你也绝对不会主动来我这里的,不是才洛把你吸引过去了吗?他这样暗想着心事,复又笑了笑说:"官家的身边不是有才洛吗?有什么事就跟他协商不行吗?叫我来干什么呢?"

诺日本是个非常耿直的人,他以为管家是在给他说真心话呢，于是就对管家说："我也是这么认为的，可是才洛大哥喜欢蛮干，我觉得官家也不大信任他了吧。"说完话他仿佛也在不断地沉思着什么。

"对啊，才洛制造的麻烦把自己和别人都难为到这个地步了。"管家也不由自主地埋怨了才洛一句后便不再说话，思谋着心事策马向前驰骋而去。

这时候，已经到了隆冬时节，深长的郡拉沟里呈现出了一片惨淡的景色，一眼望去是满目的苍凉。平时在这条大沟里欢畅流淌的玉甘河水也结了冰，正发出谁也察觉不到的哀叹声。今年官家的班玛雅切（上旋莲花）草场里的牧草生长得比往年茂盛。此时此刻在寒风的吹拂下，干枯的牧草在草场里缓缓摇曳着绒白色的头颅。往年，千户长尼桑不到春末前根本不让人进入这个草场里去放牧牛羊，而是要将这里的草保存起来的。自从小少爷宇泽被色查部落的人杀害了之后，千户长尼桑再没有让才洛继续上山放牧，这样一来，官家的牛羊身上的膘明显减少了。最近又因为马主席派来的庞大军队来到郡拉沟等缘故，无人管理的牛羊就在草场里自由地啃食着牧草。千户长家和诺日本抵达班玛雅切大草原上游时，千户长家周围的邻居都黑压压地向千户长家围拢了过来。此时此刻，管家想和千户长尼桑谈谈打消反抗马主席的念头，可是他认为这次如果没有才洛的命令，恐怕撤退不了军队，为此他的心里觉得非常不安。

管家来到官家家里时发现才洛还没有回来。官家家里只有千户长夫妇和更吉婆媳俩,偌大的帐篷里显得格外冷清。千户长尼桑坐在帐篷里的灶膛右侧席位上捻动着手里的那串由白银镶饰、象牙为主珠的旃檀佛珠;女官扎措坐在帐篷内灶膛右侧的席位上铺着的那条白羊毛毡上,卸下了金银珠宝和玛瑙等首饰,头上的小辫子不但蓬松散乱,而且看上去几天几夜没有洗漱,之前她脸上那白里透红的好气色荡然无存了。此时她的颜容消瘦黝黑了许多,脸上还增添了许多皱纹。管家坐在千户长下端的那条长条羊毛毡上,不由自主地长吁短叹着,显示出他对今年灾害带来的损失的惋惜;诺日本面朝帐篷坐在帐篷的门口,因承受不了帐篷里的压抑气氛而低着头。

更吉如同平日里一样,站在灶膛右侧的席位上给千户长和管家他们每人倒上了一碗奶茶,管家不停地喝着奶茶,用手反复摸着自己的额头,连鼻烟都不敢吸了。千户长也捻着手里的念珠在不停地思谋着什么事,自始至终没有开口说一句话。他们就这样沉默不语地呆坐了良久。不多时,才洛从寺院返回到家里来了,还有仁青也随他而来。管家担心活佛赐予他们的预言,所以当他一看到才洛钻进帐篷后,立刻向才洛询问道:"活佛他说什么了啊?"

才洛欠身坐在诺日本的身边,直接对千户长尼桑说:"活佛也非常担心这件事,他说他连续做了几天的占卜后得出了这样的结论。他说这次的事虽然危及不到村庄,但是我们内部商议的消息千万不能泄露出去,否则会带来灾祸的。

管家非常惊奇地往千户长尼桑的脸上望了一眼,看见千户长尼桑毫无表情坐在原地后,他又看着才洛威严地说:"你不要胡说了!哪有内外不分的人啊?活佛会说出这样的话来吗?"

听到管家的话后,才洛也有些不自信地说:"我也是这么认为的,但是活佛确实是这样说的。哦,活佛说这话的时候仁青也在场呢。"仁青也承认当时自己在场,为了证明才洛说的话是准确无误的,他说:"活佛真的是这样说的。"

千户长尼桑不去分析此话的真假,又逼问才洛说:"除了这些就没说别的话吗?"

管家更加痛恨起才洛来,可仁青也证明才洛说的话准确无误,为此他也无话可说了。于是他看着千户长尼桑的脸说:"总之不要反抗如此庞大的大军队为好啊!再说西宁马主席和官家也是最要好的朋友,你说句好话他会听的。"

千户长尼桑沉思了片刻后用犀利的目光望着管家说:"听说你的那个孩子是色查仓活佛的转世灵童,这事是不是真的啊?"管家听了千户长尼桑的话后,突然被震惊,手里的碗差点儿掉落到地上去。帐篷里的人们都不敢相信地眨巴着眼睛面面相觑,连处在抑郁中的女官扎措也伸长着脖子看着大家说:"杰斯切(皈依),说的是真的吗?"说着话,从她的眼中流淌出眼泪来。

听了千户长的话,管家的脸突然变得苍白起来,于是他立刻起身双膝跪在地上给千户长尼桑说道:"拉索,尊敬的官家,您是怎么知道这事的啊?"

"难道你不说我就不能知道这事吗?"千户长尼桑的脸色陡变,黑着脸显露出非常严肃的神色继续对管家说,"如果这话是真的,那么就好好养育这个孩子,可千万不要让马家的人知道这事啊。听说现在马家也使派人到处在打听、寻找着色查活佛的转世灵童呢。"

"拉索!拉索!"管家惊慌不已地答应着,可在他的心中却暗想道,如果真的是这样的话,马家也是在为转世灵童的事着想,他心口不一地说:"就按官家的吩咐执行吧。"

"敬请大慈大悲的观世音菩萨明鉴。"女官扎措祈祷了一下后又坐下了。

千户长尼桑不再继续讨论有关转世灵童的话题,睁大眼睛看了看在座的每个人脸上的神色后,说:"或许你们都已经听说了,昨天从马家的军营里派来的使者通知我们说,明天他们要召集郡查、岭查、色查部落的千户长传达西宁马主席的命令了。我倒要去看看他们究竟想演出什么样的狡猾舞剧来。"而后他又看着管家说:"你也要跟着我一块儿去。"

这时候,坐在帐篷下端的才洛、诺日本和仁青三个人相互看了看，才洛向前挪了挪身体之后非常愤怒地说："我也跟着千户长一起去。"

接着仁青和诺日本也说："我俩也可以跟你们一起去。"他们勇敢地承诺道。

听了他们的话，管家突然紧张了起来，于是他看了看千户长的脸，转过身来严肃地对才洛说："你不准去，这次又想要去捣乱了吗？如果之前你不去捣乱的话，这次他们绝对不会使派这么庞大的军队来的。这一切都是你的'功劳'，由我跟着官家去就可以了，我虽然愚钝，但至少是个成熟的人，会维护好官家的安危的。你们除了捣乱还能知道什么啊？"听了管家的斥责，他们谁也不敢开口说话了，悄悄抬起头望了一眼千户长的脸，就又低着头不敢言语了。

千户长尼桑也不由自主地长长叹息了一声后，摇了摇手说："这个时候你们就不要指责对方了，才洛所做的一切都是为了让浑水变清澈而不是故意捣乱的。再说就算才洛不去做这件事，他们也会使派军队来的。明天我和管家去参加会议，想必他们也不敢胡来，所以你们也一定要安分守己啊！"听了千户长的话，管家的脸上含着笑容说："是的，是的。"

才洛他们虽然望着千户长的脸点头答应了，可他们的眼睛中依旧显露出了怀疑的目光。管家在心中暗忖道，如果真的是召集三个部落的千户长们的话，这次的事绝对不会是一件一般的事，他们的军营里一定会有能代表西宁马主席的大人物的，我绝对不能失去这次机会了，千户长他只考虑着部落的事情，绝对不会考虑小灵童的前途。他这样思谋着对大家说："如果再没有别的事情，那么我就先走一步了，我还有其他的事情要去处理呢。"说完话他站起身来匆匆地离开了。

其实他没有别的事，只是找借口离开罢了。他回到家里一时不知道干些什么为好了，看着睡在帐篷里面的灵童深思了之后想道，有句俗话说，"如果失去了好机会，后悔为时已晚。"为此我要认真观察一下形势，假如真的是那样的话，我就非得在不被任何人察觉到的情况下单独去一趟马家的军营不可了。他这样幻想着自己那美好的梦想……

可是让管家意想不到的是，到了三个部落的千户长要去马家军营的那天，千户长尼桑突然改变了计划，决定陪同他去的人不再仅是管家一个，而是让才洛、仁青和诺日本他们武装起来陪同他们。这事给管家带来了莫大的压力，可是他除了等待接下来发生的事外，就根本没有别的办法了。

第十五章 千户长们

在以前，郡查部落的千户长尼桑的计划是把自己千户长的官位和官印传给小少爷宇泽，打算继续把才洛和官家之间的关系保密下去。可是"天有不测风云，人有旦夕祸福"。小少爷宇泽在那次郡查、色查部落的草山纠纷中牺牲了之后，他心中的那个计划成了泡影。随着时间的流逝，他内心沉重的痛苦也逐渐减轻了，他还看到才洛身上英勇、聪明和机灵等特质，才洛身上各个方面的优秀都超过了已经亡故的小少爷宇泽，从而他的心中又产生了一个新的计划——他想对外宣布才洛是自己亲生儿子的关系，并且将把自己千户长的官位和官印传给才洛。可是女官扎措对已经亡故的小少爷宇泽有着深厚的感情，她内心的痛苦依旧没有散去，这时候跟她商议这件事她怕是很难接受这个事实，为此他不得不暂且放下这个念头，继续耐心地等待着。

这次收到马家"邀请"三个部落的千户长到马家的军营赴宴的请帖后，千户长尼桑绞尽脑汁认真琢磨了一番。本打算这次只有他和管家去马家的军营就可以了，并不想带才洛他们去的。可是那夜等管家离开了他家的帐篷后，千户长尼桑彻底发现自己原先的计划是错误的——如果他只带管家一个助手去马家的军营里，色查部落的人们会认为自己怕他们了呢。而且色查、岭查两个部落的人也认为他们杀了小少爷宇泽后，郡查部落就落到了"死绝骏马只剩下驴子"的境地了。再说，这次他们邀请三个部落的千户长绝对不只是为了报复的。这时候自己不在他们面前要耍威风怎么能行啊？为此，他让才洛佩带着武器将全身武装起来，同时还认为往日里仁青和诺日本虽然因为干了些偷窃的事而成了人们咒骂的对象，但是到了关键时候这两个人却显露出了英勇的天性来，为此，他便决定也要一同带他们两个人去马家的军营。

这天，千户长尼桑主仆五人身骑骏马，配备着精锐的武器向驻扎在班玛雅切大草原下游的阿隆山丘的马家军营疾驰而去。当他们骑马登上阿隆山丘之后，眼前出现了驻扎在此的庞大队伍，密密麻麻的帐篷仿佛把大地镇压住了，管家的脸上显露出了失望的神色对他们说："哎呀呀，西宁马主席的队伍原来这么庞大啊？都说马主席的军队出兵时从队前向后看去一眼望不到队尾，从队尾向前看去时见不到队首，看来人们说得一点儿也没错啊！就算郡查、岭查、色查三部落的军队都合起来也没有马家的军队那么壮大吧。"

听到管家说出的褒奖别人贬低自己的话后，才洛、仁青和诺日本心中虽然觉得非常不高兴，可是他们除了等千户长发话之外，没有再随意开口。

千户长尼桑听了管家的话，笑了一声后说："是啊，当初岭国的玛域官人晁通出去当劫匪的时候，在霍尔国的玉拉色布山顶上见到霍尔国的十二万大军后也说过这样的话。"听了千户长奚落管家的话后，大家都放声大笑了起来。管家羞得一时不知说什么为好了。

他们来到军营跟前时，哨兵阻拦住了他们的去路，向他们询问了起来。当他们得知是郡查部落的千户长尼桑到来之后，有一个士兵跑到军营里汇报去了，为此他们不得不暂且停留在原地等待了。过了一阵儿后，那个哨兵复又跑回来给哨兵的头目低声说了一句话，那个哨兵的头目走上前来对他们说："你们下马跟我到里面去吧，马团长在等着你们呢。"他们下了马，跟在那个哨兵头目身后往里走，来到军营中央的一顶门朝南开着的帐篷门口时，那个哨兵头目用汉语冲里喊了一声"报告！"里面也立刻传来了"请进"的回应，于是哨兵头目就带领着他们钻进那顶帐篷里面去了。

　　走进那顶军帐后，他们才发现马玉彪坐在帐篷里面的一个角落里，明明见到了他们却装作没看见似的抽着烟没有理睬他们。当他们见到前来迎接他们的军官原来是那个商人马乃后，起初千户长尼桑愣怔了一下，可商人马乃却如同与关系非常要好的朋友久别重逢了一般，满怀热情地打着招呼向他走来，并伸出手来准备和他握手问好了。千户长尼桑没有伸出手来跟马乃握手，更没有理睬马乃，而是径直向前走了过去，可是紧跟在尼桑身后的管家却含着满脸的微笑，躬身哈腰地过去跟马乃握了握手。这时候马乃见到才洛也跟着他们来了，脸上顿时露出了些许不安的神色，还详细观察了一番才洛手中紧握着的那杆枪，之后马乃走上前去对他们说："请大家坐到右边的上席去。"而后，千户长尼桑便毫不客气地坐到右边席位的首席上去了，管家等人紧随千户长尼桑坐在了他的下端。

　　这时候，马玉彪佯装着此刻才看见了他们似的，走上前来抱拳行了个礼之后说："欢迎，欢迎，请坐吧！"接下来看着站在门边的守卫说："快去给客人们倒茶，好好招待他们。"说完话他走到自己的座位上与马乃并肩坐在了一起。

　　色查和岭查部落的千户长们还没有到来，而这次来的人又是郡查部落的千户长尼桑最不想见到的马玉彪和马乃，为此千户长尼桑的心里很不舒服。管家始终担心千户长尼桑说出什么不好听的话来，脸上挤出了微笑边抽着鼻烟，边观察会场里的气氛。他一会儿观察着千户长尼桑脸上的神色，一会儿看着马玉彪脸上的表情。马玉彪明明见到才洛也来到了现场，却装作把之前发生的事都忘记了似的，脸上露出笑容开口说道："按理来说，我们之前就应该给你们发封信函去的，可是马主席事务繁忙，于是我们就直接来到了这里。失礼，失礼，我在这里给千户长们道歉了。"坐在他身边的马乃也承认事实似的摩挲着他的山羊胡须向他们点了点头。

管家立刻躬身哈腰地说："会理解，会理解的。"说完他又不安地看了看千户长尼桑一眼。

千户长尼桑用若无其事的态度说："但是你们不能在我的地盘上胡作非为啊！如果你们做出什么违法违规的事情来，我们绝对不会轻饶你们的。还有你要管好你的士兵啊。"听了千户长说出的话，管家害怕地眨巴着眼睛观察着对方的神色。

马玉彪放声大笑了一阵儿，笑得他那张厚重嘴唇里面的那副由黄铜镶嵌的黄牙都暴露了出来，他边朗声大笑着边站起身来向前迈了几步后说："那是，那是，我手下的弟兄中胡作非为的人有点儿多，假如他们冒犯了千户长你，那么我特意向你道个歉。以后我会用军规来严加管束他们的。"

这时候有一个士兵进来报告。他用汉语给马玉彪说了一句什么话，马玉彪也同样用汉语向他回答了一句什么后，就把那士兵打发了出去。等那士兵离开后，马玉彪脸上露出喜悦的神色说："现在岭查和色查部落的千户长们也到了，我们马上就可以开会了。"

那天色查部落的千户长拉松没有来，他使派他家的小少爷万德贤和他手下的两个助手来参加会议了。岭查部落的千户长才怀嘉也带着他手下的一个百户长来了。他们走进了帐篷后马连长像之前问候郡查部落的千户长尼桑他们一样问候了大家，又在左侧摆放了上下两张桌子，把色查部落的小少爷万德贤和他的仆从们让到上首的桌位上去坐了，让岭查部落的千户长才怀嘉和他手下的那个百户长坐在了下首的那张桌位上了。由于岭查部落的千户长才怀嘉身体过于肥胖，走到那张桌位的桌椅间硬挤了两下也没有挤进身去，结果又使劲往里挤了一下后，连桌子带桌上放贡品用的碟盘都打翻到地上去了。见状，郡查部落的官仆们放声大笑了起来，而万德贤见到自己岳父的憨态后也感到非常尴尬。才怀嘉自己也羞红了脸，他红着脸本想站起来扶起那张桌子的。这时候,马连长笑了一声,对才怀嘉说:"没关系，没关系。"说完他就派他手下的侍卫们过去把那张桌子向前挪了一下，才怀嘉这才气喘吁吁地走到座位前小心翼翼地坐了下来。

会议开始以后，马玉彪就如同以前一样，一个人主导着讲话，但是这一次，他一改往常嚣张跋扈、说一不二的态度，反而谦恭有礼,仿佛大家都是很要好的朋友一般。他站起身来伸长脖子对大家说:"这次是由马主席特意派我来这里的。这次的事不但非常重要,而且还关系到我们老百姓的切身利益。最近委员长给马主席寄来电报说,政府的军队由于受到极大的失败,一部分共产党逃跑到我们的地盘上来了。他们想把我们的地方当作他们的根据地,我们军队想和藏族百姓一起彻底断掉共产党的尾巴。"他说完那句话后向在座的每个人的脸上环视了一眼,发现在座的人脸上都露出茫然无知的神色。见状,他马上放松心情,脸上突然显露出勇敢的神色来,而且还提高嗓门大声说:"为此,马主席这次特意做出了一个让群众参与军事的计策,不但宣布了要由各地的千户长们动员自己属下的百姓踊跃参军,到甘南和果洛的地界剿灭共产党的命令,而且现在各个地方都在热火朝天地招兵买马,还听说有些地方的部队已经到达目的地了。这次封我为你们三个部落军队的总策划。为此,从现在起,在短短的七天里,由你们三个部落的千户长召集自己下属的五百名男青年组成军队跟我们一起去剿灭共产党。如果有不听从马主席命令的人,马主席肯定会非常生气的,那么到时候会有意想不到的结果的。"说完话他坐下来,又观察着大家脸上的神色说,"大家如有意见就说出来,我会如实地汇报给马主席听的。"

自马玉彪开始讲话起,郡查部落的千户长尼桑就想起了切央仓活佛叮嘱他的那句预言来，因此他黑着脸安静地坐在座位上没有开口说一句话。另一边，管家心里着急得如被火烤，反复抽起鼻烟来。这时候，坐在他们对面上首座位的色查部落的小少爷万德贤如同"孔雀听到了雷鸣声"般高兴地说："哪里有不听从马主席命令的人啊？如果共产党真的是些黑白不分，不遵守善恶因果的人的话，那么就由马团长策划，我们一定会斩断掉他们的尾巴的。大家说是不是啊？"说着话，他挽起衣袖显示出他勇敢坚决的态度来。

万德贤说的话很合马玉彪和马乃的心意，为此马玉彪开心地笑着向他们点了点头。而后他俩又向岭查部落的千户长才怀嘉看去。才怀嘉的身体虽然显得很不方便，但他还是微微给他们敬了个礼说："当然是，当然是！"

郡查部落的千户长尼桑自始至终黑着脸没说一句话。为此，管家在心里咒骂他说，谁知道这个愚蠢的家伙心里在想什么呢？从而他变得更加着急，甚至开始坐立不安了起来。才洛和其他两个也在等待着千户长说句话——他们实际上并不愿意去帮助马家，也不知道共产党是些什么样的人，到底是不是如马玉彪所说的那么坏。最终马玉彪把目光移到千户长尼桑的身上并问他："官家，您的意见如何呢？"

千户长尼桑心里暗忖道，色查和岭查两个部落虽然都是为了讨好马家答应出兵，但这时候我郡查部落如果说不出兵的话就很不妥当了，我先不正面回答看看他们会怎样回答吧。于是他没有像才怀嘉那样欠身敬礼，而是一动不动地看着马玉彪直接说："马团长，那个叫'共产党'的果真是个由马主席的军队也抵挡不过的庞大队伍吗？"

"那个么……那……"马团长也一时回答不上来就盯着马乃的脸看。

千户长尼桑看着马玉彪的神色笑了笑之后又说："如果真的是像你说的那样一支队伍的话,那么我手下的那些只会拿'乌尔朵'的老百姓怎么能打得过他们呢？再说,现在又是隆冬季节,让他们到海拔比自己家乡还高的地区去怎么御寒取暖呢？如果冻伤了牧民们的手脚，回到家里就没办法放牧了啊。"听了尼桑的话，大家都放声大笑了起来。

马玉彪暗说不好，却皮笑肉不笑地附和着他们笑了笑之后，立刻想到了什么似的说："御寒取暖的事不会有问题的，到了上面有的是木头，你们没有必要担忧他们如何御寒的事。运输武器和弹药的事马主席也一并做了安排。官家你就放心好了。"

管家也借此机会讨好马玉彪说："马主席真的那样帮我们的话，我们又怎么能违反马主席的命令呢？"听了管家的话，马玉彪也心满意足地开怀大笑了起来。

从马家的军营里回来的第二天，郡查部落的千户长尼桑就使派管家和才洛召集了各村落的头领，召开会议商议如何应对此事。仁青之前当盗匪时曾经到处流浪过,所以也有很多见识,于是他就直接给大家说了他自己的见闻:"我很早就听说了现在有个党派叫作'共产党',可我的了解的'红军''共产党'并不是祸害黎民百姓的土匪啊……"

管家打断了仁青的话,并且立刻生气起来,他居高临下地骂他:"闭上你的狗嘴!你们知道些什么啊?"管家骂了仁青他们一句后,复又看着千户长尼桑非常严肃地说,"依我看,郡查部落这次非出兵不可了。他们这么庞大的军队降临到了我们的地盘,如果我们不出兵就会招来灾祸的,官家您好好想想吧。"

千户长尼桑思谋了一阵后,笑着对管家说:"你说得很有道理。"听了千户长的话,才洛失望地低下了头。

接着,千户长尼桑看着在座的人们说:"说心里话,在这个季节里我也不想劳烦部落里的人马的,可马家这么庞大的军队降临到了我们的地盘,我们很难反抗,为了部众的安危,我不得不这样做了。为此,从今天起,大家利用六天的时间召集自己村落里二十岁以上四十岁以下的男丁从军,到阿隆山丘去扎营。第七天早晨就要上路了。这次由管家来做军队的参谋。"听了千户长的宣布后,他手下的人们都异口同声地说:"拉索!"

千户长尼桑也猜到管家会推辞这事的,为此他是故意这样说的,管家听了千户长的命令后果真推辞了起来,于是千户长显出惊讶的神色说："说什么？你说你不去出兵了吗？"

管家脸上露出了非常无奈的表情说："我实在无能为力了，还有我的老婆也生病了，为此，您就应该使派年轻人们去才对。"

千户长尼桑思谋了一阵后说："那么就这样吧。这次由才洛做总参谋，仁青和诺日本协助，所有村落的头领们都要听从他们的安排。"说完话，他看着管家说，"今年官家的绵羊都很羸弱，为此年轻人们从战场上回来之前你就做官家的羊倌吧。"

"可是……"管家的鼻头变得更红了，他继续想说什么推搪的话，可千户长斩钉截铁地说："就这样决定了，大家到各自的村落做准备去吧！"听了千户长的话，各村落的头领们都纷纷散会回到各自的家里去了。管家准备要留下来再和千户长说说，可千户长继续思考着别的事儿根本没去理睬他，于是他也不得不离开了。

第六天早晨，郡查部落的十二个村落的军马都聚集在阿隆山丘的上游扎帐驻营。做好了第二天就要从军出征的准备后，以才洛为首的各村落的头领们聚集在官家的家里。那天千户长尼桑心情有些不好，于是就阴沉着脸坐着，连才洛和各村落的头领们到来也不理睬，很久没有跟他们说一句话。直到最后他发出了一声仿佛无法忍受的叹息声后，左看右看了一下，见到管家还没有回来，于是他就使派诺日本说："诺日本，你去把管家给我叫来吧。"诺日本听了千户长的话,立刻走出帐篷,翻身骑上骏马向管家家疾驰而去。

诺日本走了之后,千户长尼桑给在座的人们说出了他内心的真实想法。他对大家说:"其实这次我是不愿意出兵的,可是这次他们在我们的地盘上降临下这么庞大的军队来也是有目的的。假如我们这次不出兵的话,不用说大家都知道,他们一定做好了要对付我们的准备。为此,我们这次不得不听从他们的安排了。"说出这些话的时候他的语调非常的低沉,脸上满含着悲伤。

才洛也实在承受不了千户长脸上露出的悲伤神色,就走上前去对千户长说:"官家您说得对,我们之前没有理解您的心思,真的对不起,还请您包涵啊!"

"不是,你们说对了,说得很有道理。"千户长尼桑思谋了一阵后,问仁青道:"从这里到拉卜楞寺有几天的路程啊?"

听了千户长的话,仁青不假思索地回答说:"有四天的路程。"

千户长听了仁青的话复又思考了一阵后,点了点头说:"是,四天时间的路程,但是你们是去出征的,路上可以慢点儿走,你们没必要一定要上阵参战的。俗话说,'会自控的男儿是英雄',主要还是要保护好自己啊,作战时千万不能做出头鸟。"

才洛和各村落的头领们领会了千户长的心思后,都非常高兴。才洛思谋了一阵后问千户长道："那么，色查部落和岭查部落真的要去打仗吗？"

听了才洛的话，千户长尼桑突然笑了一声后说："他们为马家付出过多的能力，他们自己的能力不就耗尽了吗？"听了千户长尼桑那句诙谐幽默的回答后，大家都放声大笑了起来。

不久，诺日本又返回来了，可管家却没有跟着他回来，为此，千户长尼桑觉得有些奇怪,问诺日本说："管家怎么没来呢？"诺日本气喘吁吁地回答千户长说："管家……管家的家里已经没有人了。听邻居们说，昨天管家骑着马一个人到马家的军营里去坐了很久才回来，可是让他们奇怪不已的是，今天早晨起来后就不见了他们一家人的踪影，谁都不知道他们去哪儿了。"说完话他盯着千户长尼桑的脸。

千户长尼桑又阴沉着脸不说一句话地坐着，在座的人们也变得鸦雀无声。这时候，某个村落的头领走上前去对千户长尼桑说："按居住在半山坡路边那些牧人们的话说，昨晚下半夜有一些骑马的队伍经过山路向北方疾驰而去了，莫不是马家的人强行把他们带走的吧？"听了那人的话后，千户长突然想到管家家里出生转世灵童的事来，于是他暗想道，这个恶人的心里究竟在想些什么呢？还没有断定那个婴儿为转世灵童呢，如果那婴儿真的是转世灵童的话,管家的所为难道不会出现灾祸吗？

千户长尼桑这样思谋着心事，心情突然变得暴躁起来。

第二天早晨，马家的军队为了追赶上色查、岭查两个部落的队伍就提前动身离开了此地，而郡查部落的军队整整迟走了半天。

第十六章　小灵童的旅程

　　高耸的山峰、茂密的森林、低洼的川谷、弯弯曲曲的小路都沉浸在隆冬的季节里静默着，山川河流全都呈现出一片苍凉，不禁给人的心中增添了几分凄凉。沟道里的那条弯弯曲曲的小路上，一小支骑马而行的队伍，慢慢地向前行进着。系在骡马脖子上的铜铃那清脆的响声不绝于耳，回荡在山川间。

　　管家和马乃骑行在那支小队伍的最前面，马乃身穿军装，佩戴着武器，管家也穿着自己的那套印有大花图案的新袍子，背上背着枪支。管家的妻子仁姆吉怀里抱着小灵童在他俩的后面马不停蹄地追赶着他们。她的脸上满是留恋，反反复复地调转过头去回望着他们身后的小路，从她的这一依依不舍的举止中就能看出她这次行程是要彻底与家乡分别了。他们身后的十几个骑手都无精打采地随着骏马的颠簸向前走着。

几天前,管家偷偷去了一趟马家的军营,给他们表达了郡查部落的切央仓活佛已经断定自己的儿子就是已圆寂的色查仓活佛的转世灵童,要求他们马上向西宁马主席报告此事,封他的儿子为转世灵童的意愿。听到这个消息后,马玉彪立刻想起了马主席的命令,就如同'孔雀听到了雷鸣声'般高兴了起来,于是当晚便使派人去西宁给马主席汇报了情况。

前天晚上,马玉彪使出派去向马主席汇报情况的那个使者返回到了营地,向他汇报了有关马主席关于尽快使派人把转世灵童送到西宁,并且不要让郡查和色查部落的千户长知道此事的命令。等到这个命令后,马玉彪偷偷跟管家商量了一下就决定天黑以后由马乃带领着他们连夜出发了。此时此刻,马乃骑马前行着,脸上流露出非常高兴的笑容看着管家说:"现在管家你可以放心了,今天他们就要出兵了,所以不会追着我们而来的。

管家也笑了笑之后说:"是的,今晚我们会到哪里呢?"

马乃佯装思索了一会儿后说:"今晚我们就在贵德县的玉皇阁过夜,明天翻过拉脊山我们就安全了,后天早晨我们就可以觐见马主席了。这次马主席会好好奖励你的。啊哈哈哈!"说完话,他用右手摩挲了一下自己的那撮山羊胡。管家听了他的话后很惊愕地问马乃说:"怎么了?难道现在还有土匪吗?"

马乃听了管家的问话,立刻耻笑了一下后,说:"只不过是一些流浪汉而已,现在共产党到处派奸细在全国范围内做着侦查活动,一部分人听了他们的话到处发动叛乱。但是来到这里的只不过是一些偷鸡摸狗的盗匪而已,他们集聚在一起抢劫来来往往的商人,并不是那群共产党,我们手中有武器,因此不怕他们。"

听了马乃的话,管家立刻问他说:"那么,马主席派军队彻底剿灭掉他们不行吗?"

马乃听了管家说出的这句幼稚可笑的话,立刻耻笑了他,对管家说:"就为他们这样的人而使派军队难道不是用斧头剁虱子——小题大做了吗?再说马主席整天为国家的大事而繁忙,哪有为这些人而浪费的时间啊?这次他能邀请你是你的福气啊!啊哈哈哈。"

"那是,那是。"管家向马乃欠了欠身,口中这样说道,可他的心中突然想起了千户长尼桑来,如果之前不是尼桑和才洛捣乱,他早就见到马主席了,根本不需要像今天这样战战兢兢地提防匪徒而行了。他心中不由得咒骂起千户长尼桑和才洛两个人来。

马乃立马猜测到了管家的心思,于是就叹息了一声,显出非常失望的样子说:"如果你早汇报了这件事情的话,你现在已经过上神仙般的日子了。"

听了马乃的话,管家也以非常认同的口气说:"那时候是才洛冒犯了马主席的军队,为此,你这次要帮我向马主席做一下解释,澄清一下此事啊。"

"我会解释的,会解释的。"马乃这样说着话,马不停蹄地向前走着,过了一阵儿,他心中突然想到了什么似的对管家说:"哎,才洛和千户长之间究竟是什么关系啊?"

管家听了马乃这样问,他起初惊愕了一下,而后大笑了一声说:"他俩之间能有什么关系呢?就是官人和奴仆的关系而已,才洛全家都是官家的长工。"

马乃依旧以不相信的神色说:"我还是怀疑他们之间的关系。"

"你说这句话是什么意思啊?"管家这样问他。

"哦,没有别的意思。"马乃笑了笑之后,立刻变得严肃起来说,"是啊,我至今还没有看到过哪个官家这么疼爱一个奴仆的。而且,官家每次见到才洛后,他的脸色……不是,在他的目光中……大概……唉……凝聚着连我也说不清道不明的疼爱。"他说着话射来一股非常尖锐的目光,仿佛想从管家的心底里挖掘出什么一样地看着他。

管家听了马乃那句疑惑不解的话,突然大笑了一声后说:"是那样吗?"他反问了一句后又暗忖道,千户长的确像疼小少爷宇泽一样疼爱着才洛,但那也是才洛的阿爸忠诚于官家之故,可是马乃怎么能知道这事呢?于是,他又对马乃解释说:"那是因为才洛的阿爸为官家的事儿牺牲了性命,为此千户长才把他当作自己的孩子一样爱护。"

"原来是这样啊。"马乃依旧用不大相信的语气说了一句，然后显得好像继续在思考着什么问题一样，再也没有说什么。

就如马乃所说的那样，那天下午他们果真到达了贵德县。马乃非常熟悉那里。他们到了贵德县后，马乃本想带着管家他们到贵德办事处去给在那里办公的马市长介绍一下他们的，可是马市长几天前就去了西宁，为此他们没有见面的机会。马乃把他们安顿在此地住宿，可让他们意想不到的是，自从他们来到了马市长的办事处之后，小灵童就哭闹个不停，为此管家夫妇以为孩子得了什么大病而十分害怕。马乃也紧张得马上叫来了医生，医生检查了一下孩子的身体情况后说，孩子的身体状况正常，没有检查出什么毛病。这样一来，管家和马乃也实在没有其他的办法可使了。但是小灵童如同掉进了荆棘丛里一样啼哭个不止，而且啼哭的声音也越来越高了，还出现了因啼哭过度而昏厥过去的迹象，管家的妻子仁姆吉也绝望地陪着小灵童哭泣了起来。她边哭泣边取出他们上路时随身携带的清污灵丹给他服用了，还点燃艾草熏了小灵童的贵体，却没有起到任何作用。就在这时候，管家突然想到了此地的文昌庙。

他们听说过上世色查仓活佛在世的时候，每年都会驮来两垛酥油去文昌庙里供奉酥油灯的事，为此他们就抱着小灵童到文昌庙叩拜去了。

令人惊奇不已的是，他们一来到文昌庙，小灵童的哭声便戛然而止了。不但奇迹般停住了哭啼，小灵童的心情还变得非常欢愉，眨巴着那一双清澈明亮的眼睛环视起了寺庙里的那些神像。当他看到文昌菩萨的神像后还笑出了声，管家夫妇为小灵童的举止感到惊奇不已。那个管理寺院的老头甚至一见到小灵童的尊容后便不由自主地流淌起了眼泪，笑着对管家他们说："一个多么可爱的孩子啊！他肯定是一个上等人的灵魂投胎转世的。"老头不但把他们留下来用好饭好菜热情地招待了，还腾出了一间上好的房间让他们过了夜。为此，管家夫妇也到文昌菩萨像面前点燃了酥油灯，还虔诚地祈祷文昌菩萨保佑小灵童消除灾难，一生平安。

第二天，马乃一大早就使派人来说他们该上路了，于是他们反复向文昌神像磕头虔诚祈祷了一阵后，才依依不舍地离开了文昌庙进了贵德县城。当他们又来到马市长的办事处里的时候，马乃说自己得了重病不能陪同管家他们一起去西宁了，使派了此地的一个百户长陪同他们。马乃还对管家说，他给那个百户长写了一份介绍信让他带着呢。可管家心里暗想道，自己只认识马乃，其他人都比不上他的，再说，马乃还会说藏语，由他陪同自己去见马主席就方便多了。可马乃却称病不能陪同管家他们一起去西宁，管家因此失望地踏上了去往西宁的道路。

从贵德县出发不久后不由让人产生出进入了另一个世界的

幻觉——公路左右两边的红艳艳的山脉仿佛剥去了外壳一般，层层叠叠巍峨对峙着，峭壁间伴随着马蹄的回音传来乌鸦的聒噪声，惊得人身上直起鸡皮疙瘩。上一次管家跟着千户长尼桑一起去西宁的时候曾经走过这条路，但是那时候有千户长尼桑父子陪伴，他没感觉到这里像今天这样的恐怖和阴森。与他们一起去西宁的那个百户长是个不会说一句藏语的汉族人，管家也不会说汉语，为此一路上他们没有说一句话。彼此无话地缓缓向前行走着，垂吊在骡马脖子上的铜铃就如一阵远行的歌声如影随形地悠悠传来。过了中午时分，他们到达了一条非常狭窄的沟口——那是一条深邃狭窄的山沟，左右两边的岩壁犹如被一把利剑劈成了两半一样，呈狭窄的峭壁状，山顶就如矗立的矛头一般高耸入云，人们仰头落帽地仰视才能看到一片巴掌大小的天空。从那里望去，天上的太阳好像落进了罗睺的咽喉中一样殷红、颤抖着。沟底只有一条才能容单人骑行通过的羊肠小道，简直就是个盗匪隐藏的好地方。这时候管家的心里升起了疑虑就问他们说："我们好像走错了路吧，之前我去西宁的时候没有走过这么一条路啊。"说完他才想起那个百户长听不懂藏语的事来。

那个百户长也观察着管家脸上的神色，仿佛猜到了他的意思，转过头来用汉语给那些士兵说了一句什么话后，五六个士兵走上前来带领着他们一个接一个地向沟道深处疾驰而去。而后，他们小心翼翼地提防着左右两边的峭壁，确认上面没有躲藏着土匪，这才经过沟底向上走去。走了一阵后，道路两边的地势逐渐变得宽阔了起来，于是他们扬鞭催马加快速度，向前疾驰。不久他们就穿过了那条峡谷，直到这时管家才觉得摘掉了头顶上那顶沉重的帽子一般，顿感轻松愉快。但是万万没想到，当他们穿过那条峡谷还没走出两百步的时候，突然从前方传来一阵吆喝声，不知是从哪里冒出来的一帮土匪把他们左右夹击了起来，没几下就把他们包围得水泄不通了。管家受到了惊吓，差点儿从马背上摔落下来。那些土匪身穿短皮袄和布袍子，还用一片黑布蒙着脸，根本辨认不出他们是什么人。他们每个人手里都握着一杆枪，那个土匪头目用枪指着那个百户长的脸膛，用藏语说："快！把枪扔到地上去！"那个百户长虽然听不懂，但很快就明白了土匪头子的意思，颤抖着手从腰间拔出手枪扔到地上去了之后，示意其他的士兵们都把各自手中的枪相继扔到地上。这些士兵由于太过害怕，连用自己肩上背着的精良枪支反击的事都忘记了。这时候其他的土匪走上前去收集起了他们扔在地上的所有的枪支，用绳子像缠线团一样捆绑了那些士兵，把他们都驮在马背上带走了。可很奇怪的是他们动都没有动一下管家夫妇。那个土匪头目命令他手下的助手把那些士兵连人带马拉进右边的沟壑里去了之后，转过身来看着管家说："你好像是被他们强行带到这里来的吧，我们从来不伤害弱者，你们可以走了。"说完话他们策马扬长而去。管家惊愕地望着他们的背影,他的妻子开口问道:"我们现在怎么办啊?"这一问把他彻底从极度的恐惧中拉了回来,他如梦初醒般口中不由自主地赞叹:"哎呀呀,一个多么英俊潇洒的汉子啊!"

可是他怎么会知道这一切都是个特意制造出的骗局来呢?不知情的管家如同从猎网中逃脱出来的猎物一样,带着自己的妻子和小灵童既害怕又匆忙地翻过了拉脊山。当他们来到拉脊山那边的平川时太阳也快要落山了。此时天空非常阴暗,还不断呼呼地吹来一阵阵的北风。现在他们已经没有了介绍人,再加上身上带有介绍信的那个百户长也被土匪们给抓走了,如果他们就这样去西宁直接觐见马主席的话,恐怕很难见到马主席的面的。为此,管家决定去塔尔寺借宿一晚,第二天早晨朝拜了塔尔寺之后再看情况吧,于是他就带领着妻子和孩子踏上了通往塔尔寺的道路。

五年前,塔尔寺的一个老喇嘛带着一个小僧人到玛卿雪山转山去的半路上来到了官家家里借宿了一宿,第二天他们离开的时候女官扎措还赠予了他们足够的食物和五两银子做盘缠,这件事管家一直记着。虽然他现在已经不记得那个老喇嘛叫什么名字了,可他还记得那个小僧人的名字和弟弟很像,叫成烈。

他们那夜到达塔尔寺的时候夜已经很深了,他们挨家挨户地敲开塔尔寺扎仓里的僧宅的门打听起那个叫成烈的小僧人来。他们虽然在塔尔寺的扎仓里找到了一个叫成烈的小僧人，可他从来没见过那个僧人，显然那个僧人也根本不认识他，那个叫成烈的小僧人问管家说："你是……"见到他身后还有一个抱着孩子的妇女就觉得更加奇怪了。

管家恭恭敬敬地问他说："五年前你是否去玛卿雪山转过雪山呢？"

那个小僧人不知道他在打听什么，就摇着头说："没去过，你们在找谁啊？"

管家像之前一样笑盈盈地说："我……我找一个名叫成烈的僧人，想今晚在他那里借宿一晚。我是郡查部落千户长使派去西宁的，可走到半路天色已晚，只好明天再去西宁了。"

那僧人听他说他是郡查部落的人后，非常高兴地对他说："我的家乡在色查部落，我们是老乡，你们今夜可以在我这里休息了。"就这样，小僧人把他们邀请进了他的僧宅里。

那个小僧人不但热情地款待了他们夫妇，还把他们的那两匹马牵过去拴在了附近的居民家里，陪他们聊天一直到了半夜。那个小僧人说最近马家的人把寺院周边村庄里的青壮年男丁都强行带去参军了，把逃回来的人都当枪靶子给枪毙了，还命令寺院上缴税金呢，而且每天使派来部分士兵到寺院里强行征收税款。听了那个小僧人的话后，管家夫妇都感到惊奇不已，但是有关他们夫妇怀里抱着的那个婴儿是色查仓活佛的转世灵童的事还是对那个僧人隐瞒了，自始至终都没有向他透露有关此事的半点儿消息。最后那个僧人谈论起了有关色查仓活佛圆寂的话题。他说色查仓活佛的转世灵童七七四十九天之内就会出生的，想必现在已经在某个地方出生了吧，听说现在马家的人也使派人偷偷在各地打探着活佛的转世灵童呢。管家听了那个僧人的话后感到非常奇怪地说："他们为什么要寻找活佛的转世灵童呢？"听到管家的问话，那个僧人也摇了摇头，思考了一下后说："我也不知道，但是他们这样做肯定有什么阴谋的，谁知道他们究竟是怎么想的呢？"而后他们就没有再谈有关这方面的话题。

那夜管家根本没有睡着觉。那个僧人热情地给他铺了既厚实又舒适的睡床，可他的心情变得愈加不舒服了。那个僧人所说的那些话都是真的吗？那么马家的人为什么使派人偷偷地寻找活佛的转世灵童呢？或者是那个僧人稍微知道了点他们的身份特意试探他们的吗……管家思考了一个晚上也没有找到一个恰当的答案。他那样思谋着，突然就怀疑起那个僧人来，甚至觉得他说的每一句话和他脸上的每一个神情都是假的，从而他觉得自己像睡在毒刺上一般无法忍受。最后他想出了一个办法，天亮后就索性把有关小灵童的事说给他听，用这个办法不但能分辨出事情的真假来，而且就算说出了真话他也奈何不了自己什么的。

第二天早晨，天空飘起了鹅毛大雪。那个僧人早早起了床，给他们熬了茶，让管家夫妇吃了早饭，他们之间已经没有了昨夜初识的隔阂，他高高兴兴地和他们夫妇聊着天。谈话到了中途，那个僧人突然问管家他们说："那么你们这次去西宁的目的是什么啊？"

听了那个僧人的问话后，管家的脸上立刻挤出了一丝假笑说："哦，昨夜我对你隐瞒了一件事，我的这个孩子就是色查仓活佛的转世灵童。这次马主席特意邀请我们，我们就是要去他那里的。"

那个僧人听了管家的话后紧张得连手里的碗都掉落到地上去了。他立刻说："你说什么？就这个婴儿吗？你们……"他眨巴着眼睛看了看管家和那个婴儿，复又环视了周围一圈后问："那么护送你们的人呢？"他不相信地盯着管家夫妇看。

管家也变得有些紧张了起来，于是他马上说："为了小灵童的安全，我们就这样单枪匹马地来这里了。"

那个僧侣变得比之前还紧张了起来，立刻问："是谁断定这个婴儿是色查仓活佛的转世灵童的啊？"

"是切央仓活佛断定的，难道你不相信吗？"管家证明似的说。

那个僧人听了管家的话后，立刻站起身来走过去朝那个婴儿磕了三个头，眼角里流淌着眼泪跪在管家的面前说："叔叔，我求求你们，你们千万不能去西宁了，这样会殃及小灵童的贵体的。我求你们了，你们马上回到自己的家里去吧，事不宜迟……"

那个僧人还没有说完话，"砰"一声传来了巨响，有人突然从外面撞开了门，一些不知是从哪里冒出来的人立刻冲进来把他们给包围了起来。管家认为是那个僧人欺骗了他们，就非常生气地望着那个僧人说："这是什么啊？你想怎么样啊？"那个僧人也不知道发生了什么，于是用汉语给那些人说了几句什么话，可他们谁也没有回答他。这时候一个脸上长满了胡子的军官冒着大雪从门外走了进来。那个军官走进来后连落在他身上的雪都不抖一下，就用手指着僧人成烈和管家夫妇用汉语大声说了几句什么话，那些士兵跑过来没容管家夫妇多想什么就把他们赶出僧宅，赶到外面的大雪中去了。于是，管家大声嚷嚷着对他们说："你们想干什么呢？我是被马主席特意邀请来这里的，我还有骑着的马呢。"他虽然向他们解释着，可他们谁也没有答复他一句话。这时候，僧人成烈疯了般地跑到外面的大雪中边跑边大声对他们说："你们不能去，你们不能去啊……"这时候，两个士兵冲过去阻拦他，他打翻了那两个士兵，边往后跑边对管家喊："不能去！"而后又大声嚷嚷着："如真有护佑之神的话请现在就显灵吧！"左右两边僧宅里的部分僧人从门缝里探出头来偷偷地看着他们却没人上前。这时候，那个满脸长满胡子的军官从腰间拔出手枪，随着一声枪响，僧人成烈就栽倒在雪地上了，殷红的鲜血染红了他身边的积雪。管家夫妇见到这种情景后就再也不敢开口说话了……

后来，人们称这次事件为"红雪事件"。一个活佛从婴儿时期便成为阶下囚的生活就从那时候开始了——逮捕他们的理由正是他们与拉脊山的土匪有勾结。

第十七章　降雪之日

　　青海南部地区下了一场很厚的大雪,为此,骑马前行的队伍无法继续前进了。自大雪开始降落的那天起,年长一些、生活经验丰富的人们就猜测到这场大雪将要持续很久了,可是他们没有过在这个季节里出兵的经历,所以除了在茫茫的大雪中毫无方向地游荡,直至人困马乏之外,根本就没见到共产党的影子。就算找到了他们要找的共产党,精疲力竭的他们认为也没必要好端端地去遭受人死马翻的惨痛灾难了,他们全处在心烦意乱中。郡查部落的军队到达泽曲河边的时候,纷纷降落的大雪还没有停止,在他们的视野所及范围内,到处是皑皑雪原,因此他们的人马很难继续向前行走了。马家的军队和色查、岭查两部落的军队很早就渡过泽曲河向前而去了,为此,才洛深思熟虑了一番之后，聚集了各村落的头领对他们说："在这个鹅毛大雪纷纷降落的天气里，甭说是要跟敌人打仗了，连我们自己的人马都快要在这个纷飞的大雪中冻死了，为此我以为大家就以雪太大无法继续前行为借口，调转马头返回到家里去的好。"他们做了一番商议后，各村落的头领们都非常赞同他的意见，异口同声地说："我们不是马家的奴隶，为什么要给他们去卖命呢？"大家都同意才洛撤兵回家的意见，就立刻收拾了帐篷和锅灶打道回府了。他们返回时没有走之前来时的那条道路，而是穿过了西边的秋季草场，踏上了岭查部落下游的山路。当他们来到郡查、岭查两大部落边界的嘎洛泉水（白色泉水）边上扎营住宿的时候，仁青和诺日本来到了才洛的身边，才洛能看得出来他们有话要对自己说，可他们谁也没有说出口，三个人就那么默默地坐着。这时候才洛看出了他们的心思，笑着对他们说："怎么了？我们这次是出兵打仗去的，难道你们还想做一笔'生意'不成？"听了才洛的问话，诺日本挠着头紧盯着仁青看。

仁青向前挪了挪身体，压低声音像说悄悄话似的悄声对才洛说："听说岭查部落的勒芒（绵羊多之意）家里有个非常美丽的姑娘，我俩想去试试能不能把她偷到手再回来吧。"

才洛听了那句荒诞的话稍微有些惊奇，他长到二十几岁了，迄今为止只听说过有偷别人家牛羊的事，而从没听说过还有偷人的事儿呢。为此，他好奇地对仁青说："怎么去偷一个大活人呢？她又不是东西啊！"接着又用开玩笑的口气对他说："你一个家里连一只绵羊都没有的人，即便偷到一只绵羊它不是也会跑掉的吗？"

仁青却很有把握地对他说："那很容易的，以前的盗匪们除了偷来自己的媳妇之外，哪里有娶媳妇的彩礼啊？即便家里没有一只绵羊也能不让自己的妻子挨饿，这是一个男子汉应尽的责任啊！我虽然不是什么男子汉大丈夫，但也会有不让自己的妻子挨饿的信心啊。"

才洛以为自己刚才所说出的话伤害到了仁青的自尊，为此在他的心中稍微有点儿懊悔，于是他就以开玩笑的口气说："开玩笑的，'猛虎跃进森林也要有个卧睡的虎穴，雄鹰翱翔天空也要有个落脚的悬崖'。"说完这句话他又望着站在他身边的诺日本说："诺日本，你有没有要娶媳妇的打算啊？"

诺日本像从来没有考虑过人世间的生活一般，看着才洛喃喃说："我不要妻子。"仁青看到诺日本脸上的神色后，从心底里觉得好笑，可又强忍着没让自己笑出声来。

才洛听到诺日本说的那句话后惊愕地问他："为什么呢？"

诺日本如同不敢见人一般低着头盯着他前面的地面说："我这样说你们或许会笑话我的。但我实在是个无能的男人啊！在我的家里有一个老妈妈和残疾的妹妹，我连让她们俩过上一个好日子的把握都没有，再添一个妻子的话恐怕就养不活她们了，为此我从来没有考虑过要娶媳妇的事。"他说出这句话的时候语气里掺杂着些许的悲凉，连声音都微微颤抖着，仿佛带着一丝哭腔。大家一时陷入了沉思。最终，夜幕降临的时候仁青和诺日本就骑着马上路了……

郡查部落的军队排着长队向家乡前进了。当他们来到他们出兵前扎帐驻营的地方时，发现此地的积雪太厚，扎起营来很困难，于是就立刻解散了军队。等众人都回到自己的家里去了之后，才洛和各村落的头领们直接去了官家的家里，给千户长尼桑汇报了有关他们没赶上色查、岭查两部落的军队，也无法在雪地里继续前进就率领军队返回到家里来的事情。

千户长尼桑听了才洛的汇报后高兴得放声大笑了一阵儿，之后说："这事就得这样做。就让那两部落的人出兵去吧，他们'伴随雄鹰翱翔天空，在半空中或许会因寒冷而丢掉性命的'，他们也太自不量力了啊！'估量好自己的能力向北方的野牦牛射箭，才会有获胜的把握的'。"说完话，他吩咐更吉招待他们，于是更吉拿出好酒好肉大摆宴席招待了大家。可是，女官扎措就如平日里一样含着满脸的悲伤，一言不发地坐在帐篷的下席上。见到她如此冷漠的神情，大家心情也低落到了极点，于是他们早早结束了欢庆，回到各自的家里去了。

让大家无法忘记的是，那年冬天连续下了两场大雪，特别是上一场雪还没来得及融化，下一场雪又连续下了几天几夜，别说是高处的山岭了，就连低处平川草场里的牧草都被积雪淹没了，牲畜们找不到一根能啃食的草尖儿了。那里的老人们都说他们自懂事以来也不记得下过这么厚的雪。在这次大雪过后，雪地上到处散落着被饿死的牛羊的尸体，显而易见，富人们遭受了很大的灾难，可对穷人们来说，他们因为每天都能吃到牛羊肉，从而觉得是个能够吃上饱饭的好日子。甚至连山脚下的流浪狗们都吃饱了肚子，整天头也不抬地在雪地上睡着大觉。

大雪停止后的一个早晨，仁青和诺日本都回到家里来了。他们还带来了一个年轻而又美丽动人的女子，以及几头驮牛，这事一时让郡查部落的人们都感到惊诧不已。人们不但渐渐知道了仁青之前到色查部落里做了上门女婿的事，而且还看到他们夫妇驮来的那顶花帐篷也驻扎在了班玛雅切大草原上游的那条沟口之后，大家不约而同地认为他去入赘女婿不到一个月就能如此轻易让那女子跟着他搬迁帐篷居住到郡查部落来，可想而知那个女子肯定不是一个什么好货色了。可再怎么说，仁青也算是有了一个归宿，从此以后他就会收敛起那些偷鸡摸狗的盗匪行为走上正路了。

按理来说，男婚女嫁是世上再平常不过的事情了。可对郡查部落来说，只有让自己部落里的男子入赘到别的部落的习俗，可从来不会把别的部落的男子招赘到自己的部落里来的。因为把别的部落里的男子招赘到自己的部落里来的话,时间久了他们就会带领着自己的家人返回到他们自己的部落里去生活的。可是如果自己部落里的男子入赘到别的部落里去的话,过了几年后他们就会带着自己的妻子和家人返回到郡查部落里壮大自己的部落的。这样一来,大家不但会去他的家里表示欢迎,而且每家每户都会带去家畜、皮袋和皮绳等礼物,帮助他们增添些日常所需。千户长尼桑为这次仁青入赘到色查部落没过几天就带着妻子,驮载着妻子家的帐篷回来的事儿感到很费解。可他已经举家回到自己的部落里生活了,他必须履行诺言,于是召唤来了才洛。

才洛和仁青虽然是好朋友,可才洛正为没有可拿的礼物去探望仁青夫妇而发愁着。当他得知千户长为此事召唤了他之后,立刻高高兴兴地去了千户长家。当来到千户长家之后,他发现千户长不但为仁青准备了十八丈皮绳和两个新皮袋,而且还答应要赠送给仁青家一对牦乳牛和牛犊。他还给才洛捎话说,让仁青自己找个早上或傍晚的时间来千户长家里把答应给他的牦乳牛赶走。才洛马上带着皮绳和皮袋走出了千户长家的帐篷,更吉也跟着他出来压低声音问他说:"听说仁青领来了一位非常美丽的妻子,是真的吗?你见过她吗?"

才洛笑着对更吉说:"我也没有见过她,以后你会见到她的。"他说完这句话又很神秘地对更吉说:"今晚你早点儿回到家里来，我们一些男女青年要到仁青家对唱'拉伊'来庆祝他们的婚礼。"

更吉看着他的背影低声说："可是女官扎措她不会早点儿睡觉的……"

才洛也没再搭话，立刻翻身骑上那匹黑骏马向仁青家的方向疾驰而去。他骑马来到了仁青家的帐篷门前，翻身下了马后，仁青和一个年轻女子一前一后相继从他家的那顶花帐篷里走出来迎接他了。才洛从马背上取下了皮绳和皮袋交给了仁青，他的妻子也走过来从才洛的手里接过了马缰绳。

就在才洛把他手里的马缰绳交到那女子手里去的瞬间，他往那个女子的脸上看了一眼，发现那女子也正在盯着他。不看则已，一看俩人都惊愕万分。原本交到那女子手里的马缰绳也掉落到地上去了。原来那女子不是别人，端端是拉姆卓玛。她依旧像他俩第一次在玛姆贡卡山上相遇时那样显得腼腆而又文静，不但颜容娇媚动人，而且变得比之前更成熟、稳重了许多。可是女子们向来都是善于掩盖真相的——她红了一阵脸马上恢复了意识，从地上捡拾起了马缰绳牵着马走开了。当才洛从惊愕中反应过来时，发现仁青也正盯着他俩看，为此才洛又感到有些不安地对仁青说："哦，我之前见过勒芒家的那个姑娘，她好像不大像勒芒家的那个姑娘啊？"听了才洛的话，仁青大笑了一声后说："她不是勒芒家的那个女子。"说着话就邀请才洛进了他家的帐篷。

此时此刻,才洛都不敢进他家的帐篷里面去了,可仁青抓住他的手硬把他拉引进去。才洛哪有撤退的道理啊,于是他跟着仁青走进了帐篷,坐在灶膛右侧的座位上,还把有关千户长要赠送给仁青一对牦乳牛和牛犊,并嘱托他有空闲的时候到千户长家里去赶那对牦乳牛和牛犊的事说给他听。

仁青坐在自家帐篷的下端以示主人身份,他突然变得像个成熟的老头儿一般对才洛说:"这次真的麻烦了以千户长尼桑为主的全村的父老乡亲们了,像我这样的人不值得他们这样做的。"

拉姆卓玛也像个新娘子一样含着满脸的娇羞给才洛倒了一碗茶,可伸出双手递给他茶碗的时候,不但不敢直面他的脸,而且自己脸颊还变得绯红,一双手都微微地颤抖了起来。才洛见到她的样子一时不知道说什么为好了,就没话找话地说:"今年这雪下得怎么这么多啊?官家的羊群里已经死了一百多只绵羊了呢。"

仁青听了才洛的话后,摇了摇头说:"岭查部落那里的雪下得比这里还厚呢。他们部落的那个富户家里死了五百多只牲畜,为此户主已经上吊死了,他家唯一的儿子现在参军出征了,所以他家的绵羊都已经没人管理了。"

"那么他没有老婆吗?"才洛疑惑不解地问道。

"丈夫上吊后,他的妻子也疯了。"仁青显露出非常惋惜的样子摇着头说。

就在这个时候,才洛装作突然想起来了什么事似的,压低声音问仁青说:"那么你听说了色查、岭查两个部落的人出兵后的消息吗?"

"没有听到这方面的详细消息,不过有些人说色查、岭查两部落的军队翻过雪山去了拉卜楞寺,马玉彪得知了我们调兵返回家里去了的情况后,对我们的行为感到非常的生气。但是岭查部落的老人们都赞扬着我们的这个决策呢。"他说完话盯着才洛详细看了一眼后说:"怎么了?你的脸色不太好……"

才洛之前就觉得坐立不安,听到仁青那样说更加觉得脸烫得像着了火一般,更不敢向拉姆卓玛看去了,于是他说他自己还有要事去办理,就站起身来准备离开。仁青走出了帐篷送别了他,可拉姆卓玛再也没有走出那顶帐篷来为他送行。

第十八章　调解

过了一个多月后大家才听到了有关色查、岭查两部落出兵后的情况——那天，千户长尼桑家里来了几个说是上游草原上的卖牛鞍子的商人，给他们带来了这个消息。商人说，传言等两部落的人抵达甘肃南部地区的时候，共产党的军队与之前到达目的地的马家的士兵开战了。等马家的士兵战败而如同豆子一般逃散到四面八方去了之后，共产党的军队早就穿过甘肃南部地区了。色查、岭查两部落的军队不但没有赶上那次战争，而且由于甘肃南部下了一场非常厚的大雪，寒冷的天气冻伤了他们两部落许多人的手脚，还听说岭查部落的千户长才怀嘉因为连人带马落进冰窟窿里腿脚受了重伤而落下了终身残疾。

听到那个消息后，千户长尼桑非常高兴。由于周围的邻居们也都在场，千户长为了向大家证明自己之前的远见没有错，就对大家说："我不是之前就说过吗？这就叫'本想移动火堆却用火烧掉了自己脸上的胡子'。才怀嘉大肚皮不好端端地坐在家里享清福，何苦要去吃这种苦、遭这种罪呢？他实在是太自大了。哈哈哈……"

连郡查部落的千户长都感到如此高兴，那么他手下的百姓怎么会不感到高兴呢？千户长尼桑借此机会狠狠地讽刺了一番才怀嘉，大家听了都高兴得放声大笑了起来。但是女官扎措听到千户长尼桑说的那句话后，觉得千户长是特意针对她这样说的。因为当地的人们都知道二十多年前他们之间发生的感情纠葛，他现在当着大家的面这样嘲讽给她听，实在是太可恶了！她这样思谋了一阵儿后心情更加郁闷了。可实际上，千户长尼桑这话并不是针对女官扎措的，而是他希望大家都能认同他的这一决定。可女官扎措却曲解了他的意思，于是她一回到家里就向千户长耍脾气，给他使脸色看，还固执己见地对他说："今天我要到寺院里朝拜去！"千户长听到此话后一时没有回应，一阵儿后他好像安排好了此事般对她说："这样也好，今天是这个月的初十，是个吉祥的好日子，你顺便把旺姆也带到寺院里去转转吧。"

女官扎措不理睬他，自顾自地说："我要骑马去寺院，所有的杂物都要由更吉背着去。"说完话她就使唤更吉做准备去了。

千户长听了她的话不由得生气了起来，但此时他家里有客人所以他就只好忍了下来。他让手下的人买下了十五副牛鞍子并给商人们付清了购买牛鞍子的钱，然后自己一个人到户外散步去了。

到了晌午时分，女官扎措骑着马，更吉背上背着贡品和杂物徒步去了寺院。家里只留下了千户长一个人，如此一来他的内心变得寂寞了起来，连中午饭都没吃就在外面转悠了半天，最后来到了阿妈旺姆家那顶花帐篷的旁边。他思谋了一阵后认为今天要带着才洛到外面散心去为好。"才洛！"他向着阿妈旺姆家的帐篷喊了一声，可他们家的帐篷里没有任何的动静。等千户长提高嗓门又喊了一声后，阿妈旺姆才蓬头垢面地从帐篷里走了出来。她一见到来者是千户长便惊诧地说："哎呀，是官家吗？官家您有什么吩咐吗？"

千户长见到阿妈旺姆，稍微放松了一下后问她说："才洛不在家吗？"他的话让阿妈旺姆紧张了起来，于是她马上回答官说："拉索，才洛和诺日本昨天就出去了，也不知道他们去了哪里，到现在还没有回到家里来呢。官家您有什么吩咐吗？"

这时候千户长才想起来，前天他听说在官家的夏季草场上迁来了一家牧户的事后，就打发他俩到夏季草场撵那家牧户去了，于是他拍了拍自己的额头说："对对对，我忘了，也没什么事。"阿妈旺姆明知道千户长有事，可她又不敢刨根问底，就在原地呆立了一阵后又开口说道："官家您还是进屋里来喝碗茶吧。"

平时，千户长尼桑除了行远路劳累口渴，或者他属下的村落头领家举行宴席邀请他去之外，不论去谁家，甭说进屋吃饭了，就连下马他都不愿意呢。可今天他还没有吃中午饭，加上此刻又觉得有点儿口渴了，所以他站了片刻后就慢慢向阿妈旺姆家的帐篷走了过去。阿妈旺姆有些紧张地马上进屋往屋里铺了一条比较干净的羊毛坐毡，邀请千户长进来坐在她家的帐篷里。千户长尼桑坐下环视了一圈后，发现她家的帐篷里除了搁着几个装有食物的破烂碗碟和三人平日里穿的几件旧衣服之外什么家具都看不到，于是一阵凄凉感突然就漫上了他的心头。他看了一眼阿妈旺姆，只见她匆匆忙忙地把那把变了形又结满污垢的小茶壶搭在灶台上，往灶膛里添加了些牛粪后就把嘴唇凑过去不停地吹气点火。可她没吹着火却吹起了一屋子的烟，烟雾弥漫了她家的整个帐篷，此刻又见到千户长正盯着她在看，于是她就非常内疚地说："哎呀，我熏着官家您了。"为此她觉得更加紧张了。

千户长尼桑看出了她的窘态后笑着对她说："没关系，没关系，只有'放屁害怕坐在烟头上'的说法，而没有'官家害怕坐在烟头上'的说法啊！"说完话他俩同时放声大笑了起来。

"越着急越点不着火"，这句话说得一点儿也没有错啊！等阿妈旺姆放松了下来，灶膛里的火就"噗"一声着了起来，帐篷里也顿时变得安静了下来。等烧开了茶水后，阿妈旺姆就立马给千户长尼桑沏了一碗茶，还端来了一盘饼子放在了他面前，用"请吃"或"请喝"等客气话来招呼着他，并跟他拉起了家常。平日里她担心自己说话不小心，恐怕惹千户长尼桑生气而不敢这样聊天，可今天千户长尼桑的心情不错，尤其今天千户长是主动来她家里做客的，为此她觉得不跟千户长拉家常就很不妥当了。他们那天谈了很多，阿妈旺姆说她担心才洛的安危，偶尔又夸自己的儿媳妇更吉有多好多贤惠……千户长尼桑边喝着茶边安静地听着她说话，帐篷里偶尔还发出几声笑声来，慢慢地，他整个人都变得非常轻松了。

千户长家的那顶黑色的大帐篷比起阿妈旺姆家的这顶小帐篷不知要大上多少倍，屋里的家具和食物也比她家多得多，他们两家的条件简直可以用"天壤之别"来形容了。虽然如此，他至今一直看着女官扎措的脸色生活，觉得自己从来没有活得像今天这样轻松过，也从来没有喝过这样甘甜的茶水，尤其是阿妈旺姆说出的那些口无遮拦的话把他给深深地感动了。最后阿妈旺姆提来茶壶给千户长尼桑续茶的时候，千户长尼桑用一只手去接阿妈旺姆向他伸过来的茶碗，用另一只手抓住了阿妈旺姆的手。这下阿妈旺姆害羞得口中不由喊出来"哎哟"一声，手一抖把茶碗里的茶水洒到千户长尼桑的身上去了，她因此害怕得不敢动弹了。千户长尼桑不但不在乎阿妈旺姆把茶倒到他身上了，反而继续紧抓着她的手显得非常愧疚地说："你受苦了，直到现在……我没有帮上你们母子什么忙。"说着，他悲伤地摇了摇头。

阿妈旺姆虽然不敢抬头看千户长，但也颤抖着声音说："您怎么能……这样说呢？不是官家的扶持……我们母子……哪里有……今天的这样的日子啊！"

千户长尼桑的心情却恰恰相反，起初他做了对不起阿妈旺姆的事，他的父母为了遮掩那个秘密就让她跟羊倌拉隆结了婚。可拉隆又为官家的事被色查部落的人给杀害了，她就成了寡妇……这一切的一切虽然都应该由他来承担，可阿妈旺姆非但没有向他埋怨过这些事，还义无反顾地服务着他，感激着他。他想到这些事后心里觉得更加感动，又说："这点儿哪里能够啊？那时候我没娶你做我的妻子是个很大的错误啊，我欠你们母子太多……"说到这里他再也说不下去了。

这时候阿妈旺姆抬了抬头，她的眼角流淌着眼泪说："您不要这样说，无论如何现在我们都老了，就这样各自过各自的生活很不错。现在才洛长大成人也可以为您服务了。"说着话她揩拭掉了自己脸上的眼泪。

"是啊。"千户长尼桑长长地叹息了一声后说："我们都老了。"说着话他抬起手来揩拭掉了她脸上的泪水。

……

女官扎措和更吉在太阳快要落山的时候才回到家里来。回到家里后女官扎措一改常态,反而是满心的愉快。她说今天活佛不但向她做了灌顶,而且还赏赐了她圣水,所以她心里觉得很幸福。

接着才洛和诺日本也回来了。他俩回到家里也显得很高兴,说那个牧户只是个迁徙到上游高山上去的牧人,他们在我们的草场上居住了两天两夜,所以才洛向他们索要了两只绵羊作为他们私自用了草场的罚金。

千户长尼桑稍加思考了一阵,点了点头说:"如不是特意来挑衅我们郡查部落的人,路过的行者按理来说不应该收罚金的。可你们现在已经这样做了,事实也已经无法改变了,为此那两只绵羊就当作奖赏奖励给你们了,你们就把它带回自己的家里去吧。"听了千户长的话后,他们两个人都感到很高兴。

就在大家都感到很高兴的那夜,突然发生了一件事——岭查部落里发生了内斗。岭查部落的老汉吉太有个儿子跟岭查部落官家的一位青年为了争抢一个女子,动手打斗时老汉的儿子用刀子捅死了岭查部落的那个青年。为此,岭查部落的官家准备向老汉吉太家发兵的时候,其他村落的人看阻拦不住就马上给吉太老汉偷偷报了信,所以岭查吉太家和他的五户邻居抛下了他们的帐篷和羊圈里的牛羊,连夜逃跑到郡查部落来了。那夜,他们就在郡查部落的亲戚家里借宿了一宿,还使派人去向郡查部落的千户长尼桑汇报了此事。千户长尼桑发话说:"明天早晨让他们到官家家里来谈这件事吧。"

第二天早晨,郡查部落的千户长尼桑早早起了床,跟女官扎措一起吃早饭的时候,才洛也给千户长夫妇带来了些昨晚他们家宰杀的那只绵羊的内脏,所以千户长就让他坐在他家里跟他们一起吃起了早饭。其间,千户长顺便把昨晚在岭查部落里发生了命案的事情说给才洛听了。听了千户长说的话后,才洛心中暗忖道:官家以前不论什么大事总是由他自己做出决定,从来不会轻易把事情告诉给别人听的。今天他怎么就用商量的口吻问我呢,他这样说是什么意思呢?

千户长叹息了一声后说:"他岭查部落连自己部落的几家牧户都压制不住了,这话如果传出去多丢人啊!但是,如果把那些人吸收进我们部落里来的话,就如'用捕鼹鼠的夹子逮不住老鼠'那句俗话说的那样,这事对我们部落是很不利的。"说着话他坐在原地继续思考着问题。

才洛看出了千户长尼桑的担心后就对他说:"那么我有一个计策,可不知道是不是良策。"听到才洛这样说,千户长尼桑紧盯着才洛问:"你有什么计策啊?"

才洛回答千户长说:"我们没必要把我们的困难如实告诉给他们的。把他们吸收进我们部落里来会影响我们两个部落之间的团结,可如果说郡查部落的千户长愿意为岭查部落内部的矛盾做调解的话，他们也知道此事有利于他们，所以岭查部落的官家不会不听我们的话的。"听完才洛的话，千户长尼桑放声大笑了起来，才洛以为自己说错了话，所以半天不敢看千户长的脸。

千户长很高兴地说："好办法，实在是个好办法啊！人说'人靠智慧猪靠鼻'说的不就是这个道理吗？"更吉觉得这个谚语用得很奇怪，就坐在对面偷偷地笑了起来。而后千户长复又说："是啊，要去岭查部落做调解的那天你要跟着我一起去啊。"

做调解那天，太阳升起来后不久，岭查部落的两个老汉就徒步来到了郡查部落官家的家里。那两个老汉中的一个个子矮小，脸色黝黑，一见到他就能猜出他就是岭查部落的那个叫吉太的老汉了。他们一来到千户长尼桑的面前便跪在他的面前，每人给千户长尼桑上供了一匹绸缎和十五枚银圆当见面礼，之后那个又黑又矮的老汉开口说话了。一开口便完全展示出他那能说会道的本领来。他用非常绝望的口气说："百名有眼人的看点，千名黑头人的敬者，黎民百姓众之怙主，有权有势的主人，敬请千户长您聆听。事不好而又不妙，部内计策金石裂缝了，兄弟友情绳结解开了，揭开了恶劣纠纷的盖子，丢下幸福故乡潜逃来。不是寻觅幸福归宿来，而是找寻救难前来了。白天可当奴仆，夜间可做看家狗。敬请千户长施恩搭救吸收我做您部下的黎民百姓啊……"他祈求着就要开始磕头了。

接下来，千户长让他们坐到坐毡上，还用酒肉热情招待了他们，并详细了解了事情的前因后果之后，非常热情地对他们说："在平时，我们郡查部落的人历来对待家人就如同绸缎般的温柔，对待敌人犹如雷霆一样粗暴，都是些维护弱者抵制残暴的人。就我来说，虽然没有像历代千户长那样的本领，但是无论如何也要有能够帮助解决你们几个牧户的困难的能力啊。"听了千户长尼桑的话，那两个老汉异口同声地说着"那是，那是"，又准备去给他作揖磕头了。千户长思谋了一阵后继续说："话又说回来，你们的帐篷和牛羊等家畜还在岭查部落里，为此你们如果举家搬迁到郡查部落来的话可能很难得到牛羊牲畜等财产了。再说郡查、岭查两个部落之间自古以来就有唇齿相依，并肩共存的友好关系，虽然谈不上我们之间的交情有多深厚，但也从来没有出现过什么矛盾纠纷。这次你们如果要搬迁到我们这里来的话，不用说就会影响到我们两个部落之间的团结了。看来这件事我们还是另想其他办法来解决为好。"

听了千户长尼桑的话，岭查部落的两个老头面面相觑了一下，吉太犹犹豫豫地说："现在还有什么别的办法呢？"说完，他俩就紧盯着千户长尼桑。

千户长尼桑笑了笑之后说："那很简单。"而后他又露出较为严肃的神情说，"这次你们之间的矛盾按理来说是你们的内部矛盾，如果由我郡查千户长站出来做仲裁调解这个内部矛盾的话,对你们来说不但能够保住你们自己的财产,还不用背井离乡去外面颠沛流浪了。而且对岭查千户长来说也是个亡者能够安息,活人能够得到安宁的好事,所以他们不会不听我的。这段时间我可以在这里给你们安排个住处的。"听了千户长的话,两个老汉高兴地说:"如果得出这样的结果那就再好不过了。"

去岭查部落调解矛盾纠纷的那天,郡查部落的千户长尼桑吩咐才洛和下属的五个村落的头领武装好后跟着吉太老汉一起去岭查部落。千户长尼桑之前还为这事专门向岭查部落使派去了一个使者。当他们来到郡查、岭查两部落的交界嘎洛泉水边的时候,岭查部落的千户长才怀嘉也使派人来此地迎接他们了。来迎接他们的人引着路把他们带到岭查官家的附近时,岭查部落的千户长才怀嘉也挂着拐杖一瘸一拐地向前走到距官家十步远的地方来迎接他们了。一见到郡查部落的千户长尼桑等人,岭查部落的千户长才怀嘉就对他们说:"你们大家一路上辛苦了吧,不好意思,让大家受累了啊!"尼桑明知故问地向才怀嘉询问他的一条腿是怎么受伤的,才怀嘉一瘸一拐地走到尼桑的面前,毫无隐瞒地给他详细叙述了有关马家如何命令他们出兵,半路上下的雪有多厚,他自己是如何掉进冰窟窿里的,以及他的腿怎么受了伤,现在整天待在家里休息的情况,把所有的事一五一十地说给尼桑听了。这时候,向才怀嘉走过来的才洛忍不住对他开玩笑说:"叔叔,给马家服务得太多就很容易回到家里休息的哟！"才怀嘉听到那句话后脸色顿时阴了下来，等他看到说那话的人是才洛之后，脸上又立刻挤出了点儿笑容，把尼桑拉到自己身边悄声说："我们做千户长的有我们自己的苦楚啊，他们年轻人怎么会知道我们的苦楚呢？"

那天岭查部落的千户长才怀嘉举行了盛大的宴会迎接了郡查部落的人们。岭查部落的人在他们的牧场里扎了一大一小两顶帐篷，宰杀了牛羊，摆了丰盛的茶酒，举办了盛大的宴会。之后他们召集了岭查村落里的部分头领聚集在才怀嘉家的帐篷里，郡查部落的千户长尼桑端坐在最上端的座位上，紧挨着他的下首坐着才洛等人。尼桑没有征求才怀嘉的意见，也没有了解发生矛盾的根源，就直接进入了调解的程序。

此时，才洛伸长着脖子对他们说："呀，岭查的弟兄们，按理来说，'抵抗敌人的英雄在天堂，降服恶魔的妖魔在魔界'。这次岭查部落内部相互残杀，出了人命案是一件让人非常痛心而又极不光彩的事啊。为此，我郡查部落的官家特意到你们这里来是做调解说和这件事的。世人不但有句俗话说'牛尾长了到春天是害，纠葛久了对自己是害'，还有句话说'兄弟失散联盟邻国的话语粗野，家人失和内斗邻居们耻笑'，为了岭查部落的亡者安息，也为了你们的活人能够得到安宁，郡查部落的千户长查明这次纠纷的前因后果后做出以下公断，希望大家一定要认真服从。一、岭查吉太家要向岭查部落的官家上缴一对骏马和一对长枪，赔偿不属于水草赋税之外的五十两纯银；二、岭查吉太家要上供给岭查部落的官家六六三十六头大小不一的牦牛做赔偿，还要为引导亡人的灵魂给官家上供一整套如来佛经大经卷。等这些事都办妥了之后你们邻居之间再也不能互相使脸色看，在路上遇见彼此也不能绕道而行，要喝茶同坐一条毡，出门并肩齐同行。"听了才洛说的话，千户长尼桑也同意地点了点头。但是岭查官家里有个固执己见的老汉有些不同意地说："我听说过上缴九九八十一头大小牦牛赔偿命价的说法，却没有听说过有上缴六六三十六头大小牦牛赔偿命价的说法，这是其一；其二如果被告以后还要向我们歪嘴巴拧脖子地使脸色看，我们也得这样坐视不管吗？"说完话，他看着左右的人，暗示他们对这结果表现出不愿意的态度。

才洛露出较为生气的神色，耻笑了他一下后，说："呀，大叔，'如果不在狭窄地上跑马，怎么会在羊肠路上扬起尘土来呢'？这事分明就是你们岭查部落官家人自不量力，这对你来说是件再心知肚明不过的事了。俗话说'由穿山羊皮的人调解的问题不能由穿虎皮长袍的人给毁掉'啊，'早晨决裂就是制造矛盾者的纠纷，下午决裂就是来做仲裁人的纠纷'。这样一来这纠纷不就成了与我们郡查部落的纠纷了吗？"听了才洛的这句话后，那个老汉拉下脸低着头再也不说什么话了。

那天郡查部落的千户长尼桑非常满意由才洛做仲裁调解的

结果，他心里感到非常高兴。第二天，尼桑决定和几个村落的头领动身回家了，可才洛和几个村落的头领还得要留在岭查部落里继续处理好他们调解的后续问题，之后才能回去。尼桑没听才怀嘉的挽留执意要回去，才怀嘉于是赠予了一张豹子皮和一百两白银后才送他上路。

　　自从离开岭查部落后，尼桑心里突然觉得自己真的变老了。在每个睡不着觉的夜晚，他都从方方面面考虑了一番，最终他还是觉得从才洛的才能和胆识来看，他不但有能力继承他这个千户长的官位，而且这是迟早的事。有一天晚上，他和女官扎措同在一张床上睡觉的时候，他把他心中苦思冥想了很久的事说给女官扎措听了。

　　"唉，现在我老了，老得快不中用了，甚至连召集个村落的头领都变得很困难了，看来现在我不得不把我千户长的职位传给一个有能耐的人了。"

　　女官扎措从来没想过这方面的问题，突然听到千户长尼桑说的这句话后她显然惊呆了，于是她一骨碌爬起身来呆呆地坐在床上，对千户长尼桑说："什么？你说你要把千户长的位置交给别人吗？"

　　"不是，我是不会交给别人的。"千户长为了让女官扎措安心下来才说了那样的话，而后他又思考了一下说："才洛是我们从小抚养并亲眼看着长大的，和官家的人没有什么区别。再加上他的胆略和智慧无人能及……"

"说什么呢？你是想让才洛做郡查部落的千户长吗？"女官扎措打断了他的话。千户长尼桑虽然没有开口却承认此事地点了点头。女官扎措突然疯了一般对他说："说什么，你要给一个丫鬟的私生子传千户长的职位吗？我不同意，我坚决不同意。哪里有这种世间不可能的事出现啊？我的命怎么这么苦啊！如果我的儿子还活着的话，你的官位传给谁都随便你了，人活到最后总有一死的。可现在我该怎么办啊……"

听了她的话，千户长尼桑的心中不由自主地升起一股凄楚来，他叹息了一声后说："这只是我个人的想法而已。总之这话我还没有说给任何人听，我们还可以商量的呀！"

女官扎措依旧哭泣着，还不断地蹦跳着大声叫道："总之，这事我不同意。对这件事我们没有什么可商量的，如果我马上死去的话你想怎么样都行，可是如果我活着我就绝对不会同意的。"

千户长尼桑本想拿这事安慰自己那颗受伤的心，结果却适得其反。如此一来，除了走一步看一步，也没有别的办法了。为此，他又一次陷入了困境中。

第十九章 心计

寒冷的冬天匆匆过去后，温暖的春天缓缓地来临了。去年冬季的那场大雪虽然使青海南部牧区损失了很多的牲畜，可是今年的春天来临得比往年提前了许多。那片镰刀形的郡拉草原上的牧草正在迅速地泛青，猛一眼望去，郡拉草原仿佛是一个与自己心爱的情人久别重逢后的美丽少女一般，显得如此的柔弱而又楚楚动人。沉睡了一冬的叶甘河也仿佛注入了新的活力，正顺着河道曲曲折折地向下游流淌着。郡查部落的牧户们依然居住在冬窝子里不肯迁徙，人们心里虽然知道春天来临了，可他们依旧得穿着厚重的冬衣，心里感到说不出的厌烦。

女官扎措跪在官家那顶黑帐篷门前铺着的那条白羊毛毡上磕长头。她偶尔停下来，脸上露出从来没有过的微笑，低下头来看着自己微微隆起的肚子，还不时用手去轻轻抚摸着自己的肚皮。更吉从羊圈里背出一口袋羊粪，口中轻哼着小曲儿，走过去把袋子里的羊粪倒到她面前那堆像山丘一样的羊粪堆上去。从她那哼唱小曲儿的神情中就能看出今天她的心情也如同女官扎措一样欢喜愉悦。说句实在话，现在郡查部落的人，尤其是官家的人都处在无限喜悦中，他们也都像女官扎措一样整天处在一种无尽的欢喜中，都在不停地哼唱着小曲儿呢。女官扎措能在四十岁的年纪又有了身孕，这是个多么值得欢喜的事情啊！女官扎措之前因失去小少爷宇泽而遭受的打击，使她长期处在孤独和痛苦中，以致显得比官人尼桑苍老了许多。就在这样一个低落的时刻她能够怀孕，这件喜事怎能不驱赶走她内心深处的痛苦呢？自从小少爷宇泽去世之后，女官扎措没有心情认真地观察千户长尼桑的一举一动，只是把千户长对才洛那种与众不同的态度和重视当作了千户长失去儿子的一种自我安慰，因此她心里对才洛没有产生过任何的恶意，也从来没有对千户长重视才洛这件事做过任何的反对。可是，自从千户长亲口说出他要把自己千户长的位置传给才洛的想法后，她对这事的态度就彻底改变了。与此同时，她的内心也变得恶毒了起来，甚至到了处处与千户长作对的地步。

昨夜，千户长尼桑拿出他的那件破旧的拉萨氆氇袍子，说袍子已经破旧得褪了颜色，想把袍子送给才洛穿的时候，她就从心底里不高兴了起来。她走过去一把从千户长尼桑的手里抢过那件袍子说："你不想穿就把它给我放着,我可以用它来缝一床褥子。"千户长尼桑见到女官扎措的那种态度后惊愕地望着她问道："你说这话是什么意思啊?"

听了千户长的问话,女官扎措不以为然地说："还会有什么意思呢?你为什么不关注一下我已经怀孕了的事呢?这可是你唯一的亲骨肉啊!"

千户长接着笑了一声后说："原来你说的是这事啊?我哪里不关注这事了呢?以后我会让你们母子过上幸福的生活的。还有,以后我还可以带你们母子到塔尔寺去朝拜的。"

千户长尼桑曾经为了讨妻子的欢心多次用这句话来哄她。那时候女官扎措由于年纪轻,每次听到千户长尼桑对她说这句话时,都觉得自己像喝了一杯甘露一样欢喜、陶醉。但是今天千户长尼桑再次说出这句话来时,甭说像以前一样讨她的欢心了,反而惹得她非常厌烦。于是,她发出了一声嗤笑后对千户长尼桑说："等你带我去塔尔寺朝拜我就要等到下一辈子了,你说的这句话使我的耳朵都起茧了,我已经听厌烦了,可是总有一天我会自己到塔尔寺朝拜的。"

听了女官扎措的话后,千户长尼桑变得非常不安,羞愧得不知道说什么好了,于是他喃喃地说："那么我究竟能为你做点儿什么呢?"

女官扎措脸上显露出骄傲的神情说:"你什么也不用做,你只要分辨出猎豹和鬣狗的区别来就行了。"

千户长尼桑听明白了女官扎措所说的那句话,正准备给她说点儿什么的时候,发现更吉走了进来,于是他们停止了对话。女官扎措立刻改变了话题,对千户长尼桑说:"是啊,明天你到活佛那里给我求来谶语的同时,再给我带来一条九结护身索,等孩子出生之后我无论如何也要到塔尔寺朝拜的。如果那时候你没有时间的话,我和一些仆人一起去就可以了。"听完女官扎措的话,千户长尼桑没说什么,只是向她点了点头表示同意。

那天早晨,千户长尼桑本来想召唤来才洛,使派才洛去寺院的,可当他使派更吉把才洛叫来后,发现女官扎措正盯着自己看,为此他又变得不安起来。于是,他很不安地看着才洛说:"你去把马牵来,今天我俩去一趟寺院。"

千户长他们走后,磕着头的女官扎措想起了千户长尼桑刚才的模样,不由自主地放声大笑了起来。女官扎措原本没有磕长头的习惯,可自从她有了身孕后,郡查活佛对她传授了有关磕长头带来的好处,她就向活佛做了自己每日要磕一百个长头的承诺。虽然如此,平日里在磕长头的间隙停下来思考一下问题便成了她的一种习惯。当她独自大笑的时候,更吉正好背着一口袋羊粪从她对面走了过去,她见到女官扎措在傻笑后,脸上也情不自禁地露出了笑容,之后立刻钻进黑帐篷里去把口袋里的羊粪倒进了羊粪池子里。当她夹着口袋准备走出黑帐篷的时候，女官扎措脸上露出了一丝微笑对她说："你再不要去背羊粪了，过来给我梳头吧。"

"拉索！"

更吉听到女官扎措的吩咐立刻放下夹在她胳肢窝底下的袋子，径直向女官扎措走了过去。她来到女官扎措身边，蹲下身来解开了女官扎措头上每一束小辫子的辫梢，用梳子梳松散了头发，尽量迎合着女官扎措的心意给她梳头。女官扎措让更吉给她梳头的时候心中不由自主地想起了阿妈旺姆之前给自己梳头的情景来，于是那些往事如同照明镜一样清晰地闪现到她的眼前。

平日里阿妈旺姆给她梳头的时候非常喜欢唱"拉伊"。她可是一个唱"拉伊"的宝库啊！为此，女官扎措要求她给自己教唱。阿妈旺姆首先给她教唱"拉伊"的"开头或序"，而后教唱整个"拉伊"过程中的"求爱""恋爱""离别"和"思念"等程序里的唱词。阿妈旺姆教唱的"拉伊"不但环环相扣、富有哲理，而且感情充沛、富有韵味，所以官家家里年轻的小丫鬟们把她教的那些唱词都尽量记了下来。虽然如此，女官扎措只喜欢听"思念恋人"的部分。为此，有时候阿妈旺姆也感到非常纳闷，于是就试探着对女官扎措说官人非常喜欢女官扎措，对她有深厚的感情，小少爷宇泽也非常喜爱她，在她的呵护下生活得很幸福，又抱怨地说自己连以后给才洛迎娶媳妇的彩礼钱都没有，自己的丈夫拉隆也是个无能的人等等烦心事。有一次女官扎措也安慰她说："不是你所想的那样啊，官人不仅仅疼爱小少爷，而且还把才洛也当自己的亲生儿子一样疼爱着，你也没有必要如此担忧这事儿了。"听了女官扎措说的话，阿妈旺姆也放声笑了笑，之后说："总之，官人夫妇在世的时候才洛是没有什么问题的，再说千户长也不会让他吃亏的。"

"那么小少爷呢？"

女官扎措没有理解阿妈旺姆所说的那句话的深层意思，就这样试探着问阿妈旺姆，可阿妈旺姆却没有回答女官扎措的提问，只是不由自主地轻轻叹息了一声就沉默不语了。女官扎措感到非常惊诧。

现在回忆起来，小少爷不但去世了，他喜欢的更吉也已经成了才洛的妻子，而才洛已经成了千户长今生的依靠和心之所系的重要人物。千户长尼桑如今非常重视才洛，这种重视程度连之前对小少爷也没有过。她这样思索着，内心里又缓缓升起了一股疼痛感来，她认为自己得想出个办法解决才洛带来的威胁。

她边思索着边随口问更吉："更吉，现在才洛还像以前那样疼爱你吗？我这样问只是想知道他疼爱不疼爱你啊！"

更吉突然听到女官扎措这样问她，感到非常惊奇。她以为女官扎措发现了她的什么错误，于是赶忙毫无隐瞒地对女官扎措说:"从今年起他的性格稍微发生了一点儿变化,变得不爱说话了起来。"

女官扎措听了更吉的回答很自然地笑了笑之后说:"那么,你不生气吗?他为什么变成那样了呢?"

更吉摇了摇头,立刻回答女官扎措说:"我为什么要生他的气呢?他每天要为官人服务,大概是他感到非常疲倦的原因吧。"

"你说什么?"女官扎措突然站起身来逼问她道:"给官人服务是一件很累的事吗?"听了女官扎措的责问后,更吉感到很害怕,立刻回答女官扎措说:"不是不是,是我说错话了。"说这话时她害怕得连往女官扎措的脸上看一眼都不敢,只是喃喃自语道:"他……他不会累的。"

女官扎措的脸上露出了些许微笑,点了点头感到很满意地说:"是啊,你们都对官家很忠诚,可是这样无休止地服务我们怎么可以啊?你们也要拉扯属于你们自己的一个小家庭的啊!"说着话她转过头去看了一眼从黑帐篷的天窗里照进来洒落在帐篷右侧座位上的那束阳光后又说:"现在你去烧茶吧,想必官人他们也该回来了。"更吉听到女官扎措的话后立刻起身干活去了。女官扎措走出帐篷来到院子里欣赏起了眼前的景色来。

站在官人家的帐篷门前俯瞰班玛雅切大草原,大草原的景色就能一览无遗地收入眼底。平日里放牧的人们围坐在一起下棋的那座叫"俄兰迪干"的山丘就如专门为谁准备的一般默默地矗立在前方。"俄兰迪干"是蒙古语，藏语的意思是小山丘。在这里用这样称呼的地名很多，比如"哈拉霍尔""诺威尔""邱嘎恩格尔"，等等。这里的老人们传说，这地方曾经由蒙古人统治，到了格拉宇杰在位的时候，召集起了周围村落的兵马收服了这地方。女官扎措凝望着俄兰迪干山丘，忽然想起了一件可笑的往事来——她第一次做新娘子被娘家的人送到郡查部落时，是由五十名骑手送行到此的。男方家不但使派了一百多名骑手前来迎接她，而且还有成千上万的群众来到这里看热闹。按这个地方的习俗，接亲那天，新郎要从高处往低处走下去，新娘子要从低处向高处走上来。为此，那天送新娘子来此的娘家人和前来迎接新娘子的婆家人都集聚在一起，在班玛雅切大草原上举行了一场跑马比赛来欢庆他们的新婚。在赛马比赛过程中，色查部落的骑手们没有一个人从地上捡拾到哈达。那时候，女官扎措的哥哥——小少爷拉松骑着一匹枣骝马，并且看到郡查部落的骑手们骑马疾驰过去，频频从地上捡拾起哈达来，这一幕激发了他好胜心，他根本听不进去老人们的劝阻，毅然参加到赛马的队伍中去了，还跟郡查部落一个叫扎西莱的骑手竞技赛马。那个名叫扎西莱的既是一个骑马能手，又是一个聪明机灵的青年。赛马竞技的时候他心里很清楚，自己的马恐怕比不上色查部落小少爷的，自己若是光靠赛马是绝对比不过小少爷拉松的。所以，当赛马会一开始他就调转马头朝着山下疾驰而去,小少爷拉松也毫不犹豫地策马紧随其后。无论扎西莱骑马往哪个方向疾驰,色查部落的小少爷拉松都骑马紧追不舍,而且逐渐从他的右边紧跟过来,眼见两匹马的头部渐渐平齐了。这时候,扎西莱使了一个心计,他把马头转向俄兰迪干下端那个布满鼠洞的黑土滩,并朝那里疾驰而去,小少爷拉松明明不熟悉那里的地形,可是他想超过扎西莱的心情过于迫切,就不管三七二十一地策马追了过去。就在这时候,小少爷拉松胯下的那匹骏马的马蹄突然踩进鼠洞中去了,马儿栽了一个跟头后,色查部落的小少爷拉松连人带马都摔倒在地了,接着扎西莱调转马头向俄兰迪干山丘的方向疾驰而去,爬上山顶后他高高举起马背上的垫子口中呼唤"拉加罗——拉加罗——"的胜利口号。小少爷拉松是个自尊心很强的人,他赛马失败后,压制不住他内心的恼怒,就从自己的腰间抽出腰刀向自己那匹骏马的喉咙里猛戳了几刀,瞬间就把那匹枣骝马给杀死了。因为这件事,那天婆家人没有再邀请娘家人到官家去,娘家人就在班玛雅切大草原的中央扎帐住宿了。

更吉刚烧开茶水不久,千户长和才洛果然骑着马从寺院里赶回来了。来到家里后,千户长尼桑脸上露出非常失望的神情,一直阴沉着脸不说话。女官扎措见到这种情景也不好问什么话,就把他们迎进了帐篷,还吩咐更吉给他们斟了茶,端来了食物。

千户长喝着茶稍微休息了一阵后,深深叹息了一声,用眼角瞟着女官扎措说:"活佛他还在为转世灵童担忧,甚至连个灌顶都不肯给我们做。"说完他又好像自言自语一般说:"唉,那个笨蛋究竟把转世灵童带到哪里去了呢?现在应该有个回音了啊!"说完话他又独自思谋起什么来。

女官扎措听到是有关转世灵童的话题后不由紧张起来,就试探般地向他询问道:"活佛他有什么意愿啊?"千户长思考了一阵后,就像之前那样自言自语般说:"首先,他提醒我们说之前我们没有听从马家的安排出兵,为此马家的人怀恨在心,让我们多加小心。现在,马家的流浪兵到处干着打砸抢杀的事,听说已经抢掠了岭查部落,把岭查部落的家家户户抢掠得片甲不留了。"说着话,他紧盯着女官扎措说:"现在我们不能坐以待毙,也要好好做一下准备了。"说完又深深地叹息了一声。

屋里笼罩着凝重的气氛,大家各自思谋着心事连茶都忘记喝了,唯独搭在灶膛上的茶壶吟唱着一曲没有歌词的悲歌。

又过了几天后的一个下午,他们见到了一个从色查部落使派来的使者。那个使者径直来到女官扎措的身边对她说:"半个月前,色查部落的人把西宁马主席上次给他们的那五十匹骏马散放在了玛姆贡卡草山上时,被郡查部落的才洛等三名强盗强行把那些马给赶走了,因为女官扎措您是我们千户长的亲妹妹,所以看在亲人的薄面上,希望你们把那些骏马还给我们。"

可是整个郡查部落的人,特别是女官扎措都很清楚才洛他从来没有从外面偷来那么多的骏马啊,她也不知道这中间究竟发生了什么事,于是就把事情的原委一五一十地说给千户长尼桑听了。千户长尼桑听了后,冷笑了一声说:"这个拉松又想从我的手里得到什么了呢?"

女官扎措不知就里,就向千户长询问道:"他们从我们的手里能获得什么呢?"

"这个问题的答案就在你娘家那个哥哥的心里呢。"

说完,千户长尼桑又对女官扎措使了脸色。女官扎措见到千户长尼桑不高兴的神色后,心里如刀绞一般的疼痛,不禁非常痛恨起她的那个哥哥来。她流淌着眼泪,悲伤难耐地立刻跑出了黑帐篷,回到自己的那顶花帐篷里伤心地放声大哭。

等那个使者回去的时候,千户长用一条红缨索穿上了蒜瓣制成的链子,把那条链子套在一只山羊的脖子上送给了色查部落的千户长,还给他捎去了话,说郡查部落既没有可返还的骏马,也没有可上缴的匪徒。那个使者没有听懂千户长尼桑说的那句话的意思,就带着捎带给色查部落千户长的那些礼物回去了。后来他们听说,当那个使者把郡查部落的千户长尼桑捎带给他的那些礼物带回色查部落后,色查千户长父子没有看懂那里面暗含的寓意,还以为郡查部落的千户长尼桑在讽刺着色查部落的千户长,父子俩觉得生气极了。

可色查部落的小少爷万德贤的妻子巴罗梅看到千户长父子

的愚钝行为后,笑了笑说:"千户长父子肯定是没有看出来这里暗含着什么寓意吧,依儿媳我看,这个礼物里面暗含着一种深刻的含义呢。这只长胡须的老山羊暗指着马家,那些蒜瓣好像在暗指着色查部落,蒜瓣本来就是山羊爱吃的一种食物,哪里能当山羊的首饰来用啊?他们的意思是说色查部落如果跟马家的人来往得太密切,总有一天就会到死绝男儿只留下头系红缨的妇女的地步了。"在座的人们都听了巴罗梅所做的解释后,都对她超常的智慧感到无比惊叹。这次马群被才洛他们赶走的事,其实是色查部落冤枉郡查部落的,虽然女官扎措的心里也很清楚,可是她在对色查部落生气的同时也更加厌恶起才洛来。平日里才洛来去自如地穿梭在官家的家里,不停忙碌着,以大小事情为借口与千户长聚在一起商议。为此,她觉得才洛一定认为自己真的成了官家的小少爷了呢。她觉得才洛就是故意在恶心她。她认为,就如"牛尾过长到了春天是祸,纠葛长了到头来对儿不利"这句俗话所说的那样,两个部落怨恨过长对谁都不利。再说,才洛父子是这两代人新仇旧恨的根源。这次明显是在公报私仇,再这样继续下去对两个部落的团结非常不利。如果能把才洛送到马家人的手里去的话,我们两个部落之间的关系定会缓和起来的。这样想着,她找了个千户长不在家的机会,把才洛叫到她面前对才洛说:"才洛,看来最近你非常清闲呗?"

才洛认为女官扎措对他说真心话来着，就如实地回答她说："闲着，闲着呢。"

听了才洛的话后，女官扎措突然大笑了一声。才洛不知就里地看着女官扎措，他发现女官扎措的脸色变得严肃起来，接着对他说："'奴仆睡觉的时间过多就是逐出家门的前兆，老狗狂吠过多就是要挨石头之苦的前兆'，你听说过'嘴巴再大也在鼻子底下'这句话吗？"

才洛听得越发糊涂了，就问女官扎措说："女官您说这话是什么意思啊？"

女官扎措笑了一声后说："阿拉，没什么意思，只是给你开了个玩笑而已。说实话，'男儿睡多了敌人就会骑在头上'，这句话说给像你这种人再恰当不过了。色查部落的人诽谤你的事对我们非常不利。为此，你最好澄清一下为好。俗话也说，'没有偿还的债务是富汉，没有口角和纠纷是幸福'。依我看，你亲自到马家说明一下这个情况为好。再说，色查部落的千户长是我的哥哥，这个纠纷留得过久不太好啊。"

才洛也不是没有听懂女官扎措说的那句话的意思，可是"敌人和战争在那天堂神界中也有，亲朋调和之事在地狱魔界中也在"，就如这句俗话所说的那样，色查部落和郡查部落虽然此时变成了仇敌，可也有姻缘亲情的关系，所以才洛觉得女官扎措如此担心也不是没有道理的。再说，这次的纠纷纯粹是诽谤，他也觉得非要好好追究一下不可。他这样思索着，便答应女官扎措说："拉索！"

可是就在这个时候，寺院使派了一个人来，他径直来到官家的家里传话，说切央仓活佛让才洛马上去寺院里一趟，有一件重要的事要让他去处理。为此，才洛匆匆离去了。女官扎措此计不成，心立刻犹如掉入了冰窖中。

第二十章　重逢

　　听到活佛传来的话后，才洛就立刻动身去了寺院，等他到达寺院的时候已经是那天的下午时分了。

　　郡查寺院坐落着的九日森纳山右面的山峰，如同银色的宝瓶里灌满着智慧的圣水一般高高矗立着，左面的山峰仿佛是由青稞堆积的坛城一样与九日森纳山对峙着。从这里远眺过去，整座郡查寺院好像环抱在两个僧人的法衣中一般，显得异常巍峨。从上游激流下来的叶甘河犹如给神仙供奉的圣水一般在寺院的前方缓缓地流淌着。当初，第一世切央仓活佛丹巴坚参从卫藏回到安多地区时，半途遇到的一位白胡子老翁对他说："一对乳房般的大山前，如流乳汁般的河水边，有片绵羊胸叉般的好地方，你在此地修建大寺院。"得到那个白胡子老翁的预言后，他一路寻找修建寺院的宝地,直到找到色查部落里一座名叫"嘎巴森纳"(山丘三岔口)的地方后,认为此地就是他要修建寺院的宝地了,于是他去色查官家那里征要那片宝地,可是请求却被色查官家给拒绝了。为此,他生气之余自言自语道:"我考虑的是佛法,你却只担心起纠纷,告辞了!"而后他来到了郡查部落的地盘。当他翻越德本垭口来到此地时天已经黑了,他用僧衣裹住他的头就地睡了一宿。第二天早晨太阳刚刚升起的时候,他突然发现此地非同一般,具备了他要修建寺院的一切条件。他认定此地才是他要修建寺院的最佳宝地了。

哪是一对乳房般的大山啊?
右面灌满智慧圣水般的大山,
是那清除二障的象征。
左面犹如堆积坛城般的山峰,
是那成熟二资粮的象征。
哪是如流乳汁般的河流啊?
在那黄帽佛教兴起地,
讲修传递之路久长远;
哪是绵羊胸叉般的地势啊?
我乞丐周游各地到最后,
最终获得人生的精华。

于是，他颂扬着缘起的祝贺语修建了这座寺院。现在寺院得到了扩建，不但修建了弥勒殿和大雄宝殿，而且形成了一座具有五十多家僧宅规模的中等藏传佛教寺院。

才洛遵循着藏族人的习俗骑马来到寺院的周边就翻身下了马，把那匹黑骏马拴在寺院的外面之后，径直向活佛的寮房走去。活佛的寮房就坐落在寺院大雄宝殿的左侧，庭院里安置了两道门，预示着此地不同于别的僧舍。在平时，每当才洛进了大门走进活佛的寮房后就会听到从屋内传来活佛的诵经声，可今天寮房里显得格外宁静。于是，他轻手轻脚地走进寮房，看到活佛独自端坐在自己的卧床上，身体匍匐在面前的一张小矮桌上，正翻看着一本长卷经书。他的体态臃肿，脸色黝黑，额头偏大，而且还戴着一副圆形镜框的眼镜，阳光照在他的眼镜的镜片上，反光使得他的整个面部都变白了。寮房里显得像没有人一般的寂静，为此才洛担心他恐怕会惊扰到活佛，就蹑手蹑脚地走过去，也不敢坐在平日里让客人们坐的铺有蓝色坐垫的座位上，只是欠身坐在下面的那张铺有白羊毛毡的座位上，静静等待着活佛停下手中的活计。

活佛就那样看着书，过了一盏茶的工夫才合上书，问候了才洛一声后，立即询问起了官家的情况来，还特意向他询问了一下千户长最近身体是否健康。等才洛向他回答说一切都平安后，活佛盯着他看了良久，用非常严肃的口气问他："说老实话，你到底有没有赶走色查部落的马群啊?"

才洛立刻回答活佛说:"那根本就是无稽之谈,他们纯粹是诬陷我的,其目的是向我报复他们内心的仇恨,除此之外什么事也没有的。"

活佛接着说:"那么,千户长他是怎么说的呢?"

等才洛把情况一五一十地详细说给活佛听了之后,活佛点了点头就沉思了起来。他沉思了好一阵后,起身去了一趟卫生间。可让人意想不到的是,他从卫生间里回来的时候还带来了一个僧人。那个僧人并不是郡查寺院里的,而是个陌生人。才洛仔细盯着那个僧人看时,那个僧人也在仔细地盯着他看。

活佛走过去坐到自己的座位上之后,他让那个僧人也坐在了他的正对面,而后看着才洛以介绍的方式说:"这个僧人是我使派去色查部落的一个可靠的眼线,依他说,现在马家的人为了限制郡查、岭查、色查三大部落和加大在三大部落的属地上征收杂税的力度,准备在色查部落的冬窝子修建一座政务大厅,把色查部落也划分成了两大派。千户长拉松和寺院里的僧侣们都反对马家的这一行为,可是他家的小少爷万德贤等一部分人不但支持着马家,而且前天他们还恿马家的人明天派兵到郡查部落捉拿盗匪。"活佛说完那句话之后显得非常疲惫地长长叹息了一声,又双手合十祈祷说:"最好不要发生人死马翻的事端来,我希望你立刻通知仁青和诺日本,你们三个人暂且到山上去躲一躲。总之他们不会在这里停留太久的,等事情都过去了之后你们再回到家里来为好。"说着话,他向才洛投来了商量的目光。

才洛的心里暗忖道,敌人临头时躲着苟且偷生的话会遭到外人的耻笑,再说官人身边也不能没有我。可是活佛的思维我们普通人是无法理解的,他这样做一定有他自己的道理。才洛这样思谋着抬眼看了一眼那僧人的脸后,对活佛说:"可是现在只留下官家一个人……"他犹豫不决地说。

活佛听到他的回答之后,觉得彻底安心了下来一般点了点头说:"官人他不会有事的。他们的目的是你们几个人,只要你们不落到他们的手里去便什么事也不会发生的。"

"拉索!"

"现在你回去后把我今天所说的话一五一十地详细说给官人听,不要太晚了。"

才洛回去给千户长尼桑汇报了此事后,千户长尼桑非常生气,他立刻变得双眼发红,口中还"咯噔咯噔"地咬着牙齿,气得一时说不出什么话来。可是心怀鬼胎的女官扎措倒是觉得她的机会来了,于是她佯装非常担心的样子对才洛说:"哎呀,你可是官人唯一能依靠的人啊,你若不在他身边,那么官人他连个帮手都没有了。再说也不知这话是真是假,没有决断出事情的真假来就无故躲藏到山上去的话可是件丢脸的事。"说完,她看了看千户长的脸色，又看了看才洛的神情。

才洛犹如掉进了犹豫迷惘的深渊中说："我也是这么认为的啊！"

官人依旧没有开口说什么话。女官扎措听到才洛这样说，就立即火上浇油地说："是啊是啊，假如马匪的士兵真的到来的话也是针对郡查部落而来的，他们对你个人又能做些什么呢？再说你一个人可以躲到山上去，可是留在家里的你的老阿妈和更吉怎么办啊？依我看来，他们肯定是在说谎话的。"听了女官扎措所说的话，才洛也认定女官扎措说得没错，于是他的思想突然发生了变化，就看着千户长尼桑的脸说："我并不是不听从活佛的话，可是我不能走啊！如果他们是真的来寻衅报复，我可以率兵和他们反抗作战啊！"

千户长尼桑听了才洛所说的话后，立刻摇手说："不是这么简单，如果仅仅是色查部落的人我们完全可以与他们作战的，可现在的情况不一样，狐假虎威的时候我们就要靠智慧了。再加上马玉彪和你之前就有过节，出兵去前线打仗时你又半路调兵撤离的事，这些账都深深地记在他们心里，为此他们对你怀恨在心。活佛的旨意绝对不会有误的。你们还是带上武器和足够的盘缠上山去找个安全的地方躲一躲吧，家里的事都由我一个人想办法就可以了。"听到官家这样说，女官扎措一时无话可说了。

"但是……"

"再不用多说什么了！"千户长尼桑显得有些焦躁地说："你马上去通知仁青和诺日本，明天天不亮你们就得出发，现在下去做准备吧！"于是才洛再也不敢多说什么，立刻起身到自己的家里去了。

那夜，才洛到诺日本家通知他要出逃的时候，听诺日本说仁青出门还没有回到家里来。诺日本也不愿意出逃去躲藏，他对才洛说："我不能丢下我阿妈和妹妹出走的，我无论如何也要保护着她们。我在这个世上除了她们两个人还有什么亲人呢？她俩也只能靠我生活……"

听了诺日本说的话，才洛觉得自己的心上像被射中了一支箭一般疼痛了起来，于是他哽咽得说不出话来。说句老实话，他此时的处境跟诺日本又有什么不同呢？他的家里也只剩他阿妈和更吉两个人啊！就在这个时候，诺日本的阿妈发疯了一般央求起诺日本来。她揩拭着泪水对诺日本说："你一定要出去躲躲啊，我们不能违背活佛的旨意啊！我和你妹妹不会有事的。阿妈的好孩子，你再也没有太多的时间可以停留了，你现在马上就跟着才洛走，我们母女俩不会有事的……"说完话，她又放声哭泣了起来。诺日本也思谋了很久，为了安慰他阿妈说："阿妈，您……您甭哭了。我走……"说着他也哭了起来。

第二天清晨，才洛和诺日本早早起了床，背着武器徒步穿过曼隆沟（药沟）爬上了对面的大山。登上曼隆沟山顶的峭壁后他们找到了一口窑洞，就钻进那口窑洞里藏起来了。从他俩躲藏的那个山洞里往山下俯瞰的话，官家的冬窝子班玛雅切草场尽收他们的眼底，连草场上细微的动静都能看得一清二楚。此刻，牧人们在做早餐，从每家每户帐篷的烟囱里袅袅升起的一缕缕炊烟飘飞到山沟里像奶酪一样凝聚了起来。那些富裕的牧户家帐篷前的羊群和牛群一点儿也不防备敌匪的侵扰，依旧安稳地躺在帐篷的周边。

　　太阳逐渐升高了，大概快要中午的时候，马家的五百多人组成的军队黑压压地从寺院下游的山路上走来。他们首先来到千户长尼桑家的牧场里，黑压压地人马在千户长家周边的牧场停留了很久，又黑压压地向坐落在寺院左侧那座山峰脚下走去，那里是仁青他们这些穷苦牧户们坐落帐篷的草场。他们在那里转悠了一天，直到下午时分复又沿着早晨来时的山路回去了。他们返回去的同时顺手就赶走了在山路两边放牧的牧民们的绵羊、山羊等牲畜。才洛见他们离去后心中暗忖道，他们绝对不会这样轻易罢休的，他们的葫芦里究竟在卖什么药呢？我非要看看他们在耍什么阴谋诡计不可了。于是他就对诺日本说："你回到家里看你阿妈和妹妹去吧，我还有一件事要去处理，晚一些回去。"诺日本本来就很着急，想马上回到家里去，一听到才洛这样说，他立刻答应着匆匆忙忙回家去了。诺日本回去后，才洛给他手中那两支长短不一的枪里填满了子弹，之后经过那条山沟的另一条支沟，赶在马匪的士兵之前来到了此地埋伏。他静静隐藏在此地的山丘中等待着马匪士兵们的到来。不久，那些马匪们赶着从牧人们那里抢掠来的绵羊和山羊，乱糟糟地走了过来。等他们到达才洛埋伏着的地方时，才洛发现在他们的队伍中还有一个穿着藏装的女子。他睁大眼睛仔细望去时才认出那个女子来——居然是拉姆卓玛。他们把她的两手反捆在背后强行拉扯着她向前走着。看到此情此景，才洛突然后悔他昨夜没有把她带走。

马匪的军队来到郡查部落的夏窝子和冬窝子的边界处搭帐扎营，准备在此地过夜，还宰杀了他们抢掠来的那些绵羊和山羊。这时候，太阳也快要落山了，夕阳的余晖照在周边的山峰和平川里，仿佛到处都镀上一层黄金。居住在对面山坡上的那一两只旱獭站立在洞口"嘚嘞嘞，嘚嘞嘞"地叫着，那样子好像是在提醒大家大敌就要来临了。才洛顺着一条小山沟蹑手蹑脚地来到离马家的军营很近的地方隐藏了起来，详细观察着他们扎营的朝向和地貌地势，寻找着解救拉姆卓玛的办法。过了一阵后，有一个士兵走出帐篷敲响了铜锣，军营里顿时变得纷纷扰扰。才洛担心他们是不是发现了自己，为此他端起手中的枪，用枪口瞄准了他们。紧接着，每个士兵手里拿着一个大铁碗挤进了一顶大帐篷中。不久，先挤进去的士兵们边吃着碗里的饭边从那顶帐篷里走了出来，才洛那颗悬着的心也慢慢放松了下来，他暗想道，"汉人的晚饭吃得早"这句话说得真没错啊！太阳还没有落山，他们就已经开始吃晚饭了。他这样暗想着，继续隐藏在了那里。等士兵们吃饱了晚饭后，有些人便开始赌博了，还有些士兵宛如吃饱了肚子的乌鸦一般出去散步了。才洛看他们人多，不知从哪里下手为好的时候，有人突然又敲响了铜锣，马家的军营里又变得吵吵嚷嚷了起来。他们接下来要干什么呢？他思谋着继续静观其变的时候，发现那些原本安歇着的士兵们都跑过去在一顶帐篷的一角排起了长队，紧接着一个军官模样的人走过来扯着嗓门说了许多话。随着夜幕降临，他们经过山路又向郡查部落进军了。才洛看到此情此景心想肯定有什么情况，但还是先救出拉姆卓玛再说吧，于是他继续等待着天色昏暗下来。

那是五月中旬的一个夜晚，淡淡的月光笼罩着大地。暗淡的月光下才洛蹑手蹑脚地来到了军营的边角上，发现除了之前的那顶大帐篷和中间的一顶小帐篷里点着一盏灯之外，其他的帐篷里都是黑漆漆的。他肯定那些帐篷里面绝对不会有人了，于是悄悄来到那顶大帐篷旁边揭开帐篷的门帘从门缝往里望去，结果发现里面有两个炊事员在喝酒，他赶忙退出去思考着怎么引他俩出门来，就在这时候——真是老天也在帮他的忙啊——其中的一个人走出门来喃喃自语地说着他听不懂的话，从他的身边走过去，在离帐篷门口几步远的地方站住撒起尿来。才洛抓住这个机会，立刻从腰间抽出腰刀从那人的后面锁住了他的脖颈并把刀子戳进了他的胸部。"啊……哦……"那人发出了一声惨叫的同时倒在了地上。这时候，帐篷里面的那个人听到叫声后也从帐篷里面冲了出来，才洛迅速扣动了枪的扳机，随着枪响，那人没来得及多走一步就栽倒在地了。才洛紧接着向中间的那顶帐篷疾跑过去，听到了枪响后，中间那顶帐篷里也跑出来了两个人。那个军官模样的人用汉语说着什么，可才洛听不懂，于是就向他开了一枪，军官模样的人瞬间倒在了地上。另外一个人见那个军官模样的人倒地后急忙跑进帐篷里去了，才洛也紧跟着那个人冲进了那顶帐篷里，撕住那个士兵的衣领，用枪口顶住了他的脖颈后，才洛发现这原来还是个孩子，小士兵由于惊吓过度甚至放声哭了起来。这时候，拉姆卓玛跑过来拦住才洛说："他还是个孩子呢，你就放了他吧。"说着话往才洛的脸上看了一眼。才洛看是拉姆卓玛，就松开了手问她："你没事儿吧？"

拉姆卓玛对他摇了摇头，带着防备的神色说："此地不能久留，等我们逃出去再说。"

才洛吓唬着逼问那个孩子说："说！他们去哪里了？"可那个孩子只是一个劲儿地哭泣却不说一句话。

拉姆卓玛说："他们说你们今晚一定会回到家里去的，于是他们趁夜到郡查部落等你们去了。别问那么多了,这孩子是个哑巴。"

听了拉姆卓玛说的话,才洛那颗悬着的心也稍稍放松了下来。他又在帐篷里环视了一圈后,发现帐篷中央的那张桌子上放着一盘肉,这一下勾出了他内心的饥饿感,于是他马上走过去,不由自主地把那盘肉都装进了自己藏袍的怀里,又对拉姆卓玛说:"你先出去在帐篷外面等我,我马上就出来。"

等拉姆卓玛走出了帐篷,他立刻抱起了两床被子,把其中的一床被子递给了那个孩子后把他赶出了帐篷,又用另一床被子引着了火,点燃了那里所有的帐篷。不久,熊熊火光照亮了半边天空。

才洛领着拉姆卓玛踏着惨淡的月光向上游的那条山沟跑去。前面有座叫柽柳沟的大山沟,那条沟的沟脑向北延伸,沟口朝南敞开着,和郡查部落的冬窝子草山的大多数山沟一脉相承。而且此处山大沟深,山坡上森林茂密,沟底长满柽柳,夜间行走在这样的深沟虽然非常困难,但是为了防备匪兵的搜查,他俩不得不快步而行。等他俩跟跟跄跄地走到冬窝子边界上之后,拉姆卓玛累得实在走不动了,于是一屁股坐在地上说:"现在我实在走不动了。"拉姆卓玛走不动了,才洛也不得不坐下来休息片刻。他走到拉姆卓玛身边也一屁股坐在附近的草地上,从怀里取出来一块肉递给了拉姆卓玛,可她没有食欲,才洛便自己吞食起肉来。拉姆卓玛看了一阵才洛狼吞虎咽吃肉的样子，干脆开口问道："你为什么不顾自己的性命来到马家军营呢？"

才洛听了拉姆卓玛的话，思考了一阵儿后回答她说："我也不知道。"

她笑了，笑声中掺杂着些许的哭腔，如果是白天的话，才洛可能会看到她脸上的泪水。她说："我们又重逢了。在这样一个人迹罕至的荒山野岭里，只有你和我并肩而坐，好像就是缘分啊。"

才洛不知所措地说："你这样认为吗？"

"难道不是这样吗？"她仿佛是个与恋人久别重逢的少女般说："那时候你不也对我说过如果有缘分我们以后会见面的话吗？"

拉姆卓玛的这句话彻底把他给震惊了，他怎么会不知道呢？那确实是从他的口中说出的话。俗话说，"逃出的马儿可以捉回来，说出去的话却收不回来"。但是事实已经证明他俩有缘无分了——她也已经有了丈夫，他也已经娶妻做了别人的丈夫。在这样一个板上钉钉的事实面前，他俩根本不会有"缘分"的。最后他喃喃地说："我们已经结婚了，你还说这些有什么意义啊？"

她又笑了。那笑声就像一支尖锐的矛，也像一把熊熊燃烧的火焰，那支长矛戳穿了他的心肺，那股火焰烧毁了他的身体。她说："有些婚姻只是个形式，却不知道它是否真实。你实在像一个只听阿妈话的乖孩子啊!"

才洛不知该如何回答,便站起身来对拉姆卓玛说:"运气不好的话我俩都会落入敌人手中的,现在我俩还是到森林里去吧。"

他俩便又顺着刚才前行的方向,向左边茂密的森林里走去。就在这时,突然从深沟对面的郡查部落方向隐约传来了几声枪响。

第二十一章 猛虎上山

那夜，马匪的士兵兵分两路：一支队伍来到官家的周围隐藏起来守候着才洛的出现；另一支队伍到诺日本居住的村子，包围了诺日本及他家周边的邻居们，打砸抢烧，干尽了丧尽天良的恶事后才撤兵回去。

才洛带着拉姆卓玛回来时天色已经大亮了。诺日本家的周围凌乱得宛如让巴草（牧区普遍生长的一种种子可作饲料，可食用的野草）被冰雹打过一般狼藉。周围被烟雾笼罩着，村子里的牛羊群都混在一起被惊跑到附近的山川里来了，此时此刻刚平静下来，因此一见到他们两个人到来后，都惊慌失措地抬起头来张望着他俩，并竖起尾巴做好了随时逃跑的准备。被马家的匪兵杀死的牧羊犬的尸体随处可见，部分还没有死去的牧羊犬正躺在地上呜咽着，从他们的魔爪下幸存下来的老头儿们正在悲叹着，女人和孩子们也放声大哭，还有几个人把地上的尸体往一处收集，场面一片狼藉，凄惨得目不忍视。

才洛加快脚步向诺日本家帐篷的圈窝子里走了过去。当他走近诺日本家被焚烧了帐篷的圈窝子时，在离诺日本家的圈窝子不远的地方发现了一具赤身裸体的女尸，他仔细辨认了一下后才认出那具女尸是诺日本那个残疾的妹妹。看到那具女尸后，才洛的心里像扎了黑刺一般疼痛起来。他随手从地上捡起一片破皮袄盖在那具女尸的身上，之后又环视了一圈，这才在附近见到诺日本的尸体。诺日本也被杀了，他们不但挖去了诺日本的双眼，额头上中的一枪还揭开了他的头盖骨。才洛跑过去坐在他的尸体旁边，悲痛至极，喉咙里发出一阵哽咽。

他闭目静坐了一阵，之前只听说过马家的军队祸害别的地方，却没有亲眼见到过他们施暴后惨不忍睹的场面，他无论如何也没有想到这些人的心肠如此狠毒，手段如此恶劣。他站起身来缓缓向人群中走去，人们见到他后哭叫声更加凄厉了起来。几个老汉突然哭着向他冲了过来，咒骂他说："你这条野狗，这些都是你造成的祸端啊！你还想干什么啊？你不要走到我们这里来，啊！你这个乞丐……"他们憎恨他，甚至到了要对他动手的地步。从他们仇视的样子来看，仿佛作孽伤害他们的不是马家的匪兵而是他才洛。才洛流下了多年没有流淌过的眼泪，泪水顺着他的脸颊缓缓流了下来，与此同时，他的心中对马家匪兵产生了说不出的憎恨。就在这个时候，有个名叫扎吾的老奶奶拄着拐杖颤巍巍地来到才洛的面前揩拭了一把泪水，对他说："孩子，他们是胡说的，迫害我们的是马家的匪兵，怎么会是你呢？你回到家里去吧，你的家人可能也在担心地等待着你呢。"她送走才洛的同时把昨晚发生在村子里的事情一五一十地说给他听了。

原来，昨夜马家的匪兵来到此地开枪打死了周围牧民家的牧羊犬，却没有胡作非为地前来袭击村庄。因此，邻居的老汉们得知事情不妙后就来到诺日本家，央求他考虑全村人的平安，让他到马家兵那里去向他们投降。听到村里老人们的话后，诺日本非常生气，说与其向马家的匪兵投降，还不如把自己的性命当作箭靶牺牲了好。于是诺日本跟他们反抗，想拼出一条逃路先逃脱出去，无论如何也不能落到马家匪兵的手里去。那些老汉们见做不通诺日本的思想工作，就暗自商量后召集了村里的年轻人，大家来到诺日本家佯装跟他聊天，突然冲过去把他抓住并捆绑了起来，而后把他上交给了马家的匪兵。可是，马家的匪兵们索要的不只是他诺日本一个人的性命，他们不但开枪杀死了前来上交诺日本的所有人，而且一部分刽子手还冲进牧户中，把村庄里的男人们都当成枪靶子打死了，还蹂躏了村庄里的少女们，他们甚至连诺日本那个瘫痪在床的妹妹也没有放过,不但残忍地蹂躏了她,还开枪打死了她。

才洛下定决心要去找马家的匪兵们报仇了。当他准备离去的时候,突然发现拉姆卓玛正站在他的面前,看到她一个人很孤单地站在那里,于是他回过头来看了她一眼,对她说:"现在你可以回家了。"

拉姆卓玛依旧像当初他俩见面时那样紧盯着才洛说:"你要到哪里去啊?"

才洛非常愤怒地说:"我要到家里去看看,你在家里等仁青吧,他会马上回来的。"

"不!"拉姆卓玛态度非常坚定地说:"他不是个男人,他甚至连自己的妻子都保护不了,我不会回去找他的。"

"那么你要到哪里去呢?"才洛心中生出了一丝悲凉,询问她说。

拉姆卓玛依旧一动不动地站在原地,眼睛都不眨一下地紧盯着才洛好一阵子,又用他俩第一次见面时她问过他的那句话问他说:"你能带我走吗?"

才洛没想到此刻她还会这样问他,一时不知道该怎么回答。他稍微放松了一下激动的情绪后对她说:"现在我带着你没有可去的地方,你应该在家里等仁青回来才对。"

拉姆卓玛听了才洛的话脸色陡然发生了变化,眼角含着泪水说:"我不会等他的。"说完她缓缓与他擦肩而过,慢慢走远了。才洛看着她的背影心中暗想，她是一个多么苦命的女子啊？思谋了片刻后，他做了一个决断，立刻向自己家的方向走去。

他来到村边向村落里望去时，发现村落显得一片宁静。平日里他们母子居住的那顶小帐篷依旧孤零零矗立在原地，好像没有发生过任何事。他放下心来径直向官家的那顶黑帐篷走了过去。此时，阿妈旺姆等人都聚集在官家家里正在为才洛担忧着。一见才洛突然走进了帐篷，阿妈旺姆高兴得急忙跑过去一把抱住才洛就放声哭泣了起来。她哭着对才洛说："昨天马家的兵到这里来抓你了。"才洛含着满心的仇恨看着官家说："昨天晚上他们搅扰了沟口的那个村庄，摧毁了诺日本的家，残忍地杀死了他们一家人。"听了才洛的话，千户长尼桑黑着脸沉默着不说一句话。看情形不对，放下心的阿妈旺姆就先回到自己的家里去了，留下才洛和千户长商议。

不久，村里的几个老汉和三个村落的头领也到官家家里来了。他们见才洛回来都觉得非常高兴。他们坐下来喝茶的时候，其中一个名叫拉克的老汉看着才洛，脸上露出非常疼爱他的神色，好像给他说心里话一般对他说："这个时候你回到家里来确实太好了，我们也在等着你呢。大家都见到了吧，昨天马家的兵来到了这里，他们说抓不到你就会天天使派军队来这里，直到抓到你为止，他们是不肯罢休的。"说着他的脸上露出了一副绝望的神情,思考了片刻后又有些结巴地说,"他们还会回来的,鬼神并肩居住太久,不用我说大家都知道会给这里的人和牲畜带来不测的,所以我们几个老头来到这里是想,为了维护这一方人畜的平安,希望你到马家兵那里去向他们投降吧。他们说只要给他们投降,就不伤害无辜的人畜的。依我看,他们也不会对你怎么样的。"说完话他看了看周围的人一眼。其他的人也同意他的话似的点了点头。坐在帐篷左侧详细聆听他们说话的更吉听到此话后,口中不由发出了一句"哎呀"的惊呼,赶忙看着千户长和才洛的脸,紧张得坐立不安起来。

听了那老头所说的话后,才洛心中暗想,之前跟色查部落争夺草场作战的时候,觉得他们都是一些英勇无畏的人,可如今面对马家的匪兵,他们的胆子怎么就变得像鼹鼠的粪便那样小了呢?有句俗话不是说"与其像狐狸那样夹着尾巴逃跑,不如像猛虎一样面露微笑死亡"的吗?一个人就有一条命,与其去做马家的走狗,还不如拉一个伴儿留个全尸后死去的好,于是他就对他们说:"与其给马家的匪兵投降,还不如死去的好呢。昨夜发生在沟口村庄里的事也都怪那些懦弱的老头儿,我不会那样做的。"

那些老汉听到才洛这样说,都觉得简直不敢相信自己的耳朵,忙问:"他们村的那些老头儿们都干了些什么呢?"

才洛就把昨夜沟口村庄里的那些老汉们如何把诺日本上

交给马家的匪兵,而后马家的匪兵又如何毁掉了牧户的事情一五一十地说给那些老汉们听了。听罢,他们的内心深处升起了巨大的恐惧感,老汉们面面相觑了好一阵子,脸上露出怀疑的神色盯着才洛。那个名叫拉克的老汉也变得目瞪口呆,说不出一句话来。

就在这个时候,沟口村庄里的一个年轻人浑身沾满血迹,来到千户长家里汇报昨夜发生在他们村里的情况。他一见到千户长就放声大哭了起来,而后他边哭边说出了昨夜发生在他们村庄里的那件惨不忍睹的事件的前因后果。听了这个年轻人的讲述,之前这些老汉们心里对才洛所说的话是否可信的疑虑也彻底消失了。那些之前还持怀疑态度的人们都变得鸦雀无声,低下了头。千户长尼桑虽然感到非常生气,可一时又找不到什么好办法,就吩咐几个人去处理一下那个年轻人身上的伤口。之后,他气愤得连茶也喝不下去了。

他们一声不响地坐了很久,各自在心里默默想着各种办法,最后那个叫拉克的老头又看着才洛有些不安地说:"总之你不要留在这里,他们就不会对我们怎么样的。依我看……"他说着话又看了千户长尼桑一眼后继续说:"依我看,请你离开这里到一个很远的地方去吧。总而言之,你再也不能留在这里了。这样做,一来马家的匪兵没有向我们出兵的理由,二来也有利于你自己的安全。大家看这样如何啊?"说完,他看着坐在他左右两边的人,脸上还流露出了仿佛没有比这更好的办法的神色来。

"这倒是个好办法啊。"

听到他们这样说,在座的人们仿佛都找到了解决问题的方法,显得无比高兴。从他们的神情来看,马家的军队来郡查、岭查、色查三大部落好像是针对才洛一个人而来的。如果才洛不在的话好像根本不会发生之前所有的事,以后也不会发生什么事,他们都会平安无事一样。千户长尼桑自始至终都思考着问题却没有开口说一句话。看到这一幕,才洛心里暗忖道:我做的这一切都是为大家的利益考虑,可现在听他们说的话,仿佛发生这一切事情的罪魁祸首就是我才洛了。如果自己当初不要去管那么多闲事的话,这一切就不会发生了。真应了"头能伸进的地方也会有容纳不下身体的时候"这句话了。觉如(格萨尔王的别称)周游边境难道是白岭国失败的前兆吗?除此之外我一个人完全可以到山上或川谷里随便找个地方隐藏起来,也一定会平安无事的。他这样思谋着,笑了一声后说:"没有我才洛,郡查部落就能够得到幸福安康的话,我完全可以离开这里的。可是,马家的匪兵是非常狡猾的,大家得要时刻提防他们啊。"他表示可以满足他们的意愿了。

听到才洛那样说,千户长尼桑、更吉和在座的人脸上都流露出了欢喜的笑容来,大家像解决掉了一个"老大难"问题一般,边喝着茶边开始谈论起了其他的话题。才洛没有喝完更吉倒给他的那碗茶就起身回到了他们母子三人居住的那顶小帐篷里，向他的阿妈如实诉说了上述的事情，还对他阿妈说了为了部落和自身的安全，他暂时要到山上去躲躲了。阿妈旺姆也考虑到自己儿子的安危，马上同意了儿子提出的所有建议，只是一直说着"那样好！"或"这样不错！"等她烧开了奶茶让才洛吃了饭后，才问才洛说："这些话都是千户长尼桑说的吗？"

"不是。"

"那么这一切都是由你自己做出的决定吗？"阿妈旺姆认为千户长尼桑绝对不会这样做的，于是就盯着自己儿子的脸问。

"不是，是村里的那些老汉们的意见。"才洛稍微思考了一阵儿后又对阿妈旺姆说："但是还不知道官家同不同意这事呢。"

阿妈旺姆听了才洛说的话，有些着急地对他说："哎哟，千户长他肯定不会同意的，他绝对不会这样做的。或许千户长他会有其他办法的。"

这时候，更吉突然从官家家回到自己家的帐篷里来了。她一回到家里便站在那里怔怔地望着才洛，从她那羸弱的身体、苍白的脸色、纯洁无邪的眼睛和微微颤抖的嘴唇就能看出，此刻她有什么话要对才洛说。为此，阿妈旺姆装作什么也没有看到一般走出了自家的帐篷，只留下了他们两个人。此刻帐篷里笼罩着一股凝重的气氛。

"你真的要走吗？"他们谁都不说话，面对面站了很久后更吉先开口问道。

才洛稍微思考了一阵儿后说:"看他们的神情我不得不走了啊!"心中担心更吉会埋怨他,说完他有些忐忑不安地看着更吉。

"你把我也带走吧。"

才洛怎么也没有想到更吉会说出这样的话来,他简直不敢相信自己的耳朵,凝望了更吉好一阵儿。更吉继续对他说:"我是你的妻子,我们今生要同生共死……"

才洛笑了笑,来到更吉的面前,非常温柔地对她说:"你不能走的。家里还有阿妈和官人,你得留下来要好好地服侍他们啊!在这个世上我也除了你们就没有其他的亲人了。我以后会经常回来看你们的。"

听了才洛说的话,更吉走过来一把抱住才洛,把头埋进他的怀里歇斯底里地大哭了起来。"这个我懂。"她边哭泣边说,"可是你知道吗?平时你出去,但凡一天不回到家里来,我便总担心你的平安,生怕你发生什么不测,你知道我时时刻刻都在担忧你吗?"说完话,她悲伤得放声哭了起来。

听到这,才洛的心里也升起了一阵悲痛来,哽咽着,一时不知道怎么安慰更吉。他抚摸着更吉的头说:"这我怎么会不知道呢?可是他们说得也有道理,我留在这里就会给大家带来灾难的,只顾自己的安危却给部落里招来横祸就不好了。还有,我怎么会不知道你的心思呢？尤其是大难临头的时候，我更能够体会到等待一个人是什么滋味的。"说着话，才洛捧起更吉的脸看着她，继续说："但是你们不要为我担心了，我单枪匹马，哪里有逃脱不掉的关口啊？对我，你就放一百个心吧！"

更吉也停止了哭泣，边擦着眼泪边对才洛说："无论如何你要小心啊。对啊，官人说你走之前到他那里去下，说他有句话要对你说。"

"他要说什么呢？"才洛还以为千户长不同意他离开了呢。

"我也不知道。"更吉用衣袖揩拭干净她脸上的泪水后对才洛说："你喝茶吧，我去给你准备点儿盘缠。"说完话，她到帐篷灶膛的左侧给才洛打点行李去了。

才洛把盘缠捆绑在那匹黑骏马的马背上，背起枪就要上路了。阿妈旺姆和更吉哭泣着从帐篷里走出来给他送行。告别了她们之后，才洛便按照吩咐去了千户长家的黑帐篷。

他来到千户长家里的时候，发现之前的那些老汉们都离开了，女官扎措也不在千户长的身边，只有千户长一个人孤零零地坐在帐篷里。才洛走进了帐篷后站在千户长面前，可千户长一直思考着什么问题没有对他说什么，时间过去了好久，千户长叹息了一声后看着才洛说："你准备上路了吗？"

"是的。您有什么吩咐吗？"才洛立刻问。

千户长站起身来走过去从他家帐篷的最里面取下了那把冲

锋枪和装满子弹的弹夹一并交到才洛手里，同时脸上露出悲伤的神色说："这里已经没有能使用这些武器的人了，留着这些武器还有什么用呢？这些你都拿去吧，以后自己要保护好自己啊。总之，家里有我在你就不要担心了，平时也不要到家里来了。"说着话，千户长的眼睛里浸满了泪水，为此他转过身去了。

才洛也很感动了，哽咽着跪在地上对千户长尼桑说："谢谢您了，官人！"

千户长尼桑像之前一样缓缓转过身来扬手打了个示意才洛可以离开的手势，才洛稍微站了片刻后，就拿起了那把枪和那些子弹夹，依依不舍地走出了官家的那顶黑帐篷，翻身骑上骏马立刻上路了。

阿妈旺姆和更吉前来为他送行了，千户长尼桑却始终没有走出那顶帐篷的门。才洛骑着他的黑骏马像飞鸟一样往北方疾驰而去，阿妈旺姆婆媳俩极目远望着他，一直到他的身影渐渐从她们的眼前消失了。

第二十二章　来往

才洛潜逃后，马玉彪专程给马家的军队下令让他们去把才洛抓回来，但是他们早已失去才洛的线索了。可是马家的士兵们也违背不了马玉彪的命令，于是就一而再、再而三地率领着军队到郡查部落骚扰，却再也不敢像之前那样打砸抢杀做坏事，只是到郡查部落里转上一圈又匆匆地离去了。就在郡查部落的牧人们准备要把圈窝子搬迁到夏季草场的前几天，失踪了很久的仁青突然回到自己的家里来了。仁青回到家里的同时，部落里也像风一样到处传播着有关他的流言蜚语。有人说他在外面做盗匪之事，半路上被马家的匪兵们给逮住后他又趁机逃回来的；也有部分人说他到蒙古族牧民生活的地区偷人家的酥油时被主人抓住关起来，至今才放出来……可仁青自己却说他经过蒙古族人家生活的地区到甘肃南部的拉卜楞镇做牛马生意去了。不管怎么样,他确实驮来了一垛酥油和曲拉,还带来了许多金银财宝,所以大多数人相信了他的说法。

仁青用牦牛驮着足够的财富回到家里之后,却发现他的家里发生了让他意想不到的变故——他的妻子不知去向。他马上去周围的邻居家里打听消息,大家也不知道他妻子的去向,只知道当初马家的匪兵把他的妻子强行带走了,不久却又被才洛给解救了出来,可之后就没人知道她的去向了,才洛也不知所踪。于是在仁青的心里认定她是跟着才洛逃跑了,这个打击让他觉得自己活得非常失败,就失去了自信般整天借酒浇愁度日子,也没有再去寻找他的妻子。虽然如此,可官家的人们和阿妈旺姆婆媳俩哪里知道仁青此刻的心思啊?大家都还动员他去寻找自己的妻子,可他整天喝得醉醺醺地对他们说:"她既然没有留下来的心思,我即便找到她又有什么用呢。"听他这样说,村民们也只能长长地叹息一声后说:"这也是一句实在话啊!"

不管是谁的媳妇,只要她在他们的部落里跟自己的爱人情投意合幸福地在一起生活的时候,部落里的人们都会尽量替她保守之前她所有的秘密。可如果一旦她离了婚,或者从婆家离去后,村民们就纷纷谈论起她曾经的那些"污点"来。而一旦谈论起"污点",村民们一个比一个厉害,这已经成了郡查部落的一个习惯了。现在仁青的媳妇失踪了,村里的人对她过去的底细一个比一个了解得清楚。有一天,他们部落里的那个绰号叫"喜鹊嘴"的老太太来到阿妈旺姆家里随便聊天的时候,顺便对阿妈旺姆说:"你听说了没有啊?听说仁青领来的那个媳妇做了两次寡妇呢,她实在是个不本分的女子啊!"

阿妈旺姆听了她说的话后,立刻惊愕不已地说:"哦,愿佛祖明鉴,这事是真的吗?"

"怎么不是真的呢?"那个老妇人显得好像非常清楚仁青媳妇的底细般地说:"她十六岁那年就嫁到了她们村里一户人家去了,结婚不到两年她的丈夫就死在了马蹄下。后来她又嫁到岭查部落的一户人家去了,人们所说的'扫把星'就是她这种人啊——他的第二任丈夫又死在了去年色查、郡查部落之间发生的那场草场纠纷中,这些事都已经家喻户晓了,而后又遇到了仁青,哎呀呀,我实在替仁青感到害怕啊……"说着话,她们都替仁青感到担忧起来。

郡查部落里的人们现在都担心起仁青来,阿妈旺姆婆媳因过分担心仁青好像暂时淡忘了对才洛的担忧,有关拉姆卓玛的"新闻"逐渐遍布郡查部落的每个角落了。为此,部落里的很多人一听到她的名字后就"呸呸呸"地往地上吐起唾沫来。部落里的那些老汉们想了一番后,又认为部落里前前后后发生的那些不吉利的事都与拉姆卓玛的到来有着密切的关联,那些喜欢疑虑的人甚至不敢称呼她的名字,更担心某天仁青又把她给带回郡查部落里来。于是，他们就当着仁青的面嘱咐他说，以后你再也不要带那样的媳妇回到我们部落里来啊。可仁青却非常喜欢自己的妻子，每当他听到部落里的那些流言蜚语就觉得部落里的人们做得太过分，太侮辱他们夫妇了，因此他痛恨起部落里居住在他家周围的邻居们来。但他也没有别的办法，只有绝望地整天喝酒麻醉自己，浑浑噩噩地度日子。

才洛外出，诺日本被杀，现在看到仁青又变成了这副模样，千户长尼桑从心底里失望了。可是女官扎措却恰恰相反，此时此刻她反而显得那样的放松和淡定，还比之前更疼爱起更吉来。自从女官扎措怀孕以来，更吉也尽量小心翼翼地服侍着她，可是现在官家家里的人一个一个地都离开了他们，官家的家里也变得更加冷清了，尤其是自己的丈夫才洛被他们逼迫上了山这么长时间，也没有听到有关他死活的消息，所以她的心根本安静不下来。有时候女官扎措交代她去干活她也听不进去，为此女官扎措会责怪更吉说："你整天在想些什么呢？"说罢还使脸色给更吉看，更吉每次都尽量压制着自己内心的悲愤。更吉心中暗想道："现在仁青回来了，我要找机会去好好和他说句话，让他找回自信心，以后肯定还得经过他才能联系到才洛。"

圈窝子搬迁到夏季草场去的前一天，仁青来到了官家的家里。那天他不但没有喝醉酒，反而穿着一身干净的藏袍，腰里还系着一把短刀，看到他如此精神，人们都感到很奇怪。那天，千户长也正因不知道如何安排今年搬迁圈窝子的事情而发愁着，一见到仁青那样神清气爽地来到了家里，他就非常高兴地把仁青让坐在羊毛毡上了，还吩咐更吉给他倒了茶水，之后他就对仁青说："这个时候你能来这里非常好，我正在找一个商量搬迁圈窝子到夏季草场的人呢。"

仁青笑了一声后说："哎哟，像才洛这样的一个大英雄为何如此害怕马匪呢。'与其学懦夫撤退还不如学英雄做前锋'，这是常挂在他嘴边的一句口头禅，现在他也怎么学起狐狸钻洞的伎俩来了呢？"听了仁青的这句话，甭说是千户长尼桑了，就连更吉和女官扎揸也吃惊不已，大家都不由得盯着他看。仁青看到他们那惊愕不已的目光，仿佛他们从来都不认识坐在他们眼前的自己，或者他们熟悉的一个人某天钻进某个洞里住了很久后刚刚从洞里爬了出来一般。

仁青不理会他们的反应，依旧红着眼睛恶狠狠地看着他们说："虽然不得不给才洛那个土匪一个回应，可我这几天没有闲暇的时间，如果才洛回来我也会跟他一道去反抗敌人的，麻烦你们转告他一声，这件事就让他不要担心了。"

千户长更加惊奇地看着仁青，仿佛在仁青的脸上寻找着什么似的问："那么你打算要去哪里啊？"

仁青也往千户长尼桑的脸上看了一眼后回答说："我需要到外面去办件事情，所以才到官家家里借一匹骏马来的。"

听了仁青的这句话，千户长那颗悬着的心立刻放松了下来，也不想往深里打探他要去办什么事情，就答应他说："这样好，不要丢了男子汉的颜面，马我会借给你的。你自己到我家的马群里去挑选吧，抓一匹你自己喜欢的骏马骑走。"

就这样，那天下午仁青就从郡查部落里消失了。

第二十三章 得失

郡查部落的圈窝子搬迁到夏季草场去的那天,千户长尼桑下了命令让郡查部落里两个村落的五十多户牧户搬迁到玛姆贡卡草山上,以河水为界扎帐在郡查部落一侧的岸边居住,他决定要去治理一下自己的土地了。色查部落的千户长拉松是个嘴上说一套心里想一套,心口极为不一致的人。郡查部落的千户长尼桑给那两个村落的头领们留下了"如果以后色查部落的千户长召集军队前来作战的话,你们就得立刻使派人前来向我通知,而且其他村落的头领也要听从我的命令,什么时候命令他们出兵他们就得按时到达目的地"的话。可时间已经过去一个多月了,却没有得到任何有关这方面的消息,为此千户长尼桑觉得不对劲,认为色查部落又在谋划什么阴谋诡计了,他的心里又一天比一天不安起来。

这时候,一个几乎被千户长家遗忘的人——管家突然回来了。他来到官家的时候小灵童和他的妻子却没有跟着他回来,只有他一个人甩着一双手来到了官家的家里。此时的他与当初在官家家里做管家时判若两人,他身上穿着一件打满补丁的袍子,脚上穿着一双破旧不堪的长筒雨鞋,看上去宛如一个居住在山上放牧的羊倌。他刚到官家的那顶黑帐篷时,千户长尼桑和更吉一时没有认出他来,还以为他是一个去寺院朝拜的香客呢。管家一见到千户长就抱住他的大腿放声哭泣了起来,这时候大家才辨认出来者原来是他们的管家。于是,千户长问他:"发生了什么事啊?"

管家没有站起身来,甚至连看都不敢看千户长一眼,一直低着头给千户长详细叙述了当初马家的人如何欺骗了他,而后他们把他关进监牢里受了三个月的牢狱之苦,其间他的妻子身患疾病去世等等不幸的事情,而且他还非常悲伤地对千户长尼桑说:"都是我的错啊,官人您就惩罚我吧。"说完话他又像个孩子一样放声大哭了起来。

千户长尼桑非常惊诧地说:"那么小灵童现在在哪里呢?"

管家继续哭泣着对千户长尼桑说:"小灵童……小灵童被马家的人给截留了。我有罪,都是我的错……"

这时候,女官扎措也听到管家回到家里来的消息,急忙来到那顶黑帐篷里,听到管家所说的那些话后也悲伤地放声哭泣起来。

千户长尼桑起初对管家非常生气。可当他看到管家身上穿着褴褛不堪的衣服,以及他伤心欲绝的样子,想到他的妻子已经去世的事后,内心的愤怒也逐渐消退了。如果事情真的如管家说的那样的话也怪不得他,于是他摇着头招了招手,对管家说:"你走吧,从今往后再也不要让我见到你。"

听了千户长说的话,管家也哭泣着慢慢站起了身,准备离开千户长尼桑家的黑帐篷了。

这时候,千户长吩咐更吉说:"你给他些衣服和食物,再让他走吧。"

管家离开不久,又突然来了一个送信的使者,可那使者并不是从玛姆贡卡山那里来的,而是坐落在郡查下游的寺院里派来的——寺院的内侍大僧成烈。成烈老远翻身跳下马,步行着来到千户长尼桑的身边就放声哭泣了起来。千户长尼桑见到后感到非常晦气。他暗忖道:今天这到底是怎么了呢?来我这里的都是些哭丧的人。想到这,千户长尼桑立刻问成烈:"发生了什么事啊?"

成烈哭着对千户长尼桑说:"前几天,一些马家的匪兵来到寺院里,说是马主席邀请我们的活佛,就把活佛给带走了。"

"什么时候的事啊?"

"已经过去两个星期了。"

千户长尼桑听罢,生气之余站起身来怒骂起成烈说:"你们这些吃货啊,你们怎么让活佛跟着他们去了呢?这么长时间你们干什么去了啊?"他非常生气,坐立不安地来回踱起了步。

寺院的内侍大僧成烈看千户长如此生气也不敢继续哭泣,立刻对千户长说:"前来迎接活佛的人就是那个商人马乃,那些匪兵虽然都是些手拿武器的人,可寺院里的僧人们也做好了与他们殊死搏斗的准备,但是活佛阻拦住了我们,说他不会有什么事的,过几天他就会平安回到寺院里来的,于是说了告别前的嘱托就跟着他们走了。他还让我们在两个星期之内将此事隐瞒下来不要告诉您。"说着话他擦干了脸上的泪水。

千户长尼桑在帐篷上端的席位上沉默不语地坐了很久后,见到成烈还在那里站着,于是就长长地叹息了一声后说:"现在你可以回去了。"

切央仓活佛被马家的匪兵给带走了的消息像一阵风一样立刻传遍了郡查部落的每个角落,听到这个噩耗后,部落里的人们都着实吓了一大跳。年轻人们都准备出兵与马家的匪兵作战,千户长尼桑考虑了一下后召集了各村落的头领,并从每家每户征收了他们能够拿出来的银圆和牛羊,决定自己亲自到贵德县迎接活佛。临走时,有十几个男青年主动要求跟着他去为他效劳,可千户长尼桑说只要六个人陪他去就够了,于是阻止了其他人。

千户长尼桑和那六个青年男子背上武器，带上了一千两银子，赶着牛马经过郡查部落下游的商路向贵德县方向疾驰而去。

那天天空乌云密布，还呼呼地刮起了北风。他们赶着牛马匆匆经过色查部落的冬窝子草场到达香桑山山顶上的时候，突然发现有个人骑着一匹黑马，像风一样地朝他们疾驰而来。当他们马不停蹄地继续向前行走的时候，他们队伍中有一个人突然开口说："大家快看！那骑马向我们走来的人不是才洛吗？"于是，大家都勒马驻足，转身向那人看了过去，大家才认出那人就是才洛。

才洛骑马来到他们身边的时候，发现他的身后还背着切央仓活佛的遗体。见到切央仓活佛的遗体后，他们都立刻翻身跳下马，跪在地上放声大哭了起来。他们中的两个青年走过去从才洛的马背上抱下切央仓活佛的遗体停放在草滩上，还用切央仓活佛的袈裟裹住了他的遗体，千户长尼桑扑过去抱住切央仓活佛像孩子一般放声大哭起来。此时此刻，那些青年除了与千户长尼桑一同哭泣之外，一时不知道该做什么了。最后才洛擦了一把眼泪走过去把千户长搀扶了起来，还吩咐几个男青年把活佛的遗体驮在了那匹有马鞍的马背上去了，他们就踏上了返回家乡的道路。

一路上，千户长尼桑一直哭泣着没有说一句话，还不停地叹息着，最后他用眼睛直视着前方问道："有谁知道这件事情是怎么发生的吗？"才洛扶了扶他背上的枪，声音颤抖地说："我也是从岭查部落的一个老僧那里听到的信息。那个老僧说，这次马家的人把活佛叫去后软硬兼施地让活佛答应并承认由马家寻找到的一个孩子充当色查仓活佛的转世灵童，活佛他始终没有答应他们的要求，他们拿活佛没有办法于是就把他给释放了。可是在半路上，马家的士兵又装扮成土匪追上前来残忍地谋害了活佛。"听了才洛所说的话后，千户长尼桑不但相信了之前管家说的那些话，还知道了活佛也是为了保护小灵童而壮烈牺牲的，他又非常痛苦地流淌起眼泪来。

他们返回到了德本垭口时，才洛不打算继续与他们同行了，说他还有事要去办理，依依不舍地告别了他们，独自骑着马渐渐走远了。千户长和他手下的仆从们把活佛的遗体直接送到寺院里去了。寺院里的僧人们见到了活佛的遗体后，都号啕大哭了起来。那天下午居住在郡查部落上游的村落里的人们得到了这个噩耗后内心都产生了巨大的痛苦。第二天早晨，郡查部落的十二村落里的每家每户的牧人们都带着酥油、糌粑、酸奶、牛奶、肉、馍馍等食物和祭祀品，以及帐篷、锅碗瓢盆等来到了寺院的周边扎起了帐篷，由许多僧俗集聚在一起火化了活佛的遗体后，利用七七四十九天的时间给活佛举办了一场盛大的发愿回向仪式。

就在郡查部落的人们刚结束了为切央仓活佛举办的发愿回

向仪式后,他们又听到了色查部落那边的消息。听人说是他们色查部落活佛的转世灵童已经在别的地方诞生了。为此生下活佛圣体的人的部落提出活佛主方部落的人不但要用以牛马羊为主的厚礼送给生出活佛圣体的部落才能获取本族活佛的要求,而且他们还要举行盛大的庆祝仪式。马家的人说色查仓活佛的转世灵童是他们寻找到的,想获取转世灵童的圣体,得给他们上交一万两白银的身价。听到这个消息后,色查部落的千户长拉松因担忧过重而病倒了。可他的儿媳妇巴罗梅却说:"要拿出这么多的白银,除非白银从空中降落下来,地面上征集不到这么多银子的。我认为别管这事了,等小灵童长大后自己会主动来治理自己的寺院的。"小少爷万德贤却认为如果不去赎回活佛的转世灵童,别的部落里的人就会耻笑他们,因而他没有听妻子巴罗梅的话,就给部落里的牧户们安排了上交白银的任务。他命令部落里的富户们每家要上缴一百两银子,部落里贫困一些的人家要上缴五十两银子,责令大家要在五天之内完成上交银子的任务。为此,色查部落的富户们卖光了帐篷前的牲畜给千户长家上缴了赋税,可是对贫困户们来说,凑齐五十两银子好比是白天里想见到星星那样困难了,于是没有等千户长把他们逐出部落,他们自己便主动到黄河两岸的部落里投靠亲戚们去了。因此,色查部落甭说去和郡查部落争抢草山而发起战争了,内部都已经七零八落了。

可是那些事对郡查部落的千户长尼桑却没有丝毫触动,他显得没有一点儿同情心,还说就算郡查部落变成了空巢他也得硬着心肠把这件事执行下去,如果不这样做,他们那太阳般的活佛便再也不见天日了,说着话他的眼里还"哗啦啦"地流淌起眼泪来。那些日子里,大家眼睁睁看着郡查部落的千户长尼桑头上的头发变白了,脸上的皱纹也增多了,人们眼看着他日渐苍老了下去。住在寺院的那些日子里,他整天独自一个人住在活佛的寮房里,显得特别孤独。可事实上,他也确实已经落入了孤独无援的境地,感到万分痛苦。每当他独处的时候,他都不由自主地想起疼爱他和他所疼爱的人就这样一个一个地都走了——自己的爱子宇泽去世了,活佛也这样悲惨地离开了他,以前他认为管家非常忠心,是个自己可以完全信任的人了。那时候,他还认为小少爷宇泽和才洛整天沉迷在孩子的游戏中,为此他从来没有给过小少爷宇泽好脸色看,可现在遇到这么棘手的事情时,他所信任的管家却消失得无影无踪了。不被自己看重的才洛却成了他真正的心腹和他今后所能依靠的人。他不但把才洛当成了自己的主心骨,还一心一意地跟着他一起度过了重重难关……才洛也把自己的性命当枪靶子与马家的士兵做着殊死搏斗,等等。这些事一一浮现在他的心头,此时此刻他非常想念才洛,甚至期盼他马上回到家里来。

顺利办完了活佛后事的那天,仁青也来到了寺院。来到寺院后,他对千户长说女官扎措身体欠佳,希望他能快点回去。于是千户长尼桑立刻解散了各村落的牧民,把寺院的内侍大僧成烈叫到他身边嘱托他说:"暂且由你来承担起管理寺院的责任,不久圈窝子就要搬迁到秋季草场了,到时候我们再做进一步的安排吧。"之后他就和仁青一道踏上了回家的道路。

第二十四章 偷听

女官扎措在他们的圈窝子搬迁到秋窝子的半途生下了孩子。

那几天连续下雨。官家的那顶黑帐篷被雨给淋透后，沉重得连他们家那头最健壮的驮牛都驮不动了。第二天，从密布的云层缝隙里透射出来的那一缕阳光稍微晒了一下那顶黑帐篷的半边帐幕，蒸发掉了一些浸透在帐篷上的雨水，为此，千户长马上令他手下的仆人们拆下了他家的那顶黑帐篷，折叠好后放进那顶白色的马脊梁帐篷里去了。还把帐篷里的所有的家具都分出来了一半后用雨衣包裹了起来，并捆扎成垛子随时准备出发了。像往年牧人们从夏季草场搬迁到秋季草场那样，各家的牛羊都急切地想吃到郡查部落下游草场里肥美的牧草，为此，牲畜们都蠢蠢欲动，连羊倌们也阻挡不住它们了。于是，千户长尼桑就让手下的人留下了几头驮垛子的牦牛，让部分仆人赶着他家那些乳牛、肥牛和羊群等牲畜提前上路了。

那天早晨，天空又阴沉了下来，山顶上到处升起了浓重的乌云，空中还纷纷扬扬下起了雨夹雪。这样恶劣的天气，仆人们忽而抬头看看天空，忽而抬眼望望千户长，不知如何为好。这时候，千户长尼桑突然大怒了起来，大声嚷嚷着对他们说："你们这些没用的家伙还在等什么呢？快去驮帐篷不行吗？"仆人们也知道官人施发出的命令比这雨夹雪的天气更有威力，所以他们就在阴雨天气驮起帐篷搬迁起了千户长家的圈窝子。

往日里官家家搬迁圈窝子的时候都是跟周边的邻居们一起行动，一路上他们要结伴而行的。为此，牧民家中有需要带走的刚出生不久的婴儿或行动不便的老人时，他们就把这些人装进桶里驮在牛背上一并运走。那些家里连一头驮牛也没有的贫困户们就只好背着家里的老人和婴儿上路，所以，这些人根本不同意在这种雨雪天气搬迁圈窝子，可是千户长下了命令，他们能有什么办法呢？

那天，千户长尼桑和女官扎措每人身上穿着一件毡衣，头上戴着毡帽，骑着马，带着牧羊犬们和身后那些赶着驮牛的人们一起上路了。如同棉絮般的雪花纷纷飘落下来，落到地上即刻化成了雨水，凝聚在草尖上形成了一粒粒晶莹剔透的露珠。有黑土地的地方被雨雪浸泡得泞泥湿滑，那没有鞋子可穿的人们的脚都被雨雪浸泡，又被草叶和荆棘肆意摩擦而变得黑红起来，还裂开了一道道的口子。他们上路后没过多久，千户长家的那头驮着牛奶桶等物品的驮牛突然受到惊吓左右乱跑了起来，颠掉了驮在它背上那只牛奶桶的盖子，奶桶里白花花的牛奶都洒到地面上，瞬间渗入到泥水中去了。最后那头驮牛带着驮在它背上的垛子掉下了山崖，被崖底的石头戳通了喉咙死去了。这一幕让人们的心中不由得升起了一种不祥来，女官扎措的肚子也在此时开始疼了起来，于是她对千户长说："我的身体稍微有些不适，我的肚子突然疼了起来。"可千户长尼桑见雨雪不停，心情本来就不好，再加上死了驮牛，倒掉了桶里的奶，她又在这个节骨眼上说出这种话来，令他感到非常沮丧。可他把内心的愤怒都藏在肚子里，使派几个青年把那头摔死了的驮牛背上的垛子卸下来后又驮到了另一头驮牛的背上去了。他还吩咐他们剥下那头摔死的驮牛的牛皮，把那头驮牛的肉也驮到另一头驮牛的背上去了。他安排好了这些，却没有及时理睬女官扎措。

　　当他们赶着驮牛来到冬季草场和夏季草场的交界处时，天空逐渐变晴了，而且从云层缝隙里还射出了几缕温暖的阳光，驮牛们也都钻进茂盛的草丛中啃食着肥美的牧草不肯走了，牧人们也不好驱赶它们。这时候，女官扎措的肚子剧烈疼痛了起来，甚至到了骑不住马的地步了。可千户长尼桑却在心里暗想道：

唉，她还没到临产的时候啊！难道要早产了？于是他马上让更吉他们赶着那些驮着帐篷和家具的驮牛先到秋季草场去了。自己和阿妈旺姆以及几个仆人携带着一顶马脊梁帐篷和少量的家具准备在此地住宿下来，等女官扎措的疼痛感稍微减轻之后再上路。就这样，要去秋季草场的人们就驱赶着驮队继续上路了，留在交界处这里的人们则小心翼翼地把女官扎措扶下马来，让她躺在了那条铺有厚实羊毛毡的地毯上。就在两个仆人准备搭起那顶马脊梁帐篷的时候，女官扎措连续发出了几次剧烈疼痛的呻吟，之后就突然传来了一阵婴儿的啼哭声。大家得知女官扎措已经生下了孩子后，都忘记了扎帐篷，不敢相信地惊叹道："难道生个孩子就这么容易吗？"千户长尼桑的心情也像此时的天空一般渐渐变得灿烂明朗起来，见女官扎措顺利生下了孩子，他高兴地来到阿妈旺姆的身边问："她生了个男孩还是女孩啊？"

阿妈旺姆以为千户长尼桑盼望女官扎措给他生出一个儿子来，所以就有些失望地回答他说："是个公主。"

不料千户长听了阿妈旺姆的回答后，更加高兴地说："我正盼着她给我生一个女儿来的，她果然给我生下了一个女儿，这是神三宝满足我的心愿而赐给了我的一个小公主啊！"说着话，他的脸上露出了笑容，对在座的仆人们说："男子汉们，马上搭帐篷吧，我们就在这里住上七天七夜，给我的女儿起好了名字后再到秋季草场去。另外，我给你们每个人发五块大洋奖赏你们啊。"

阿妈旺姆等仆人们见到千户长尼桑这一反常举动后，感觉比之前女官扎措生孩子还惊奇，可是女官扎措看到千户长尼桑的这一举动后却觉得像在她的心头上扎了一根刺一般难受。而后她把千户长叫到身边脸色苍白、声音颤抖地说："你无论如何都不能把千户长的官位让给别人啊，以后我一定会给你生个儿子的。"

这句话使得千户长尼桑收敛了笑容，立刻变得沉默了。他心中暗想道：原来她一直盼着给我生个儿子的啊！可恰恰相反却生出来了一个女儿，这件事又在她的心口上留下了一道深深的伤口。她还说要给我生个儿子，那只不过是一句自我安慰的话而已，实际上已经不可能了。想必再过一段时间，这一切都会从她的心里烟消云散的。于是，他看着女官扎措说："现在你太虚弱了，你好好休息调养好身体，有什么事我们以后再说吧。"

她点了点头，稍微思谋了一下后，又说："等公主年满一岁后我们到藏北的四大寺院里朝拜去吧，还有……"她边思考着边说，"还有，我要到夏琼寺去，在金刚亥母面前向她祈求讨要一个儿子，她一定会赐给我一个儿子的。"

千户长尼桑也听说过这个传说，那些生不出孩子的夫妇们会去金刚亥母那里虔诚许愿，向她讨要儿子或女儿，金刚亥母不但会满足人们的愿望，而且孩子还没有出生之前就已经给孩子赐了姓名。如想要得到儿子就给孩子起名为彭毛东智或彭毛多杰；如果想要生个女孩就会给孩子起名为彭毛卓玛或彭毛措等，这样就把神仙的姓氏融进那些孩子的姓名中去了。千户长思考了一阵后就点头答应了她。

他们在那里停留了七天七夜。这期间，只有阿妈旺姆一个人伺候着女官扎措。在她的精心服侍下，女官扎措的身体很快恢复了。在牧区，有的牧户的家中只有一个妇女或居住在偏僻地方连邻居都没有，这样的情况下，如果在夜间生下孩子后还得自己剪掉孩子的脐带，即刻清洗和包裹婴儿。不仅如此，等第二天天一亮，她们还要系上腰带到牛圈里去挤牛奶，根本没有休息可言。在偏远的牧区，这样的妇女大有人在。可女官扎措作为千户长家的女官自然不用去做这些苦力了，连她的腰带都是阿妈旺姆给她系的，她要起身出门还有阿妈旺姆搀扶着她走路呢。

第七天，当早晨的第一缕阳光照耀到大地上之后，千户长尼桑好好洗漱了一番，就准备给女儿起名字了。举行起名仪式非常简单——他把小公主抱在自己的怀里，把自己那串用黄金镶嵌佛珠的象牙念珠和戴在女官扎措脖颈上的雕刻成莲花形状的佛盒放在公主左右两手中，然后把自己的嘴唇贴到公主的耳边轻声叫了三声"切—央—卓—玛"后，女官扎措也代替公主回应了三声"噢——"就这样，给那女婴起名为切央卓玛了。

千户长尼桑还往她的上颚贴了些酥油。千户长尼桑刚把酥油拿到她唇边的时候小公主突然放声大哭了起来,为此在座的人们都大声笑了起来。等他给公主起好了名字后,他们就按照之前的约定,给驮牛驮了垛子,让女官扎措把公主抱在怀里,人们把她扶上马背就向秋窝子出发了。之前到达秋窝子的人们听说了女官扎措生下了孩子的好消息后,都前来迎接他们了。

等他们来到官家的家里后,仆人们开始卸起了驮牛背上的垛子,千户长夫妇走进黑帐篷里享用起食物来。这时候,有一个长头发的黝黑汉子骑着一匹黑骏马突然来到了官家的门口,当他们认出那人是才洛后都走上前来围住才洛亲切地问候着他。尤其是阿妈旺姆,她跑过去一抱住才洛便放声哭泣起来,而后她悲喜交加地揩拭着脸上的泪水和千户长他们一起把才洛迎进了家里,边吃东西边详细地聊起来。

才洛向女官扎措恭贺,祝贺她生了一个千金,然后他看着千户长说:"听说现在马家的人下令说不允许我们寻找我们部落的转世灵童了,他们已经谋划着要封色查仓活佛的转世灵童为郡查、岭查、色查三大部落寺院的寺主的阴谋诡计来,为此我今天来到这里是专门给千户长您汇报这事的。"

听了才洛的话,大家都惊愕地问他说:"那么你不打算留下来吗?"

才洛笑了笑之后对他们说:"我已经习惯住在山上了,比起牧场，去山上还能看到人世间的各种好戏呢。"

千户长点了点头思考了片刻后看着他说："这一定也是色查部落的千户长拉松的贪心。"说着话他内心的愤怒油然而生。

才洛看着女官扎措的脸稍微有些不安地说："色查部落的千户长拉松已经去世了。"听到才洛这样说，帐篷里突然变得安静了下来。女官扎措沉重地叹息了一声后，缓缓站起身来抱起小公主向黑帐篷外面走去了。

女官扎措走出帐篷后，千户长的脸上露出非常严肃的神情说："他是怎么去世的呢？"

才洛不敢看千户长的脸，低着头回答说："他们家的小少爷万德贤完全变成了马家的一条走狗，说是千户长拉松是担忧此事忧郁而死的。人们还传说他家的小少爷万德贤觊觎岭查部落的官位，为此他的妻子巴罗梅也抛弃了他。看来岭查部落也将面临一场大灾难了。"

才洛在这里住了一夜之后又要上山去了。他临走的时候阿妈旺姆哭着对他说让他留在家里，可他怎么也不听阿妈旺姆的话，执意要上山去。他对更吉说的原话是这样的："如果灭绝不了内部的敌人就阻止不了外敌的侵扰，所以你要服侍好阿妈和千户长夫妇，我不久就会回到家里来的。"公主刚两个多月的某个夜晚，女官扎措旧事重提，说起了要去塔尔寺朝拜的事。这次她不但真的要去朝拜了，还说她要去给她死去的哥哥和自己的儿子做一次祈祷。千户长尼桑心里暗想道，本来他想到几个大寺院为寻找活佛转世灵童的事求得一个预言来的，可是今年到处纷纷扰扰，外面根本不太平，在这期间最好少走动为妙。于是他就对女官扎措说："今年发生了许多事情，我们不宜到外面走动，等过了今年这个难关我们就可以放心大胆地去朝拜了。"

听了千户长的话，女官扎措马上生气了起来还埋怨他说："到现在你还说这种话，你带我去朝拜塔尔寺的事一直耽误到了现在，你确实不想去的话我可以自己跟一些仆人去藏北的四大寺院朝拜，虽然我们两个部落之间有矛盾，可这事能阻断得了我们兄妹之间的骨肉亲情吗？"说着话她又放声哭泣了起来。

女官扎措的哭闹声使得千户长尼桑无话可说了。他思考了很久后，在心里暗忖道：之前我已经答应了她要带她去寺院里朝拜的，如果现在又说不去了的话她对我失望也是理所当然的。她也只不过是想去给自己已经去世了的哥哥点几盏酥油灯而已，这亲情对谁来说都是一样啊！于是他就答应带她去寺院里朝拜了。他说："那么就这样吧，农历九月十一那天是个好日子，我们就那天动身上路吧。"

更吉走出官家的黑帐篷准备回家，刚走出去不久又大声惊叫了一声后跑回官家的黑帐篷里来了。女官扎措担心她会惊吓小公主就咒骂她说:"你这个笨蛋丫头在做什么呢?"

更吉红着脸,紧张异常地说:"帐篷外面站着一个人。"

这时候,仁青也从外面走进黑帐篷里来了——站在黑帐篷外面帐杆底下的那个人原来是仁青啊。帐篷里面的人奇怪地盯着他,千户长尼桑问他说:"你怎么又回来了呢?难道你还有什么事吗?"

仁青给千户长施礼后说:"没有什么事情,走到半路上我又返回来了。"

千户长尼桑听了他的话,那颗悬着的心就放松了下来,还对他说:"你回来实在是太好了,请坐吧。"并吩咐更吉给他倒了茶。

"您要吩咐什么事吗?"仁青坐在地上这样问道。千户长尼桑思考了一会儿之后说:"再过几天我们就要到藏北的四大寺院里去朝拜了,可家里连个可靠的人都没有,所以……"

仁青听到此处突然双眼放光,连忙打断了千户长问道:"官人您准备什么时候动身呢?"

千户长看了一眼仁青后说:"就准备在这个月的农历十一日那天上路了。才洛也不在家,家里你就多多操心一下吧,我们出去过不了多久就会回来的。"

仁青显得非常高兴地说:"拉索!官人你就放心地去吧,如果再没有什么事我就回去了。"

仁青离开后,女官扎措看着千户长说:"我怎么觉得仁青有些怪怪的,他这是怎么了呢?"千户长正在生女官扎措的气,所以没有理睬她说的话,径自回到自己的那顶花帐篷里休息去了。

第二十五章　青龙落地

去塔尔寺朝拜的那天，千户长尼桑为一路上的安全着想，特意没有带太多的人，也没有携带任何武器，只带上了女官扎措母女和丫鬟更吉以及一个仆人，还让众人特意穿上了便装。把那些金银等供品都包裹在一件破皮袄的夹层里，跟一些家具一起驮在了两头驮牛的背上，乔装成普通的行路人那样上路了。临走时，周围的邻居们都来为他们送行。

就要上路的瞬间，千户长尼桑的心里突然觉得有些不安起来。按理说，他们上路的时候仁青应该回到家里来才对，可到现在他还没有来，家里也没有一个可靠的人，留下的只是一些老人和孩子，为此，他觉得自己这样离开家好像是个错误的决定。可是他不但答应了女官扎措要去朝拜，而且已经要整装待发了,女官扎措也高兴得好像踏上了幸福的大道一般,大家都兴奋不已,现在已经没办法说不走的话了。他们从官家的门口骑上了马,赶着驮牛依依不舍地上路了。

那天,郡拉沟里到处笼罩着白蒙蒙的雾霭,从西北方向还不断地吹来一阵冷风,使人明显感觉到了秋末的苍凉。他们告别了家人后不慌不忙地经过德本垭口向贵德县方向走去。自从踏上去朝拜的路,女官扎措便显得万分高兴起来,她反复看着自己的身上的衣服笑着对他们说:"直到现在我还从来没有穿过一件大皮袄呢,把它穿在身上确实觉得有些沉重啊!"

更吉听到女官扎措的话,笑了笑之后说道:"那是因为女官您平日里穿习惯了羔羊皮皮袄的缘故。"

过了一阵后,女官扎措又说:"这次我们去塔尔寺朝拜,一个月之内能回到家里来吗?"

这句话显然是说给千户长听的,更吉从小到大从来没有离开过牧场半步,根本不知道藏北的四大寺院究竟坐落在哪里,又哪里知道去朝拜几天能回到家的事呢?可是谁也没有回答女官扎措的问话,所以女官扎措轻轻地笑了一声后继续向前行走着,也再没有跟谁聊天了。

那天太阳快要落山的时候他们才抵达了德吉(幸福)温泉边上,他们卸下垛子准备扎帐在此地住宿了。仆人刚把骏马和驮牛拴在帐篷的门前,千户长就严肃地对大家说:"这里盗贼泛滥,大家晚上睡觉要提防着点啊!"听了千户长的话,女官扎措和更吉感到有些害怕了起来,于是女官扎措看着千户长尼桑说:"难道他们不伤害人吗?"

千户长尼桑不悦地对她说:"没有了马我们怎么上路啊?除了返回家里去之外就没办法继续向前行走了。"

听了千户长尼桑的话,大家都惶恐不已,整夜里她们轮流勘查巡逻,严格提防着盗匪,可一整夜下来他们没有发现任何动静。

第二天早晨吃过早餐后,他们继续赶着驮牛上路了,刚到晌午时分就安全抵达了贵德县城的西门。那里有东、北两条马路,东面的那条路是通往贵德县城的道路,北面的那条路是渡过黄河通往西宁或塔尔寺的道路。由于此地汉藏聚居,往来的人穿着各式服装的都有,所以走在路上谁也不会引起别人过多的注意。马路上虽然有一两个背着枪巡逻的士兵,但从他们的举止中也看不出任何防备的意思。千户长尼桑一行都穿着普通人的衣着,装扮成普通人的模样行走着,所以他觉得谁也没有留意到他们吧。他们一直顺着北路向前走去,一见到黄河大桥后,千户长尼桑的心里突然觉得沉重了起来。因为,他看到桥头的哨所门前有许多士兵排着整齐的长队仿佛在等待着什么人,还有一个军官在路中央踱着步来回走动。那时候公路上基本没有行人了,从很远的地方就能看到千户长尼桑一行。见到他们一行人到来,那个军官打了个手势后那些士兵站直了身体显示出了他们的威严来。

等他们走近那些士兵的身边,千户长尼桑一眼就认出那个军官原来又是商人马乃。尼桑早就对这个人感到万分的厌恶,为此,此时一见到马乃,尼桑的心里就变得很不舒服了。马乃见到千户长尼桑后佯装非常高兴的样子,鼓着掌走上前来对他说:"欢迎,欢迎,听到官人你要来的消息后,我们的马市长高兴得特意派我来这里迎接你来了,看来又要麻烦千户长你一下了。"

千户长尼桑感到非常奇怪地说:"你怎么知道我要来这里的呢?"听了千户长的话后,马乃放声大笑了一阵后,用手摩挲着他的那簇山羊胡说:"官人要行走这么远的路,我们不闻不知怎么能行啊?请!"

千户长尼桑始终没有下马,就骑在马背上问马乃说:"我不认识你们的市长,他为何要邀请我呢?"

马乃看了一眼女官扎措和他家的丫鬟更吉后,笑吟吟地对千户长尼桑说:"我们是朋友,是我把你介绍给了他,他也很想和你结交做朋友了。"说完话,他向千户长尼桑点了点头。

千户长尼桑突然想到那个马市长就是谋害切央仓活佛的杀手后,便不想去见他了。于是他对马乃说:"非常感谢你们市长的盛情邀请,你替我转告一下你们的市长,说我这次很忙,没有时间去与他见面,等我返回来的时候一定去拜见他。"说完他看着女官扎措她们说:"我们走!"

就在他们准备向前走的时候,那些士兵突然走过来包围住了他们,并举起手中的枪,把枪口对准了他们,这下他们没办法继续前行了。这时候,马乃又走过来收敛了之前流露在脸上假笑,严肃地以解释的方式对千户长尼桑说:"官人你不要生气,我们是马市长派来的,所以实在没有办法违背他的命令。现在马市长已经摆好了盛宴在家里等待着你呢,如果再延误下去就不好了。"

千户长尼桑也看出了他们绝对不会这样轻易放他们走的,为此他就对马乃说:"那么我可以跟你们走,但是你得放她们回去。"

商人马乃的脸上又露出了笑容后说:"官人你不要误会,她们可以在这里等你,我们过不了多久就会回来的。"

千户长尼桑对女官扎措她们说:"你们暂且在这里等我一会儿吧,我去去就回来。"说完话,他又看着马乃说:"走!"等他说完话,一部分士兵牵着千户长尼桑的马缰绳又折身向贵德城的方向走去。

千户长尼桑跟在马乃和那些士兵的后面走进了贵德城后,向左一拐走进了一条曲曲折折的巷子,穿过那条巷子又连接着一条马路,他们在那条马路上行走了一阵后,果真来到了官府衙门的门口。那扇大门的左右两边都有士兵把守着,院子里排列着许多用砖瓦修葺的房屋。来到官府衙门的门口后，那些士兵停住了脚步，千户长尼桑也翻身下了马，由马乃带领着他向东面那间朝南而建、门口还有士兵把守的房间里走了进去。那间房子里摆放着精美奢华的桌椅和板凳，看上去显得非常气派。可偌大的房间里面却不见一个人影，他看着马乃说："你们的马市长在哪里呢？"这时候，从后门里走进来了一个人，于是马乃用汉语嘀咕着给那个人说了几句什么话后，就看着千户长尼桑说："我们的市长去开一个重要的会议了，他让人捎来话说让我们在这里稍等他片刻，所以官人你千万不要着急啊。"千户长尼桑不想听他说话，他俩之间也没有什么可说的，就静默地坐在各自的位子上等待着马市长。就这样等啊等，他们耐心地等待了很久，可连个马市长的人影都没有见到。终于，千户长尼桑着急地站起身来问马乃："马市长他怎么还不回来呢？"

马乃的脸上立刻浮现出了假笑后欠了欠身子对千户长尼桑说："马市长就要到了，官人你再稍微坐坐吧。"之后，他俩又无话可说了，房屋里静得连根针掉下去都能听到。

大概到了下午，依旧不见那个马市长的到来，千户长再也等不下去了，于是他站起身来对马乃说："市长实在太忙了，我返回的时候再来和他见面吧。"说完话他就准备要回去了。这时候，马乃急匆匆地站起身来说："那怎么能行啊？官人就这样离去了，市长回来一定会责怪我的。他马上就到了，马上就到了。"

千户长尼桑心中暗忖道：他责备不责备你跟我有什么关系呢？马乃又恭恭敬敬地对千户长尼桑说："官人你在这里坐一会儿，我出去看看市长他到了没有。"说着话他急匆匆地走出了房门。

　　此时，偌大的房间里只留下千户长尼桑一个人了，可他等啊等啊，继续等待了很久，甭说马市长，甚至连马乃也一去不复返了。千户长尼桑着急地再也坐不下去了，可他起身准备离开的时候却被守门的士兵阻拦住不让他出去。问他们话他们也只是望着他的脸一言不发，他气得想和他们干一场架，可静下心来想了想之后又觉得他们也只不过是些奴仆般的人物，跟他们动气打架也不会起到什么作用的，于是他绝望地在房子里面来来回回地踱步。等到最后太阳也快要落山了，千户长变得更加着急了起来，生气之余他索性打开后面的一扇小门走了进去。走进那间房后，他发现自己又走进了另一间小屋。那间小屋里不但摆放着凳子和桌子，而且里面还放置着一张床，床上还躺着一个军官模样的人。起初千户长尼桑以为那人是马乃，可当他走到那人的身边后才发现那是个陌生人，为此他用藏语"啊若，啊若"地大声喊了几声，那人听到他的叫声也发出了一声"嗯"的回话后，翻了个身又像之前一样睡着了。

　　他复又问那人说："啊若，你们的市长在哪里啊？"那个军官不想睁开眼睛，懒洋洋地用似是而非的藏语问他说："你是谁啊？"

千户长尼桑大声回答他说:"我是郡查部落的官人,你们的马市长在哪里啊?"那个军官这时候才彻底睁开眼睛,慢慢翻起身来坐在床上对他说,"你怎么才到啊?我一直在等着你呢。"

千户长尼桑听懂了他的话,回答说:"我今天早晨就来到了这里,他们说你们的市长去开会了,所以我一直等他到现在了。"

那人立刻笑了笑之后,用不知所措的样子站起身来对他说:"原来是这样啊!士兵们见我睡着了就没敢吵醒我,肯定又对你撒谎了。哈哈哈……"他说着话来到洗脸盆前洗了洗手。此刻千户长尼桑马上反应过来那个所谓的马市长就是他眼前的这个人了,听到他说出的藐视的话,看到他轻视的态度后,千户长尼桑不由得生气了。而且他还想起那个像太阳般慈善的活佛也是被这个人谋害的事情后,激动得心口上仿佛有一把刀在搅割般疼痛了。于是在他的心中暗想道:如果此刻在我手里有一杆枪的话,我非要就地处决掉这个人不可。但这一切都是空想而已,他根本奈何不了这个人的。等他洗好了手后,千户长想着女官扎她们也在为他担心,于是就对那人说:"还有几个人在外面等着我呢,我得走了,等我返回来的时候再来看望市长您吧。"

"哪里,哪里……那怎么能行啊?"马市长非常认真地说:"官家来到我这里,我不摆个宴席好好款待一下那怎么能行啊?我顺便可以安排一下你手下的人的。"

这时候,不知道刚才去了哪里的马乃也来到了屋里,笑吟吟地对他说:"官家你就放心吧,女官扎措和你的仆从们我已经替你安顿好了。"说完话,他又用手摩挲了一下他的那簇山羊胡。

马市长带领着千户长尼桑来到那间房屋背面的一间房子里,千户长尼桑发现在一张硕大的圆桌上摆满了各种美食佳肴,美食正冒着热气,圆桌的周围还摆满了凳子。马市长走过去坐在了最上端的位子上之后,让千户长尼桑和马乃面对面坐在了他的下方。等他们坐稳当了之后,几个士兵走过来给他们倒上了茶水。马市长打开了一瓶白酒,往一只较大的杯子里倒了满满一杯酒后,高高地举起杯子来对千户长尼桑说:"官家的大名马乃早就给我提起过,今天把你邀请到这里来,一来我也想跟你结交做个朋友,二来还想跟你商量一件事呢。我知道牧人们是会喝酒的,为此我首先敬你一杯酒。啊!"说完话他先喝下了一杯酒。千户长尼桑此刻虽然没有喝酒的心思,可不喝也没有办法了,于是他只好强忍着内心的悲愤喝下了一杯酒。

接着马乃也说他们是朋友,于是又给千户长尼桑敬了一杯酒,可他无论如何也没有喝马乃敬给他的那杯酒,为此马市长笑着说:"官家他不想喝酒你就不要强迫他了,以后会有机会的。"说完话,他们放下了酒吃起了桌子上的菜肴来。

吃饱了饭菜后,千户长尼桑又准备动身离开,马市长阻拦住他说:"我们还没有商量事情呢。"

"还有什么事呢?"千户长尼桑问。

马市长的脸色顿时大变,之前留存在他脸上的那些欢颜瞬间消失殆尽,转而显露出令人恐怖的神色来。他说:"按理来说,这是马主席的命令,所以千户长你也该遵守他的命令才对,马主席在为你们郡查部落和色查部落之间的团结问题而担忧着。"说着话,他从座位上站起身来向前走了几步,又转过身来露出怀疑的目光看着千户长尼桑说,"为此,决定从现在起,郡查寺院的主持由色查仓活佛担任了,从此,你们再也不能去找寻郡查仓活佛的转世灵童了。"说完话他又转过身去站立着。

"无稽之谈!"千户长尼桑也站起身来用手拍着桌子非常生气地说:"哪里有这样的道理啊?这就叫'打死了狐狸还炫耀狐狸尾巴'呢。我坚决不同意。"他刚说完这句话,突然从外面冲进来了十几个士兵。

接着马市长也转过身来说:"俗话不是说'一根烧柴点不着火'的吗?你一个人充当英雄起不了任何作用的。敬酒不吃吃罚酒。还不如早点儿同意此事签字画押为好。"

"就算丢掉我的性命我也绝对不会签字画押的。你们也甭管了,我亲自去面见马主席汇报此事就可以了。"说完话他准备走出门去的时候,那些士兵走上前来抓住了他的左右胳膊强迫着把他摁回到刚才的座位上去了。

"那么,千户长你不要怪我没有良心了,灌酒!"马市长一声令下,几个士兵又左右抓住了千户长尼桑的胳膊,马乃走上前来把那酒瓶的瓶口塞进了千户长尼桑的嘴里，一口气把那瓶酒灌进千户长尼桑口中。千户长尼桑想阻拦住他，可他的两只胳膊被几个士兵强摁着动弹不得，所以他眼睁睁地看着马乃把一瓶白酒瞬间灌完了。紧接着，千户长尼桑如同离了本的树木一般轰然倒在地上，他躺在地上把手指头塞进嘴巴里使劲抠挖着、呕吐着，他的耳朵里充满周围传来的一阵阵刺耳的嘲笑声。

这时候，马市长使了个眼色后，马乃和几个士兵走过来抓住了千户长尼桑的胳膊把他拖拉了出去。

外面笼罩着黑暗。眼下正是秋末季节，马路左右两边到处落满从树上飘落下来的黄叶，随着吹来的阵阵夜风，地面上的树叶像一个个出窍的灵魂一般"哗哗"地到处飞舞着。他们强行带着千户长走了很久后，千户长的意识也逐渐变得清晰了起来，他大声问他们说："你们要把我带到哪里去啊？"

他们来到黄河岸边就停住了脚步，士兵们把千户长尼桑重重地摔在地上。千户长尼桑抬起头来眯着眼睛向他们望了过去，可他什么也没有看到，他又问他们说："这是哪里啊？女官扎措她人呢？"

马乃走到他面前对他说："官家对不住了啊，你反对马主席的次数太多了，我们今天不得不执行马主席的命令了。"说着话，他从腰间掏出了一把手枪。这时候，千户长尼桑也仿佛彻底从睡梦里清醒了过来，他左右一摇晃摆脱了强抓着他的那些士兵，还顺势从抓着他的一个士兵的腰间拔出了一把手枪，与此同时，站在他面前的马乃的枪已经响了。子弹射中了千户长尼桑的要害处，可他一时没有倒下去，坚持站立着并用仇恨的目光死盯着马乃咬牙切齿地说："我很后悔当初没有杀掉你。"之后他发出了一声玉龙般的吼叫，马乃害怕得连连往后退了几步。站在他周边的那些士兵们手里的枪此时如同炒熟了的青稞一般响了起来，像趁着黑夜而来的魔鬼的惨叫声。

千户长尼桑如同降落到大地的玉龙一般缓缓地倒下，落入黄河岸边的沟壑里去了。被夜风吹落的树叶的沙沙声和黄河微弱的波涛声汇聚成为他哀悼的悲鸣。

尾声　离别的兄弟

　　和千户长夫妇一块出去的那个仆人逃回家来后，给乡亲们说了有关千户长尼桑被马家的匪兵给抓走了，女官扎措母女和更吉受尽了马家匪兵的蹂躏而跳进黄河自杀的消息。听到这个噩耗后，留在家里的人们都如同被掏空了自己的心肝一般痛苦不已。不久，郡查部落各村落的头领和一些老汉携带着一千两银子去贵德县赎千户长尼桑去了。马匪的军队摧毁岭查部落的第三天，他们也赎回了千户长尼桑的尸体。

　　那天，才洛把守在郡查、岭查两部落的交界——嘎洛泉水边等待色查部落的小少爷万德贤从岭查部落返回到色查部落的家里。见他一直没有回来后，才洛突然觉得自己的心绪有些惶恐不安了起来，他的心中忽然想到了阿妈和更吉。他在心中暗忖道：今天我怎么觉得自己心神不宁的呢？难道阿妈她得了什么病吗？于是他翻身骑上那匹黑骏马，一溜烟儿向郡查部落的方向疾驰而去。当他来到郡查部落的冬窝子时就听到了那个噩耗，他仿佛挖掉了自己的心肝一样痛苦起来。他坐在地上伤心地痛哭了很久后才骑着马向官家的家里走去。他来到官家家里的时候，千户长的尸体已经入殓了，许多僧人正在为他做着发愿回向仪式，人们都痛苦、哀伤地哭泣着。

才洛知道再这样继续痛苦下去也起不到任何作用，于是他找到与千户长一块儿出去的那个仆人询问起事情的来龙去脉。那个仆人哭着说他们是在去塔尔寺的半途中被马家的匪兵阻拦在贵德黄河大桥边上了，看上去他们好像特意在那里等候着千户长。才洛思谋了一阵儿后说："那么你们这次去塔尔寺朝拜的事还有谁知道呢？"听到才洛这样问，大家都说没有人知道这件事，那天官家他突然做出决定后立即上路了，说完他们都各自坐在原地思考了起来。那个仆人突然想到了什么似的开口说道："官家上路的时候说过'仁青怎么还没有回到家里来'的话，看来仁青好像知道这件事。"紧接着，邻居家的一个老奶奶说："这样说来，我曾看见之前有几个晚上仁青都站在官家的帐篷周边偷听帐篷里面的人说话。"听到那个老奶奶那样说，人们都感到惊愕不已。

"我也在怀疑他。"

才洛说完这句话突然站起身走出了帐篷的门,翻身骑上那匹黑骏马疾驰而去。骏马疾驰的速度太快,以至于他的身后扬起了一阵尘土,他身后的人们都目瞪口呆地望着他的背影消失在远处。

黄昏时分,巍峨宁静的格拉宇杰神山被乳白色的雾霭笼罩着,仿佛那座神山也在为郡查部落中发生的不幸哀悼着。随着吹来的阵阵东风,草尖上顶着沉甸甸果实的牧草摇曳着不断发出凄凉的悲鸣声来。从郡拉沟中间不慌不忙流淌下来的叶甘河,仿佛为郡拉沟里发生的历史做见证一般,延绵不断地向下游奔流而去。叶甘河岸边的那片才洛他们小时候一起采摘过花朵,结下纯真的友谊的草场深处,才洛站在离仁青不到十步的地方,用枪口对准了仁青。

"说!出卖千户长的人是不是你?"才洛问。

"是!你杀了我给千户长报仇吧。"仁青回答他。

"你为什么要那样做呢?"

"这事我没有必要告诉你。"

"你为什么要这样恩将仇报呢?"

"那是我的事,你管不着。"

"我要杀了你。"

"如果你不杀我,我迟早也会杀掉你的,别犹豫了!你就开枪吧!你还在等什么呢?你不是来找我报仇的吗?难道你害怕开枪吗?"

才洛思考了一阵儿后,说话的语气稍稍有所缓和,可依然非常严肃地问仁青:"你为什么要这样做呢?如果你当我们是真正的好兄弟的话,为什么还要结下这样的深仇大恨来呢?我们应该团结一致才对啊!"

仁青冷笑了一声后说:"哼,兄弟,什么是兄弟啊?难道兄弟之间就可以争抢彼此的妻子吗?"

"你误会了,这事我可以慢慢向你详细解释的。"

"不!我不需要你的解释,我是在报心头之恨,我出卖千户长也是为了向你报我心头的深仇大恨。千户长不是很看重你吗?"

天快要黑了。夜幕渐渐笼罩了周边的环境。叶甘河河水的响声也渐渐变得洪亮了起来。

"那么你不打算给诺日本报仇吗?"才洛想让仁青冷静地考虑一下而提醒他道。

"诺日本就是个彻头彻尾的大笨蛋,因为他太过于信任你,所以才失去了他自己的性命。那么他死的时候你又在哪里呢?你说啊!"仁青说出这句话的时候激动得连声腔都哽咽了。

才洛听着仁青的话,心中感到无比痛苦,他手中的那杆枪也随之缓缓从仁青的额头滑到了他的胸口,又从他的胸口滑到了他的大腿,最后低垂到地面上去了,最后,他的头也低垂了下去。就在这时候,仁青从自己的怀里掏出一把手枪对准了才洛继续说:"现在我可以给你明说了,我早已经是马乃的人了,不是,不是,我已经是马团长的好朋友了。现在我过得很好,要银子有银子,要女人有女人,已经应有尽有了。我痛恨贫穷,我不需要像你这样口是心非的兄弟了。兄弟,哈哈哈……兄弟,全都不需要了,统统都该死。哈哈哈……"

他把枪口对准了才洛的额头。此时此刻,才洛的心里暗想道,比起开枪射击来,我的水平比他娴熟多了,可我们今生有缘结拜成好兄弟,所以我们之间不应该发生内斗的。可现在这个懦夫先下手为强了,我该怎么办呢?

就在这个时候枪声响了……

"现在好了,终于摘掉了我头上的那顶沉重的帽子了。"才洛这样暗想着,不但觉得自己身上的汗毛都立了起来,而且还听到了周围传来如同霹雳炸响般嘈杂的声音,最终那响声也渐渐消失,飘到遥远的天边去了。

才洛如梦初醒般醒悟过来,抬起头来向前方望去时,发现仁青缓缓地栽倒在地上了。而他的身后——拉姆卓玛手里拿着一杆长枪指着仁青。等仁青倒地后不久她才恍然醒悟过来,猛然扔掉了她手中的那杆枪,跑过来扑在仁青的尸体上放声大哭了起来。她哭了很久后,突然站起身使出了浑身力气把仁青的尸体背在背上,连背带拖地缓缓向前走去,她的背影渐渐变成了一个黑点沉入无边的黑暗中去了……